ISAR 2066

Von Möpsen und Rosinen

MIRIAM PHARO

FSC
www.fsc.org
MIX
Papier aus verantwortungsvollen Quellen
Paper from responsible sources
FSC® C105338

IMPRESSUM

Pharo, Miriam: ISAR 2066 –

Von Möpsen und Rosinen

Originalausgabe

Cover Design by James, GoOnWrite.com

Korrektorat: Astrid Ann Jabusch

TWENTYSIX – Der Self-Publishing-Verlag
Eine Kooperation zwischen der Verlagsgruppe Random House und Books on Demand

Herstellung und Verlag: BoD – Books on Demand, Norderstedt.
ISBN: 9783740708238

FÜR DIE LIEBE
MEINES LEBENS

INHALT

JIMMY DER MOPS

1. Ein Schmiss im Antliz

„Oaschloch!“

Als Jimmy der Mops mein Büro entert, bin ich gerade dabei, die letzte Kiste auszupacken. Den blank polierten, schwarzen Schreibtisch zieren bereits eine polyforme Lichtskulptur und ein Hacker-Tablet. An den unsichtbaren Halterungen rundum reiht sich MiniCube an MiniCube – noch sind die Datenspeicher leer – und neben der Eingangstür hängt ein Panel mit den Hologrammen der am höchsten dotierten Verbrecher der Europäischen Föderation. Mit etwas Glück kreuzt einer dieser grimmig aussehenden Jackpots schon bald meinen Weg. Das Bullauge hinter dem Schreibtisch bietet freie Sicht auf die gelb verhangenen Berggipfel, vorausgesetzt eine Expressbahn jagt nicht gerade lautlos vorbei, was exakt alle sechsundsiebzig Sekunden geschieht.

In der Regel bedarf es einigem, um mich zu

verblüffen. Jimmy gelingt das auf Anhieb. Wie ein Poller steht er mitten im Raum, klein und gedrungen, die Hände in die Seiten gestützt. Sein Gesicht ist mit roten Flecken übersät und er scheint kurz vor der Explosion zu stehen.

„So a bleeds Oaschloch!“, bellt er noch einmal für den Fall, dass ich schwerhörig bin. Als ich immer noch nicht reagiere, seufzt er hörbar. „Ich will wissen, welcher Mistkerl das getan hat!“ Bei diesen Worten reißt er sein Hemd auf und zeigt auf seinen Solarplexus, in dem ein fünf Zentimeter langer Bolzen steckt. „Das ist doch Ihr Job oder?“, brüllt er weiter.

Ich nicke und versuche das Klingeln in meinen Ohren zu ignorieren.

„Gut!“ Er wirkt erleichtert. „Ich kann Ihnen nur fünfhundert zahlen!“

Ich verziehe keine Miene. Die Monatsmiete für das Büro allein beträgt zweitausend Eurodollar, obwohl es sich im wenig glamourösen Außengürtel der Biosphäre befindet. Andererseits ist der Poller mein erster Klient. Sollte ich die Sache also nicht vermasseln, und das werde ich nicht, könnte das weitere Aufträge nach sich ziehen.

„Tut es weh?“, frage ich und zeige auf den Bolzen.

„Ja, Zefix!“

„Wie ist das passiert? Und könnten Sie bitte etwas leiser reden, sonst steht gleich die Security auf der Matte.“

„Geht nicht!“ Seine Augen drohen aus ihren Höhlen zu fallen. „Rede ich mit normaler Stimme oder versuche den Bolzen zu entfernen, detoniert das Teil!“

Unwillkürlich trete ich einen Schritt zurück. „Sie machen Witze.“

„Sehe ich vielleicht so aus?!“

„Werden Sie erpresst?“

„Nein! Keine Ahnung, was die Schweinerei soll! Heute Morgen bin ich mit diesem Ding da aufgewacht und daneben lag ein handgeschriebener Zettel!“

„Handgeschrieben?“ Das ist ungewöhnlich. „Haben Sie ihn dabei?“

Wortlos fischt er einen durchsichtigen Beutel mit einem Zettel aus der Tasche und reicht ihn mir. Ein umsichtiger Mitbürger. Ich werfe einen kurzen Blick darauf, dann lege ich ihn zur Seite. Ich werde ihn mir später genauer anschauen.

„Also, was is?“, reißt mich mein Gegenüber aus meinen Gedanken. „Helfen Sie mir oder nicht?“

„Ich tue es.“ Zwar fällt mein Lächeln angesichts des mickrigen Honorars etwas dünn aus, dennoch kann ich nicht verhehlen, dass der Fall einen gewissen Reiz birgt – auch wenn er mir samt Klient jede Sekunde um die Ohren fliegen könnte.

Ich bitte meinen Gast im Besuchersessel Platz zu nehmen und während sich das Wall-Flax seiner Körperform anpasst, nehme ich ihn in Augenschein. Er ist schätzungsweise zwischen fünfzig und sechzig – ziemlich jung für die Biosphäre – mit gegeltem Haar, Augen in der Farbe eines qualmenden Kamins und Pranken wie ein Boxer. Er ist nachlässig gekleidet, Hose und Hemd passen nicht zusammen, und weder trägt er Handschuhe noch Weste. Ein Wunder, dass er nicht von der Straße weg verhaftet wurde. Die geringste Abweichung der Norm wie das Nichttragen modischer Retrofits – Einglas oder Halstuch bei Männern, brodiertes Taschentuch oder Spitzenfichu bei Frauen, um die knitterigen Schultern zu verdecken – sorgt gewöhnlich für Unmut. Eine für mich entscheidende Erkenntnis. So glänzen meine

Schaftstiefel mustergültig mit dem Schreibtisch um die Wette, Hose und Seidenweste lassen jeden Sonnenuntergang blass aussehen, die taillierte Jacke sitzt tadellos.

„Mein Name ist Jimmy Marquard! Ich bin der hiesige Coiffeur!"

Überrascht ziehe ich die Augenbrauen hoch. *Coiffeur?* Auf mich wirkt er wie ein Totschläger. Ein flüchtiger Gedanke würde ausreichen, um einen direkten Kanal zur GCS, der globalen Plattform für Kommunikation, Information, Business und Entertainment, zu öffnen und sein Profil aufzurufen, doch für den Moment bleibt der Neurokommunikator in meiner Hornhaut deaktiviert und ich genieße die seltene Waffenruhe zwischen mir und dem Rest der Welt.

„Angenehm. Ich bin Lucio Verdict."

„Ich weiß! Sonst wäre ich ja wohl nicht hier!", dröhnt es mir entgegen. Es folgt ein erregtes, durch die Nase herausgepresstes Schnaufen, das mich spontan dazu veranlasst, den Poller durch einen Mops zu ersetzen. „Ich dachte, Sie wären älter. Und nicht so verdammt *hübsch*!"

Innerlich lächle ich. Männer mit perfekt modellierten Zügen werden oft unterschätzt, was immense Vorteile mit sich bringt und einer der Gründe ist, warum ich mir vor zehn Jahren auf Staatskosten genau *dieses* Gesicht habe machen lassen. Missbilligend verziehe ich die wohlgeformten Lippen, kneife die dunkelblauen Mandelaugen zusammen und fahre betont gelassen durch mein volles kastanienbraunes Haar. „Nun, Herr Mar…"

„Nennen Sie mich Jimmy!"

„Also gut, … Jimmy." In einer geschmeidigen Bewegung lehne ich mich gegen den Schreibtisch, ohne mein Gegenüber aus den Augen zu lassen. „Erzählen Sie mir mehr über dieses Ding in Ihrer Brust. Oder noch besser: Lassen Sie Ihre Gedanken für sich sprechen!“

Während Jimmy der Mops meine laut gestellten Fragen über den Neurokommunikator mental beantwortet, rhythmisch begleitet vom nervösen Zappeln seines rechten Beins, schaue ich durchs Bullauge nach draußen. Vor genau zwei Wochen bin ich in den Isar Auen angekommen. Beladen mit zwei Koffern, einer Geldkarte mit zehntausend Eurodollar, die mir Elias Kosloff bei unserem Abschied vermacht hat, und einem vierjährigen Kind, das kein Wort Deutsch spricht. Aber das ist eine andere Geschichte.

Der Kontrast zu Hanseapolis könnte nicht größer sein. Während der Moloch zwischen Nord- und Ostsee mit seiner wolkenkratzenden Silhouette kokettiert und von Gleitern, Lufttaxis und Frachtern millionenfach umschwärmt wird, ist das höchste Bauwerk in den Auen der *Schinken Tony* am Stachus, ein dreihundert Meter hoher Maibaum. Die weitläufige Region verdankt ihren Namen dem leeren Flussbett der Isar – ein Schmiss im Antlitz einer Landschaft, die zu lange der Sonne ausgesetzt worden ist. Von oben betrachtet gleichen die Auen einem braun marmorierten Vlies, aus dem ein Kind mutwillig drei große Löcher herausgeschnitten hat, um sie mit bunten Luftballons zu füllen. Nachdem Sonne und Wind aus Starnberger, Ammer- und Chiemsee jegliches Leben ausgesaugt hatten, bis nur noch leere Augenhöhlen übrig blieben, hat man auf dem trockenen Grund sieben Biosphären erbaut – im Volksmund „Karbunkel“ genannt: künstliche Blasen, gefüllt mit einem Sauerstoff-Kohlendioxid-

Luftgemisch, das in Europa zuletzt vor dem Industriezeitalter eingeatmet wurde. Jede von ihnen ist einzigartig: *Sphäre1* im nördlichen Teil des ehemaligen Ammersees zum Beispiel ist mit seinen Weizenfeldern, Pappelhainen und Holzhäusern von kitschiger Schäferromantik geprägt, während *Sphäre5* am südlichen Bogen des Starnberger Grabens, wo sich mein Büro befindet, durch breite Alleen und prachtvolle Villen besticht. Die knapp fünfhunderttausend Einwohner sind mit viel Geld und Lebenserfahrung gesegnet; das Durchschnittsalter hier beträgt zweiundneunzig Jahre. Junge Leute dürfen sich den Alten nur mit Sondergenehmigung oder Arbeitserlaubnis nähern. Ich besitze beides.

Nördlich der „Karbunkel“ hockt München City wie eine fette Spinne in einem Netz aus Polymerröhren – die Tube –, deren Expressbahnen das Zentrum mit dem Rest der Welt verbinden. Die Stadt zählt rund fünf Millionen Einwohner und gehört damit zu den kleinsten Metropolen in der Europäischen Föderation. Das Kind und ich wohnen in einer der kleineren Siedlungen zwischen City und *Sphäre1*. Unser neues Zuhause liegt am Tube-Abschnitt 15, Apartment 1443. Mir kommt es vor, als würde sich in den Isar Auen alles unweit irgendeiner Expressbahn befinden. Da hier praktisch keine Flugaktivitäten stattfinden, steigt und fällt das öffentliche Leben mit dem Pulsieren der Tube.

2. Sei willig, brüll' bis vier

Scharfe Sprengsätze verursachen bei mir gewöhnlich Juckreiz an schwer zugänglichen Stellen, und als Jimmy mein Büro verlässt, atme ich befreit auf. Eigenartig, dass die Detektoren im Gebäude nicht angeschlagen haben. Ob der Sprengsatz über eine Tantal-Ummantelung verfügt hat? Ich habe den Bolzen scannen wollen, doch Jimmy ist über die Tatsache, dass ich sein prominentestes Stück anfassen wollte, dermaßen in Panik geraten, dass ich mich schließlich mit einer 3-D-Aufnahme habe begnügen müssen.

Bei näherer Betrachtung des Bildes entpuppt sich der Bolzen als ein antikes Exemplar zur Verankerung von Metallteilen, und ein bildlicher Eins-zu-Eins-Vergleich mit einem Musterprodukt aus der GCS offenbart keinerlei äußerliche Unterschiede. Ich bin nicht wirklich überrascht und mache mich an die Analyse des handgeschriebenen Schriftstücks. Zu diesem Zweck krame ich aus der letzten Kiste einen Gegenstand heraus, einem Fingerhut nicht unähnlich, nur länger und aus weichem, netzartigen Gewebe: ein Analyzing Pocket System. Über den Neurokommunikator öffne ich das APC-Programm und aktiviere die entsprechenden Sensoren, dann stülpe ich mir den „Fingerhut" über den rechten Zeigefinger und wische über das Blatt Papier. Schon werden die einzelnen Pigmente mikrochemisch untersucht, gleichzeitig wird die Struktur des Papiers abgetastet. Während die Analyse läuft, gebe ich gedanklich einen neuen Befehl ein und streiche über die blaue Tinte, dann nehme ich den „Hut" vom Finger. Bis die Ergebnisse da sind, rufe ich Jimmys transkribierte Antworten auf dem Transfer ab.

„Ich kann mir nicht erklären, wie das passiert ist. Meine Wohnung besitzt ein Hightech-Sicherheitssystem, außerdem habe ich normalerweise einen leichten Schlaf. Mein Laden ist Bestandteil meiner Wohnung. Es war gar nicht so einfach, dafür eine Genehmigung zu erhalten. Ich verfüge über zweihundert Quadratmeter eigenen Raum." Obwohl die Worte gedanklich verfasst sind, glaube ich Jimmys Gebrüll immer noch zu hören. *„Und das als Zugereister!"* Auf meine Frage, wie sein gestriger Tag verlaufen ist, hat er Folgendes geantwortet: *„Ich war wie immer von 8 bis 21 Uhr im Laden."*

Ob es Ärger mit einem Kunden gegeben habe?

„Verdammt noch eins, nein! Ich bin bei meiner Kundschaft sehr beliebt!!!"

Trotz der drei Ausrufezeichen – wie zum Geier hat er sie zustande gebracht? – bezweifle ich das. Gutmenschen wachen selten mit einer Bombe auf der Brust auf. Dann habe ich wissen wollen, was er nach 21 Uhr gemacht hat.

„Ich habe mich frisch gemacht und bin zum Essen ins Leopold. *Wie jeden Dienstag. Es ist ein exklusiver Privatklub auf dem Kaiserdamm. Einige meiner Kunden haben sich dafür eingesetzt, dass ich einmal die Woche dort einkehren darf. Ein großes Privileg!"*

Ob dort irgendetwas Ungewöhnliches passiert sei?

„Eigentlich nicht. Außer, dass sich ein Mann an meinen Tisch gesetzt hat, den ich noch nie zuvor gesehen habe. Er hat sich

mir als Kenny vorgestellt. Ein gut aussehender Bursche. Tolle Haare! Lang und weiß, leicht wellig. Zu seinem gelb-orange gestreiften Anzug trug er eine dunkelrote Halsbinde. Hey, hören Sie mir überhaupt zu?"

Was dieser Kenny gewollt habe?

„Nur reden. Hauptsächlich über die wachsende Kriminalität."

Das wundert mich nicht. Seit Bestehen der Biosphären ist die Verbrechensrate Hauptgesprächsthema. Die Menschen haben eine regelrechte Paranoia entwickelt, was die verstärkte Präsenz von Sicherheitskräften erklärt, auch wenn wir noch nicht solche Verhältnisse haben wie in *Sphäre7*. Der Polizeichef von Herrenchiemsee regiert dort mit eiserner Faust.

„Nach dem Essen bin ich nach Hause gegangen. Es muss so gegen elf Uhr gewesen sein. Mein Laden liegt am Löwenbrunnen, exakt dreihundertvierundfünfzig Meter vom Leopold *entfernt. Ich hab's mal abgezählt."*

Ob ihm dieser Kenny gefolgt sei?

„Keine Ahnung. Ich habe mich etwas schlapp gefühlt und war froh, als ich endlich zu Hause war."

Was er mit schlapp meinte?

„Leicht duselig. Ich bin sofort ins Bett gefallen. Wenn ich es mir recht überlege, war das schon etwas ungewöhnlich."

Ob ihm dieser Kenny etwas ins Essen oder in sein Getränk gemischt haben könnte?

„So ein vornehmer Herr? Das kann ich mir nicht vorstellen."

Ob er Feinde habe und schon einmal bedroht worden sei?

„Nein! Ich habe keine Familie, außerdem werde ich von meiner Kundschaft geachtet. Sie müssen mir aus diesem Schlamassel helfen, Verdict! Ich weiß nämlich nicht, wie lange ich das …"

Eine tonlose Stimme über InterCom, dem allgegenwärtigen Knopf im Ohr, reißt mich aus meiner Betrachtung heraus. „APC-Analyse von Papier und Tinte abgeschlossen."

Der darauf folgende Bericht wartet mit einer kleinen Überraschung auf: Das Papier ist sehr alt und stammt aus der Zeit um 1880, vor allem aber weist es jede Menge DNA-Rückstände auf. Begierig über diesen Pool an Möglichkeiten gehe ich die Liste durch. Namen liefert das Programm nicht, dafür aber Jahreszahlen und ich werde in meiner Euphorie gebremst. Ich muss blinzeln. Die Bewohner von *Sphäre5* mögen zwar ihre beste Zeit hinter sich haben, doch einen hundertachtzigjährigen Greis – der Junior auf der Liste – werde ich sogar hier schwerlich finden. Etwas enttäuscht lehne ich mich in meinem Sessel zurück. Das wäre auch zu einfach gewesen. Nach einer kurzen Pause wende ich mich der Tinte zu. Die königsblaue Paste ist gut hundertfünfzig Jahre jünger als das Papier und wurde, wie alle Tintenarten aus dieser Epoche, am Schwarzen Meer hergestellt.

Erneut halte ich inne und überlege. Alles in allem neigt der Schreiber zu Konservativismus, was auf die meisten hier zutrifft. Das Papier ist ein Vermögen wert, also geht es um einen tief gehegten Groll. Ich bin noch nicht lange hier, aber ich weiß, dass es drei Dinge gibt, bei denen die Sphärenbewohner wenig Spaß verstehen: Bonität, äußere Erscheinung und innere Sicherheit. Ich schaue mir die Botschaft näher an:

Sei willig, brüll' bis vier,

tust du's nicht, dann explodier'.

Wenn dir dein erbärmliches Leben teuer ist,

versuche nicht, den Bolzen zu entfernen.

Die erste Zeile kommt mir entfernt bekannt vor. Ein kurzer Blick in der GCS bestätigt meine Vermutung. Da hat jemand Wilhelm Buschs bekannten Vers „Sei wütend, zähl‘ bis vier, tust du’s nicht, dann explodier‘“ kurzerhand umgedichtet. Die vertraute Anrede zeugt von mangelndem Respekt, das „erbärmlich“ spricht eine klare Sprache. Die Wortwahl „teuer“ statt „lieb“ lässt mich aufhorchen. Vielleicht hat Jimmy einen Kunden oder Bekannten geprellt. Routinegemäß gehe ich Buschs Biographie durch, ohne jedoch eine erkennbare Verbindung zu finden, also beschließe ich, dem *Leopold* einen Besuch abzustatten.

Beim Hinausgehen verriegele ich die transparente Eingangstür meiner Parzelle, die sich daraufhin automatisch verdunkelt und lasse mit einem dumpfen Gefühl des Versagens meinen Blick über die goldene Inschrift schweifen. „Lucio Verdict. Problemlöser“, steht da in schlichten Lettern. Problemlöser. Ich nehme an, Elias Kosloff hätte die Bezeichnung „Ausputzer“ bevorzugt ...

Die Nachbarbüros werden von einer stark schwitzenden Advokatin, einem cholerischen Spediteur und anderen interessanten Gestalten bevölkert. Bis dato hat mir mein perfektes Lächeln dort wenig Sympathiepunkte eingebracht und als ich an ihren offenen Türen vorbeischlendere, sonne ich mich in widerwilliger Bewunderung.

Sphäre5 ist wie eine Käseglocke, die von einem mächtigen Wall umschlossen wird, nur dass hier nicht Schimmelkäse und Gouda verderben, sondern Menschen. Der äußere Gürtel, in dem vorzugsweise Industrie und Gewerbe untergebracht sind, erinnert optisch an die geflochtene Lehne eines altmodischen Plastiksessels. Das aufgeblähte Dach ist von einem farbigen Polymerstreifen durchbrochen und während ich den Gang hinuntergehe, zeichnet die senkrecht strahlende Sonne eine Linie auf dem Boden. Ein kreischbunter Wegweiser in die Unendlichkeit.

Durch eine der zahlreichen Passagen dringt Stimmengewirr an mein Ohr. Ich löse mich von der hypnotischen Linie, gehe dem Geräusch nach und gelange so auf die vordere Galerie, wo sich Menschenmassen drängen, um in den zahllosen 24/7-Restos und Geschäften ihr Geld zu verprassen. Im Vorübergehen mache ich einen Krämerladen aus, der vorgibt, Antiquitäten zu verkaufen, sowie eine große *!NR!* Filiale. In den Isar Auen ist die Marke *!NR!* des Topdesigners Nathan Rehm der Renner. Kaum jemand, der nicht mindestens ein gebrandetes Retrofit trägt. Es ist ein offenes Geheimnis, dass *!NR!* für I.N.R.I. steht – Iesus Nazarenus Rex Iudaeorum. Seit mehr als fünfundzwanzig Jahren verkommt das Christentum in der Europäischen Föderation zur Bedeutungslosigkeit. Einer Kirche offen anzugehören, ist in diesem Teil der Welt verpönt, doch so leicht brechen die Menschen nicht mit alten Gewohnheiten, und wo früher einmal silberne Kreuze die Hälse der Gläubigen geschmückt haben, sind es jetzt sündhafte teure Seidentücher von *!NR!*.

Kurz verweile ich, die Hand auf der Balustrade, und schaue nach unten. Das Innere der Biosphäre ist terrassenförmig angeordnet, wobei mehrere Ringstraßen die Levels miteinander verbinden. Sie alle führen ins zentrale Prinzregenten-Viertel. Dort muss ich hin. Ich könnte eine Equipage nehmen – offene Inhouse-Scooter, die mit Helium-3 betrieben werden und Platz für bis zu zwanzig Personen bieten –, doch ich entscheide mich für den Hoverlift. Er ist nicht sehr bequem, dafür aber um ein Vielfaches schneller und schon bald rausche ich an verheißungsvoll klingenden Straßen und Plätzen vorbei: Ostersee-Boulevard, Tutzinger Dreieck, Alter Münchner Weg, Seeshaupter Rondell … Der Blick aus der verglasten Zelle ist halb so eindrucksvoll, wie man vielleicht glauben mag, was daran liegt, dass die Häuser aus quadratischen Hartgummimodulen bestehen, während billige Farne zu Grünanlagen zusammengeschart wurden, die jeder Fantasie entbehren. Als würde man durch das Eins-zu-eins-Modell einer Stadt wandeln, das niemals fertig gestellt wird. Der Gedanke deprimiert mich. Ich aktivere meinen Neurokommunikator, gebe den Zugriffscode für *Regency* ein, dem hiesigen Virtual-Environment-Programm, und plötzlich ist alles in Bewegung: Florale Mosaike kriechen über den grauen Beton, roter Sandstein kraxelt die Wände hoch, während sich Bougainvilleas über steinerne Balkone ergießen und kupferne Schornsteine nach den Wolken greifen. Der Himmel über meinem Kopf steht der Pracht am Boden in nichts nach: Pinselstriche in Hellgrün, Gelb und Orange leuchten auf tiefblauem Fond. Es vergehen nur wenige Sekunden, bis ich sehe, was alle sehen, und mein Herz zieht sich unwillkürlich zusammen. Ich vermisse den Schatten in den Gesichtern und Gassen der HafenCity …

Ursprünglich standen die Isar Auen nicht auf meiner Wunschliste für einen Neuanfang, doch nachdem mir einer meiner wenigen Freunde völlig überraschend seine Zweitwohnung kostengünstig angeboten hat, habe ich meine Pläne noch einmal überdacht. Zumal die hiesigen Schulen einen erstklassigen Ruf genießen und ich Kaori versprochen habe, mich gut um ihren Sohn zu kümmern. Ein Versprechen, das ich um jeden Preis zu halten gedenke.

Kaoris blutüberströmtes Gesicht drängt sich gewaltsam in meine Gedanken und ich richte schnell meinen Blick wieder nach draußen, wo ich zwischen zwei Häusern eine Wasserstelle entdecke, an deren Ufer sich Enten und Pfaue tummeln. Die Vögel sind genauso wenig real wie der Obstverkäufer an der Ecke davor. Mein Instinkt sagt mir, dass dort ein getarnter Security steht. Die sorgfältigen Sicherheitsmaßnahmen offen zur Schau zu stellen, wäre schier zu vulgär.

Als ich aus dem Lift steige, weist mir ein weißer Königspudel den Weg zum *Leopold*. Zur Auswahl stünden noch eine Libelle und ein englischer Bobby, doch der Pudel ist mein bevorzugter City-Guide. Sein kahl geschorenes Hinterteil heitert mich jedes Mal auf. Je näher ich dem Zentrum komme, desto erlesener mutet die Gesellschaft an. Menschliche Ausdünstungen sucht meine Nase hier vergeblich. Als wären die Herrschaften in Formaldehyd getränkt worden. Zu der gepflegten Erscheinung gehören regelmäßige Sitzungen im Defroisseur, einer hautstraffenden Photon-Kapsel, und die Gesichter, die mich umgeben, sind engelsgleich, wenn auch von vergreisten Augen durchlöchert. Viele von ihnen tragen Monokel oder Lorgnons, in denen ein Virtueller Kommunikator eingebaut ist, das Vorgängermodell meines Neurokommunikators.

Schon bald erreiche ich das *Leopold*. Vor dem schmiedeeisernen Portal fahre ich mir noch einmal durch die Haare, streiche meine Jacke glatt und rücke meinen *!NR!* Siegelring zurecht, dann trete ich einen Schritt vor, um gescannt zu werden.

„Sie haben keine Reservierung“, ertönt prompt eine Stimme aus dem Off.

„Ich bitte um Vergebung“, antworte ich der unsichtbaren Person am Monitor. „Aber ich möchte den Supervisor in einer wichtigen Angelegenheit sprechen. Es geht um die Sicherheit einer seiner Gäste.“

Wie zu erwarten war, öffnet sich bei meinen letzten Worten das Tor anstandslos. Unter meinen Füßen knirscht es leise, als ich den kurzen Weg zum Haus gehe. Obwohl ich weiß, dass der Kies nicht real ist, fühlt er sich echt an. VAs, Virtuality Architects, genießen zu Recht ein hohes Ansehen.

Im Vestibül, wo Gustav Klimts „Dame mit dem Fächer“ hängt, lasse ich meine Jacke zurück, bevor ich auf die breite marmorne Treppe mit den goldenen Verzierungen in der Mitte der Halle zuschreite. Wieder unterbreche ich *Regency*, um mich zu vergewissern, dass die Treppe wirklich existiert und ich nicht ins Leere trete. Ein absurder Reflex, aber ich kann nicht anders. Verblüfft muss ich feststellen, dass der ausschweifende Luxus um mich herum Fakt ist, deshalb beende ich fürs Erste das Virtual-Environment-Programm. Das Restaurant im ersten Level ist hell erleuchtet und schwirrt von heiterer und zusammenhangloser Konversation. An den Wänden hängen vergilbte Magazinseiten mit Fotos von deutschen Leinwandstars aus der längst vergangenen Ära des 2-D-Films mit Vornamen wie Til, Moritz oder Veronica, die außerhalb der Biosphären niemand mehr kennt. Einige der in Seide rauschenden Gäste speisen an Tischen, die von Silber und Porzellan nur so funkeln, andere sind um ein Buffet versammelt und nippen an ihren Gläsern. Als passionierter Koch, der ich bin, erkenne ich auf Anhieb hausgemachtes Birchermüsli, Avocado-Aufstrich und Stockfisch in Senfcrème. Sehnsüchtig denke ich an die letzten Monate zurück, als ich bei einem Millionär in Hanseapolis anstellig war und dort die teuersten Nahrungsmittel verarbeiten durfte. Und das in einer Stadt, in der gewöhnlich die Massen mit billigen Proteinriegeln und Algengratin abgespeist werden.

Durch eine Flügeltür rechts von mir erblicke ich einen kleinen Salon, der sofort geschlossen wird, als man meiner ansichtig wird. Etwas unschlüssig bummle ich herum, als sich mir eine spindeldürre Frau in einem fliederfarbenen Hosenanzug in den Weg stellt. Sie hat eine Haut wie Alabaster, dünne blutleere Lippen und einen harten Blick. In das graue Haar hat sie nach der neuesten Mode ein lila Tuch aus Gaze geflochten. Als ihre Augen beifällig über meine Erscheinung schweifen, frohlocke ich. Die erste Hürde wäre genommen.

„Kann ich Ihnen behilflich sein, Herr …?

„Verdict. Lucio Verdict. Ich möchte den Supervisor sprechen.“

„Ich bin Lena Wittgenstein“, kommt es schroff zurück, als ob damit alles erklärt sei. „Was kann ich für Sie tun?“

„Danke, dass Sie sich Zeit für mich nehmen. Ich werde Sie auch nicht lange behelligen.“ Ich setze ein elfenhaftes Lächeln auf. „Gestern Abend gegen neun Uhr hat einer Ihrer Gäste beim Verlassen Ihres Etablissements versehentlich das Monokel meines Klienten eingesteckt. Der Herr hatte lange, weiße Haare und trug einen gelb-orange gestreiften Anzug mit dunkelroter Halsbinde. Mein Klient ist über den Verlust seines Kommunikators sehr betrübt. Vielleicht können Sie mir helfen, den Herrn ausfindig zu machen, damit ich die Affäre schnell und ohne Aufsehen bereinigen kann.“

„Das wird jemanden wie Sie vielleicht nicht interessieren, aber in unserem Haus herrscht Diskretion.“

„Selbstverständlich“, gebe ich mich zuvorkommend. „Aber bedenken Sie bitte, dass der Geschädigte ein ehrenwerter Gast Ihres Hauses ist.“

„Wer ist der Unglückselige?“

„Jimmy Marquard.“

„Dieser Haarfledderer?“ Ihrem Ton nach zu urteilen hält sie Jimmy für eine Lebensform, die knapp über einer Kakerlake rangiert. „Man kann ihn wohl kaum als ehrenwerten Gast des *Leopold* bezeichnen!“

„Und doch darf er hier speisen.“

Kurzes Schnauben, aber keine Antwort.

„Welchem Gönner verdankt er dieses Privileg?“

Ein argwöhnischer Blick trifft mich.

„Ich verstehe. Diskretion.“ Obwohl ich die Antwort bereits kenne, kann ich mir die folgende Frage nicht verkneifen. „Darf ich den gestrigen Video-Stream des Eingangs einsehen?“

Die Empörung steht der Gegenseite deutlich ins Gesicht geschrieben und ich beschließe, noch einen drauf zu setzen.

„Das braucht doch niemand zu erfahren“, flüstere ich und ziehe den Siegelring von meinem Finger, um ihn unauffällig zu überreichen.

Mit zusammengekniffenen Augen beugt sich Lena Wittgenstein nach vorne, bis sich unsere Nasen beinahe berühren. Ihr Parfum drängt sich mir gnadenlos auf und ich kann ein Niesen nur mit Mühe unterdrücken.

„Wagen Sie es nicht, mich zu beleidigen, Sie miese, kleine Ratte!“, entgegnet sie mit gefährlich leiser Stimme. „Oder dieses respektable Haus. Wenn Sie nicht sofort die Biege machen, rufe ich die Security!“

Interessante Wortwahl für die Leiterin eines altehrwürdigen Privatklubs. Ich stecke den Siegelring wieder an und verbeuge mich artig, bevor ich den Rückzug antrete. Die Xanthippe will ich etwas genauer unter die Lupe nehmen, und ich weiß auch schon, wer mir dabei helfen wird.

„Hallo Zuby.“

Über den Neurokommunikator könnte ich an jedem beliebigen Ort den Kontakt zu meiner Ex-Kollegin herstellen, doch in meinem Büro erscheint es mir am Klügsten, zumal es abhörsicher ist. Sofern so etwas überhaupt möglich ist, wenn man sich die GCS mit zehn Milliarden anderen Menschen teilt.

„Luc, was für eine nette Überraschung!“ Eine unscheinbare Frau mit warmen, dunklen Augen ist mitten im Zimmer aufgepoppt. Sie wirkt ehrlich erfreut.

„Lucio“, verbessere ich sie und lächele.

„Ich verstehe.“ Kurze Pause. „Wie geht’s dir? Ich habe gehört, du hast den Dienst quittiert.“

Ich zucke lediglich mit den Schultern. Quittiert

worden wäre wohl die treffendere Bezeichnung.

Weil Zuby eine intelligente Frau ist, wechselt sie das Thema. „Wie lange ist es her? Drei Jahre? Haben wir damals nicht diesen Saukerl von Finanzminister mit der Hand in der Unterhose eines Jungen erwischt? Es war in Zürich, glaube ich." Sie lacht und ihre Augen blitzen hart auf.

Erneut verkneife ich mir die Antwort. Eine weitere Erinnerung, auf die ich gern verzichten würde.

„Mari hat's gefreut", setzt Zuby in heiterem Ton fort. „Ein Störenfried weniger auf ihrer roten Liste."

Als ich den Namen der Frau höre, die mich eiskalt abserviert hat, nachdem ich ihr über zehn Jahre treu gedient habe, kommt mir die Galle hoch. Vielleicht ist Zuby doch nicht so intelligent, wie ich dachte. Andererseits hat sie schon immer gern Spielchen gespielt. Ich nehme es ihr nicht übel. Wir beide sind uns diesbezüglich sehr ähnlich.

Sie scheint mir die Gedanken von den Augen abzulesen, denn in diesem Moment huscht ein ernster Ausdruck über ihr Gesicht. „Ok, lassen wir den Smalltalk. Wie kann ich dir helfen?"

Das ist das Stichwort und ich lege los.

3. Ein Geschenk des Hauses

Unweit vom Seeshaupter Rondell führt eine zypressengesäumte Allee schnurgerade zu einem weißen, klassizistischen Haus mit hohen schmalen Fenstern: das *Beau Rivage*, ein Asyl für Extrakte, in dem eine Handvoll Patienten rund um die Uhr von einem Pflegepersonal aus Fleisch und Blut betreut wird. Extrakte sind Individuen mit einem besonderen Talent oder außergewöhnlichen Aussehen, die für viel Geld die Rechte an ihrer Person abtreten und pixeligen Abbildern menschlichen Daseins ihre Seele vermachen. Vor über zwanzig Jahren hat Valeri Duchasnel, der weißhaarige Unbekannte aus dem *Leopold,* ein begnadeter Sänger und Gitarrist, genau das getan und damit die beispiellose Karriere von KennyD geebnet, einem weltbekannten Cyber-Rockstar. Noch heute singt dieser mit Duchasnels Stimme, betört mit dessen tiefgründigen Künstleraugen ein Milliardenpublikum und vollbringt wahre Wunder auf der Gitarre. Im Gegenzug sind Duchasnels eigene Gehversuche auf der Bühne kläglich gescheitert. Niemand hat ihn sehen oder hören wollen. Wie viele andere Extrakte auch hat er die Erkenntnis niemals verwunden, dass die Welt ihm ein Trugbild vorzieht, und ist schließlich im *Beau Rivage* gelandet. Inzwischen gaukelt ihm sein Verstand vor, KennyD zu sein. Wie mir Zuby wenig später versichert – als inoffizielle Mitarbeiterin des Europäischen Verwaltungsrats verfügt sie über vertrauenswürdige Quellen – ist Valeri Duchasnel ein harmloser, wenn auch wohlhabender Irrer, der dreimal in der Woche Freigang hat.

Im Asyl gebe ich mich als freier Autor aus, der für den Musikkanal WOJ einen Bericht über Duchasnels Anleihen aus Blues und Jazz machen will, und man gewährt uns eine Stunde draußen im Garten, der zur Straße hin durch eine hohe Mauer begrenzt ist. Wir setzen uns auf eine Bank, die um den Stamm einer imposanten Rosskastanie verläuft. Prompt beginnt es im Laubwerk über unseren Köpfen zu rascheln und ich bilde mir ein, eine warme Brise in meinem Nacken zu spüren. Erneut packt mich die Neugier und ich unterbreche *Regency* für einen kurzen Moment. Ein Fehler. War es mir bisher gelungen, den unterschwelligen Geruch von Hartgummi zu verdrängen, trifft er mich nun wie ein Schlag ins Gesicht. Das Gras unter meinen Füßen ist braun und zertrampelt, das Haus klotzig und streng und statt der Kastanie fristet ein Königsfarn mit verwelkten Wedelblättern ein trauriges Dasein. Wasser ist zu kostbar, um sie an Pflanzen zu verschwenden und zum wiederholten Male frage ich mich, warum die Städteplaner nicht einfach auf lebendes Gewächs verzichtet haben.

Valeri Duchasnel stellt sich als eindrucksvolle Erscheinung in weißem Leinen mit Bassstimme und theatralischem Gehabe heraus, das man ihm gern verzeiht.

„Herr D., Sie waren gestern Abend im *Leopold* …“

„Nennen Sie mich Kenny.“ Er lächelt mich breit an. Ich habe mich als ein Fan ausgegeben und so auf

Anhieb sein Wohlwollen erlangt.

„In Ordnung … Kenny. Sie haben gestern mit einem Herrn gespeist, graue Augen, etwas vierschrötig. Können Sie sich erinnern?“

„Aber natürlich. Er kannte sich mit Alarmsystemen gut aus.“

„Warum haben Sie sich zu ihm gesetzt?“

„Er wirkte gescheit und ich dachte, er würde meine Gesellschaft zu würdigen wissen. Mein viertes Album „Trigital Brand“ hat sich über zwei Milliarden Mal verkauft, wussten Sie das?“

„Selbstverständlich. Ihre Musik hat die zweite Hälfte unseres Jahrhunderts maßgeblich geprägt.“ Was nicht einmal gelogen ist. „Worüber haben Sie mit dem Mann gesprochen?“

„Über dies und das, aber vor allem über unser lasches Sicherheitssystem. Nicht auszudenken, wenn ein Stalker die Mauern meines Anwesens überwindet!“

„Das würde niemand wagen, Kenny. Dafür haben die Menschen zu viel Respekt vor Ihnen.“

„Sie haben Recht. Und doch ist die Zeit nicht spurlos an mir vorübergegangen. Trotz Defroisseur. Früher strömten die Frauen scharenweise hierher.“

„Ach was! Sie haben Ihre besten Jahre noch vor sich. Haben Sie dem Mann von gestern Abend einen Drink spendiert?“

„Nein, aber der Garçon hat uns echten Champagner serviert. Ein Geschenk des Hauses. Nach einem Glas bin ich gegangen. Im Laufe unseres Gesprächs stellte sich der Herr an meinem Tisch als nicht sehr gute Gesellschaft heraus. Er hatte keine Ahnung, wer ich bin und ich begann mich zu langweilen.“

„Das ist unverzeihlich!“

„So ist es, junger Mann. Ich verrate Ihnen jetzt

etwas. Es ist niemals an die Öffentlichkeit durchgesickert, aber in den Vierzigerjahren hatte ich eine Affäre mit La Donna St. John. Ein chilenisches Playmate und …“

So geht es noch eine Weile, ohne dass ich etwas Neues erfahre. Inzwischen bin ich fast zu der Überzeugung gelangt, dass der Bolzen ohne Valeri Duchasnels Zutun in Jimmys Brust gelangt ist, zumal zwischen den beiden außer einem gemeinsamen Abendessen keine Verbindung besteht. Mit dem Versprechen, ihn bald wieder zu besuchen, verabschiede ich mich von dem Extrakt und rufe beim Hinausgehen den Bericht über Lena Wittgenstein ab. Zwar existiert laut Zubys Nachforschungen auch hier keine offenkundige Verbindung zu Jimmy Marquard, dafür füllt die Leiterin des *Leopold* bei DELFI, der Verbrecherdatei der Europäischen Föderation, einen ganzen Aktenschrank. Im Laufe der letzten fünfzig Jahre geriet sie unzählige Male mit dem Gesetz in Konflikt, zuletzt als Mitbegründerin der faschistoiden Vereinigung für ein Neues Isar Auen. Ich kann mich schwach an die Schlagzeile bei YIN, dem Yahoogle Investigation Network, vor zwei Jahren erinnern, als die Vereinigung in ihrer Absichtserklärung verkündete, alle Einwohner aus München City verbannen zu wollen, die jünger sind als siebzig.

Um mir ein Bild von Jimmys Umfeld zu machen, statte ich ihm am frühen Abend einen Besuch ab; aber vor allem will ich wissen, wie er zu Lena Wittgenstein steht, bevor ich sie in die Mangel nehme. Mittlerweile hat *Sphäre5* die Dämmerung eingeläutet: Die Wischer am Himmel sind zartrosa angehaucht, Mosaike, Balkone und Portale erstrahlen in den schillerndsten

Farben. Auf dem Steinbrunnen vor Jimmys Laden hockt ein weißblauer Löwe und spuckt im hohen Bogen virtuelles Wasser in das Becken. Beim Anblick des nassen Goldes überkommt mich der Durst, was wohl der Zweck der Übung ist, und ich steuere den Beckenrand an, dort wo ein blaues Tropfensymbol im Stein eingemeißelt ist. Bei meiner Ankunft und Registrierung in München City wurde mir von offizieller Seite eine TransApp auf meinen rechten Unterarm aufgepinselt: ein dünner Film aus Nanozellen, der sich mit der menschlichen Epidermis verbindet, und auf dem meine Kontodaten gespeichert sind. Als ich mit dem Arm über den Brunnenrand fahre, scheint sich das Tropfensymbol zu verflüssigen: meine kostenlose Wasserration für diesen Tag. Gierig nehme ich einen der bereitstehenden Becher und trinke das kostbare Nass aus dem Steingefäß, das sich daraufhin wieder verschließt, viel zu schnell aus. Also gönne ich mir eine weitere Portion. Wieder fahre ich mit dem Unterarm über das Symbol, während der Betrag automatisch von meinem Konto abgebucht wird. Diesmal gehe ich mit Bedacht vor und setze mich auf den Beckenrand. Während ich trinke, beobachte ich die seelenlosen Gesichter, die an mir vorbeiwabern. Nicht alle Bewohner von *Sphäre5* widern mich an, aber in diesem Moment lasse ich es zu, dass sie zu einer amorphen Masse verschwimmen.

Am Eingang von *Jimmys Atelier* tummelt sich ein buntes Völkchen, das sich bei genauerer Betrachtung als eine Gruppe von Hologrammen entpuppt. Eine elegante, höchst schmeichelhafte Variante von Jimmy schüttelt diversen Projektionen die Hand, von denen ich annehme, dass sie die Lokalprominenz darstellen.

Mit einem leichten Bedauern blicke ich auf den leeren Becher in meiner Hand, bevor ich ihn zurückstelle, wo er augenblicklich recycelt wird, und setzte mich seufzend in Bewegung.

Als ich durch die offene Tür des Ateliers treten will, stellt sich mir der Holo-Jimmy in den Weg und entbietet mir ein fröhliches „Herzlich willkommen!". Unbeeindruckt gehe ich weiter.

„Wussten Sie schon? Fransen über den Augen verjüngt Ihr Gesicht um vier Dekaden!", ruft er mir noch hinterher, dann wendet er sich wieder seinen prominenten Freunden zu.

Jimmys Atelier ist nicht groß, aber exquisit eingerichtet. Sechs pilzförmige Kapseln stehen sich in Dreierreihen blitzblank gegenüber. Als ich den Laden betrete, sind vier davon besetzt. Eine Mitarbeiterin sitzt weiter hinten mit einem Kunden an der Computerkonsole und entwirft für ihn eine Haarkreation, die später in einer der Kapseln mithilfe von Thermostrahlung, Gebläse sowie Schneid- und Schweißlaser umgesetzt wird. Offensichtlich herrscht Uneinigkeit und sie flüstern aufgeregt miteinander. Jimmy selbst ist nirgendwo zu sehen.

„Könnte ich bitte Herrn Marquard sprechen?", unterbreche ich das hitzige Gefecht. „Es ist sehr wichtig."

Sauertöpfisch schaut die Mitarbeiterin auf, während sich der Kunde neben ihr zurücklehnt und einen entnervten Seufzer ausstößt. „Herr Marquard ist heute indisponiert!" Bevor sie erneut zum Reden ansetzen kann, macht sie eine ruckartige Kopfbewegung, als würde jemand mit ihr über InterCom kommunizieren. Sie schaut überrascht, dann zeigt sie mit der Hand auf einen Ganzkörperspiegel links von ihr.

„Gehen Sie hier durch!“ Ihr Ton ist feindselig und die Tatsache, dass der Kunde postwendend eine Schimpftirade loslässt, weil ich den *Maître* sehen darf, er aber nicht, besänftigt ihren Blick in keiner Weise.

Das optische Kraftfeld im Spiegel wird deaktiviert und ich betrete einen winzigen Kontrollraum, von wo aus Jimmy anscheinend das Tun und Wirken in seinem Laden überwacht.

„Was für eine unfähige Kuh! Morgen ist auch noch der umsatzstärkste Tag des Monats! Wenn das alles vorbei ist, schmeiße ich sie raus!“, schallt es mir als Begrüßung entgegen.

„Wie geht es Ihnen, Jimmy?“ Ich versuche den Gedanken zu verdrängen, dass ich mich bereits zum zweiten Mal an diesem Tag in einer höchst explosiven Situation befinde.

„Haben Sie etwas herausgefunden?“, bekomme ich statt einer Antwort.

Ich erzähle ihm, was ich über Valeri Duchasnel erfahren habe und er nickt interessiert, aber teilnahmslos. Als die Sprache jedoch auf Lena Wittgenstein fällt, kneift er hasserfüllt die Augen zusammen.

„Sie beide kennen sich?“

Er nickt heftig.

„Also doch jemand, der Ihnen wenig zugetan ist?“

„Die Frau ist eine Hexe!“

„Wussten Sie, dass sie mehrfach wegen staatsfeindlicher Gesinnung verhaftet wurde?“

Er schüttelt den Kopf, wirkt aber nicht überrascht.

„Schulden Sie jemandem Geld? Ich will eine ehrliche Antwort, Jimmy.“

Erneut schüttelt er den Kopf, und mir bleibt nichts anderes übrig, als ihm zu glauben. Trotzdem nehme ich mir vor, Zuby zu bitten, mir einen Blick in Jimmys Finanzen zu gewähren, sofern das überhaupt möglich ist. Das Bankgeheimnis ist neben dem Geburtsjahr der über Hundertjährigen das größte Heiligtum in den Biosphären.

„Und wie geht's jetzt weiter?"

„Morgen werde ich Lena Wittgenstein einen Besuch abstatten. Mal sehen, was ich herausfinde. Im Moment ist sie die einzige Spur."

„Ist das alles?"

„Was erwarten Sie denn?" Für fünfhundert Eurodollar. „Ich bin erst seit sieben Stunden an dem Fall dran."

Jimmy verzieht das Gesicht. Keine Ahnung, ob aus Verständnis oder Unmut. Nach unserer kurzen Bekanntschaft würde ich auf Letzteres tippen, dann aber verblüfft er mich.

„Möchten Sie Kaffee? Selbstgebraut, kein Replikat!"

„Gern."

Zwar drängt es mich, so schnell wie möglich den Abstand zwischen mir und dem Bolzen zu vergrößern, doch einer guten Bohne kann ich nicht widerstehen. Jimmy bittet mich per Handzeichen, ihm zu folgen. Wir durchschreiten eine automatische Tür in der Rückwand des Kontrollraums und gelangen in einen langen Flur, der in den privaten Bereich seiner Wohnung führt, genau gesagt in eine halbrunde Bibliothek, in der hauptsächlich MiniCubes gestapelt sind, aber auch einige echte Papierbücher, was einer Sensation gleich kommt. Ich hätte Jimmy niemals für einen Sammler gehalten. Während Genannter kurz verschwindet, schaue ich mir die zwei Dutzend Bücher in einem eigens dafür gebauten Schrein neugierig an. Ein Titel erregt meine besondere

Aufmerksamkeit und ich ziehe die dünnen Handschuhe an, die ich stets bei mir trage, um das Papier vor Keimen und Schweiß zu schützen. In der Regel dienen sie dazu, keine DNA-Spuren zu hinterlassen. Bei dem Buch handelt es sich um *Quintessenzen*, eine bekannte föderale Schrift. Erstaunlicher als der Inhalt selbst ist die persönliche Widmung des Verfassers Frederico Halini, ehemaliger Oberster Kanzler der europäischen Föderationsregierung. Neugierig blättere ich durch die Seiten, bis ich auf eine Passage stoße, die mich stutzen lässt. Dort, wo von Konkordanz und Solidarität die Rede ist, entdecke ich handschriftliche Randnotizen. „Lebensmotto?“ steht da und etwas weiter unten „unbedingt!“ und „unumstößliche Wahrheit“. Kein Wunder, dass Lena Wittgenstein und Jimmy der Mops wie Feuer und Wasser sind. Föderalismus und Nationalismus sind keine guten Gesellen. Ob die Bolzensache ideologisch motiviert ist?

Da nehme ich neben mir eine Bewegung wahr. „Ihres?“, frage ich so beiläufig wie möglich und zeige auf das Buch in meinen Händen.

Jimmy, der ein Tablett mit zwei Tassen und etwas Gebäck vor sich trägt, nickt. Seine Augen funkeln, als wolle er etwas hinzufügen, doch er verkneift es sich, wofür ich ihm sehr dankbar bin. Schließlich sitzen wir eine kleine Weile friedlich zusammen und genießen unseren Kaffee. Eine seltene Arabica-Mischung. Ich komme nicht umhin, den außergewöhnlichen Geschmack zu loben.

Als ich wenig später das Haus verlasse, kann ich Jimmys angespannten Blick in meinem Rücken spüren.

4. Himmi Herrgott Sakra!

Der einzige Luxus in meinem einfach möblierten Apartment zwischen *Sphäre1* und City ist die winzige Polymerblase, die mir als Balkon dient. Dort stehe ich jetzt und genehmige mir einen Tabacco-Stick, dabei lasse ich den Blick durch die lichtgesprenkelte Nacht schweifen. Dieser Jimmy ist schon ein eigenartiger Typ. Kleidet sich wie ein Penner, trinkt echten Kaffee und leistet sich die Extravaganz, in Papierbüchern herumzukritzeln. Obendrein scheint er ein politischer Aktivist zu sein ...

Mein unsteter Blick fällt auf eine vorbeischwebende Sky Ad, die für ein teures Parfum wirbt. *Womanizer* steht da in geschwungenen Buchstaben. Gäbe es noch Vögel am Himmel, würden sie in dieser Sekunde einen nachdenklichen Mann mit Tabacco-Stick im Mundwinkel erblicken, der plötzlich erstarrt, während sich zeitgleich seine Augen ungläubig weiten, um sich dann ruckartig abzuwenden und in die Wohnung zurückzukehren. Was soll ich sagen? In mir ist soeben ein Verdacht aufgekeimt. Ich aktiviere die GCS, lade mir den Bauplan eines dreistöckigen Gebäudes im Zentrum von *Sphäre5* herunter und überlege mir eine Strategie, wie ich morgen früh unbemerkt dort einsteigen kann. Danach kontaktiere ich das Institut, in dem tagsüber Kaoris Kind betreut wird.

„Können Sie Shou für die Nacht da behalten? … Das brauchen Sie mir nicht zu sagen! Ich weiß, dass es bereits das dritte Mal ist … Natürlich bin ich mir meiner Verantwortung bewusst, aber heute Abend habe ich etwas Wichtiges zu erledigen … Ja, in Ordnung … Natürlich. Ich danke Ihnen, auf Wiedersehen!“

Ich unterbreche die Verbindung, bevor ich mir weitere Vorwürfe anhören muss. Heute Nacht bleibt mir das qualvolle Starren auf die Zwischenwand erspart, wenn sich Shou nebenan in den Schlaf weint.

Ich bin kein Masochist, aber in einer Welt, die nur aus Lügen besteht, ist physischer Schmerz oft die einzige Wahrheit. So mache ich mich wenig später auf den Weg zu einer Kneipe namens *Himmi Herrgott Sakra!* im Außenbezirk von München City. Das altmodische Schild aus Leuchtdioden, eine Laus auf einem Bierfass, ist mir von der Tube aus bereits mehrmals ins Auge gestochen. Zur Assimilation zaubere ich mir keine polymeren Makel ins Gesicht wie Augenringe oder großporige Haut, sondern beschränke mich darauf, eine fleckige Stoffhose und eine alte Militärjacke anzuziehen. Meine verwuschelten Haare kämme ich mir ins Gesicht, was mich, wie ich weiß, etwas kindlich aussehen lässt.

Als ich das *Himmi Herrgott Sakra!* durch die offene Tür betrete, schaut sich niemand nach mir um und so stapfe ich zur Holztheke und bestelle ein Hachinger Bräu. Während ich am groben Gesöff nippe, begutachte ich meine Umgebung. Außer einem Dutzend Männern und Frauen in verschiedenen Stufen der Trunkenheit, die sich auf Holzstühlen um mehrere Tische fläzen, gibt es nicht viel zu sehen. Keine bunten Lichter, keine glatt gebügelten Gesichter, keinen Firlefanz. Ich lasse meinen Blick wandern und entdecke einen Mann mittleren Alters: drahtig, nüchtern, unberechenbar. Für mein Vorhaben ungeeignet. Meine Augen forschen weiter und bleiben an einem Typen hängen; etwa Anfang dreißig, also in meinem Alter. Er ist etwas größer als ich und gut zwanzig Kilo schwerer. Unter seinem Hemd mache ich Muskeln aus. Seine Augen sind leicht glasig, er ist angetrunken, aber nicht so, dass er gleich zusammenklappt. Perfekt.

Mit einem kräftigen Schluck leere ich mein Glas, dann rutsche ich vom Hocker und gehe auf den Typen zu, während es hinter meinen Augäpfeln verheißungsvoll zu pochen beginnt. Mit der rechten Schulter remple ich ihn an. Als er nicht reagiert, baue ich mich breitbeinig vor ihm auf, die Arme leicht vom Körper abgewinkelt. „Hey, pass doch auf, du Affe!"

Sichtlich angestrengt starrt er mich an. „Wie hast du mich genannt?"

„Einen Affen! Aber wenn ich's mir recht überlege, Fettsack trifft es wohl eher!" Mit dem blasiertesten Gesichtsausdruck, zu dem ich fähig bin, mustere ich ihn von Kopf bis Fuß. Das muss genügen und ich drehe mich weg.

Im selben Moment nehme ich aus den Augenwinkeln heraus eine Bewegung wahr. Ich werfe mich herum und ducke mich, so dass der Hieb, der meinen Hinterkopf treffen sollte, ins Leere geht. Durch den Schwung pralle ich seitlich gegen einen der Tische, als sich der Kerl auf mich stürzt. Seine Faust gräbt sich in meinen Magen, doch zum Glück ist der Schlag nicht kraftvoll genug ausgeführt und es gelingt mir, den zweiten Hieb abzuwehren, in dem ich mich vom Tisch abstoße, um ihm den Fuß in die Brust zu rammen. Mein Gegner torkelt rückwärts. Seine Augen funkeln angriffslustig und ich schaue mich nach einer provisorischen Waffe um. Ich will den nächstbesten Stuhl packen, doch dabei achte ich nicht auf meine Füße und stolpere, was den anderen dazu anregt, mir sein rechtes Knie zwischen die Beine zu rammen und mich wie einen Baum zu fällen. Obwohl der Typ nicht zielgenau getroffen hat, fährt mir ein jäher Schmerz durch Mark und Bein, der mich unwillkürlich auflachen lässt. *Endlich!* In der Menge der Umstehenden klatscht jemand Beifall. Auch wenn ich zu Boden gegangen bin, fühle ich mich euphorisch wie schon lange nicht mehr und nutze die Verwirrung meines Kontrahenten, um einen Fuß hinter seine Knöchel zu haken. Mit einem Ruck bringe ich ihn zu Fall, was leider zur Folge hat, dass hundert Kilo Fleisch auf mich plumpsen und mir der Gestank von Alkohol und Schweiß Tränen in die Augen treibt. Als Replik auf mein ersticktes „Du stinkst!" bekomme ich einen Fausthieb auf die Nase. Blut spritzt und nimmt mir die Sicht, da umklammert der Kerl zu allem Überfluss meinen Hals. Wenn ich mir jetzt nicht etwas einfallen lasse, bin ich erledigt, und so schlage ich mit beiden Handflächen kräftig auf seine Ohren. Benommen lässt er meinen Hals los, während ich ihn packe, um ihn zu mir heranzuziehen. Gleichzeitig hebe ich den Kopf und donnere mit einem gezielten Stoß meine Stirn gegen seine Nasenwurzel. Aus seiner Kehle entweicht ein Geräusch, als würde man die Luft aus einem Gummischlauch ablassen, dann verdreht er die Augen, bevor er schwankend nach hinten sackt und regungslos liegen bleibt. Kurz vergewissere ich mich, dass er so bald nicht mehr aufsteht, dann sinke auch ich langsam nach hinten. Mit weit aufgerissenen Augen starre ich nach oben an die Decke, während sich mein Atem wieder beruhigt. Zu dumm, dass ich nachher die Wunden im Gesicht mit Sprühepidermis verdecken muss.

Der kurze Zauber vergeht, als zwei grünbraune Stiefel in mein Blickfeld rücken. Eine raue Hand greift nach mir und zieht mich mit einem Ruck nach oben, während ich mehrmals hintereinander blinzele, um wieder einen klaren Kopf zu bekommen. Vor mir steht eine Frau mit kurzen, roten Haaren und graublauen Augen; um ihre zusammengepressten Lippen liegt ein harter Zug. Sie trägt ein weit ausgeschnittenes Top, darüber eine kurze Jacke mit Lammfellimitat.

„Verschwinde aus meinem Laden!"

Ihr klarer Blick gräbt sich in mein Inneres und obwohl sie für meinen Geschmack eine Spur zu herb ist, erfreue ich mich an der Vorstellung, ihre Klamotten herunterzureißen – in meiner adrenalinumnebelten Fantasie trägt sie keine Unterwäsche – und sie mir vor aller Augen vorzunehmen.

Als hätte sie meine Gedanken gelesen, verschränkt sie die Arme vor der Brust.

„Ich muss noch mein Bier bezahlen." Meine aufgerissene Oberlippe spannt beim Reden.

„Tu das, und dann raus hier!"

Bevor ich noch etwas entgegnen kann, rauscht sie davon.

Auf dem Weg zurück zur Tube verkneife ich es mir, in der GCS nach dem Profil der Rothaarigen zu suchen. Jeder Knochen in meinem Körper schmerzt, die Platzwunden in meinem Gesicht brennen und ich muss lächeln. In dieser Nacht schlafe ich fest wie ein Baby.

5. Gesalzen und gepfeffert

Punkt halb neun stehe ich am anderen Morgen bereit. Laserwaffen sind in den Biosphären verboten, weil ihre Strahlen die empfindlichen Hüllen schädigen könnten, deshalb trage ich unter der Kleidung eine Beretta Silverfire, eine altmodische, und was noch wichtiger ist, signaturfreie Schusswaffe. Neben praktischem Zubehör wie ein Laserskalpell und mein Hacker-Tablet habe ich ein ausfahrbares Head-Up-Display mit zusätzlichem Pod dabei, das ich mit den Daten aus dem Analyzing Pocket System gefüttert habe.

Das dralle Blumenmädchen im karierten Kleid reagiert auf meine anzüglichen Avancen mit einem unsicheren Lächeln. Ich trage eine Weste, deren Nanobots mich korpulent aussehen lassen sowie einen breitkrempigen Hut, den ich halb ins Gesicht gezogen habe. Auffälligstes Merkmal ist meine ungleichmäßige Zahnprothese. Ein billiger, wenn auch sehr wirkungsvoller Trick.

„Ein Sträußchen Veilchen, bitte."

Wäre ich ein Psychopath, würde ich dem Blumenmädchen, während es nach seinem Korb greift, eine tödliche Injektion verpassen und hinter eine niedrige Mauer schleifen, um sein Erkennungs-Implantat über dem ersten Nackenwirbel herauszuschneiden. Doch zum einen bin ich kein

Psychopath und zum anderen halte ich meinen wertvollsten Besitz im rechten Handschuh versteckt: einen Modular Mobile Chip – der Schlüssel zu neuen Identitäten. In weniger als dreißig Sekunden ist dieser Prototyp in der Lage, den ID-Code jedes Transponders zu kopieren, auch wenn dieser in einem Körper implantiert ist. Ich muss nur nah genug herankommen. Also lehne ich mich nach vorn und sülze etwas von „Hübsches Kind, lass uns dort ins Café gehen“ und „Ich werde mich erkenntlich zeigen“, während ich ihm mit der rechten Hand durch den Nacken streiche. Zwar haben die Nanozellen in der polymeren Haut des Blumenmädchens ganze Arbeit geleistet, dennoch ist es ein Leichtes, den Security anhand der Geruchspartikel eben dieser künstlichen Pigmente zu lokalisieren. Seine Verwandlung jedenfalls ist vollkommen und ich könnte nicht sagen, ob er männlich oder weiblich ist, zumal Stimmtransformatoren zur Standardausrüstung gehören. Um seine Tarnung nicht auffliegen zu lassen, lässt mir der Security einige Freiheiten, die ich nutze, um ihm Intimitäten ins Ohr zu flüstern, bis er schließlich zur Tat schreitet und meinen Arm packt. Sein Griff ist erwartungsgemäß hart.

„Benehmen Sie sich, mein Herr!“, ruft er mit erboster Mädchenstimme. „Wofür halten Sie mich?“

„Autsch! Sie brechen mir ja den Arm! Ich bitte Sie, lassen Sie mich los …“, stammele ich sichtlich verwirrt, bevor ich mit schmerzverzerrtem Gesicht davon trotte.

Vor genau zehn Sekunden habe ich per InterCom die Nachricht erhalten, dass der Download abgeschlossen ist. Ich bin also hier fertig.

Mit dem überspielten Modular Mobile Chip am

Körper begebe ich mich zur Rückseite des betreffenden Gebäudes und überwinde als „Security“ die Sicherheitssperre zum Innenhof, ohne dass der Alarm losgeht. Es ist wichtig, keine Aufmerksamkeit zu erregen. Bei einer Überprüfung würde die doppelte ID sofort auffallen. Der Hintereingang zum Zielobjekt befindet sich rechts vor mir. Aus der Entfernung erkenne ich das typische Grau einer Dura-Liquid-Legierung. Im Normalfall ein unüberwindbares Hindernis, doch mithilfe meines Hacker-Tablets gelingt es mir, den semipermeablen Verbundstoff aus Aluminium und Nano-Kunststoffen umzuprogrammieren, so dass ich bequem hindurch schreiten kann. Die Apartmenteinheit, in der ich gerade einbreche, besteht aus einem einzigen langen Raum, der durch bewegliche Luftkissenwände, die bei Bedarf in den Boden eingezogen werden, in gleich große Nischen unterteilt ist. Von der Form her dem Seitenschiff einer Kirche nicht unähnlich. In der Ferne höre ich Stimmen, die definitiv nicht aus der Wohnung kommen. Wie zu erwarten ist, bin ich allein. Ich packe den Hut weg, aktiviere mein Head-Up-Display und setze vorsichtig einen Schritt vor den anderen. In der nächsten Minute passiere ich mehrere Räume, ohne dass die optischen Sensoren anschlagen. Erst als ich das Ende des Gangs beinahe erreicht habe, flackert es im Display zum ersten Mal auf. Unschlüssig bleibe ich stehen, dann drehe ich mich um die eigene Achse, als es erneut aufflackert. Langsam gehe ich weiter. Das Flackern wird immer stärker, bis es zu einem konturlosen Klecks erstarrt. Mit einem Kribbeln der Erregung im Nacken nähere ich mich dem Klecks, der sich nach und nach als längliches Objekt entpuppt. Daraufhin aktiviere ich den Multispektralscanner und vor meinen Augen füllt sich der Gegenstand mit gelber Farbe und dunklen Punkten. Die Bestätigung kommt per InterCom. „Kongruenz mit Objekt 1014: hundert Prozent.“ Ein warmes Gefühl der Zufriedenheit breitet sich in mir aus. Ich bin am Ziel angelangt. Ein Knopfdruck und das Head-Up-Display faltet sich auf die Größe einer Streichholzschachtel zusammen, so dass ich es mühelos von meiner rechten Schläfe abziehen kann.

Neugierig schaue ich mich um. Ich stehe vor einem dunklen GCS-Screen und kann meine angespannte Gestalt darin erkennen. Der gesuchte Gegenstand befindet sich genau dahinter, nur wenige Zentimeter entfernt. Mit zusammengekniffenen Augen unterziehe ich den Screen und seine unmittelbare Umgebung einer Prüfung, doch ich finde keinen versteckten Mechanismus. Wahrscheinlich wird der Screen per Sprachbefehl aktiviert. Sollte der rückseitige Hohlraum ebenfalls auf diese Weise geöffnet werden, ist mein Weg hier zu Ende. Ich denke nach und in genau diesem Moment passiert es.

Mich überkommt das ungute Gefühl, wie durch ein Nanomikroskop betrachtet zu werden: eine Ameise, die man im Begriff ist, mit dem Daumen zu zerquetschen. Ich bewege mich keinen Millimeter, während meine Gedanken rasen. Entweder ich verschaffe mir mit Gewalt Zugang zum Hohlraum und riskiere ein wildes Tohuwabohu oder ich trete den Rückzug an – auf die Gefahr hin, dass ich damit meinen ersten Fall in den Sand setze. Die Zeit zerrinnt mir zwischen den Fingern. Ich muss eine schnelle Entscheidung treffen, also greife ich nach dem Laserskalpell, schalte auf Stufe 5 und setze an. Es fährt durch den Screen wie durch Butter und schon bald habe ich ein Loch herausgeschnitten, durch das ich einen Blick in den Hohlraum werfen kann. Mein Puls beschleunigt sich, als ich eine Buchausgabe von Wilhelm Buschs „Leben und Werk" ausmache sowie eine Metallröhre, in der sich die gesuchten Papierrollen befinden. Beide liegen adrett nebeneinander, als wären sie für mich dort deponiert worden. Stünde da jetzt noch ein Tintenfass, bekäme ich glatt einen Lachanfall! Die Erkenntnis, gerade in eine Falle getappt zu sein, lässt meinen Verstand auf eine einzige Sache fokussieren und ich ziehe blitzschnell die Beretta Silverfire aus der Tasche.

„Forsch und ehrgeizig! Das gefällt mir."

Die Stimme in meinem Rücken ist wohlklingend und distinguiert. Ich wirbele herum, die Waffe im Anschlag. Vor mir steht Jimmy der Mops – in feinstem Zwirn gekleidet, mit perfekt onduliertem Haar und einem breiten Grinsen im Gesicht.

„Na, na, na! Sie werden doch nicht …" In abwehrender Haltung hebt er die Hände. „Nehmen Sie Ihre Waffe herunter und reichen Sie mir die Hand."

Sein Friedensangebot ignorierend starre ich ihn nur an.

„Schauen Sie nicht so griesgrämig drein, Lucio Verdict." Sein Blick heischt um Verständnis. „Das Ganze war lediglich ein Test, den Sie mit Bravour bestanden haben. Sie haben den Fall in nicht einmal 24 Stunden gelöst. Saubere Arbeit!"

„Für mich ist der Fall nicht gelöst, solange Wannabees wie Sie noch aufrecht stehen!", zische ich zurück. Ich bin wirklich sauer.

Doch Jimmy ist weit davon entfernt, beleidigt zu sein. „Das Gesicht eines Engels, aber abgebrüht bis auf die Knochen."

Ich halte die Waffe immer noch auf ihn gerichtet. „Was ist mit dem Bolzen?"

„Eine Attrappe. Sagen Sie, was hat mich verraten?" Er schaut mich mit einem Ausdruck kindlicher Neugierde an und ich spüre, wie die Anspannung im Nacken langsam nachlässt.

„Ihre Handschrift in *Quintessenzen*. Sie ähnelt auffällig der Schrift auf der Drohung. Das kleine ‚m' hat Sie überführt."

„Hmm … Wie gedankenlos von mir. Und dabei habe ich versucht, die Spur auf diese grässliche Wittgenstein zu lenken."

Betont langsam senke ich die Waffe. „Warum das alles? Ist Ihnen langweilig? "

Da wird Jimmy schlagartig ernst. „Mitnichten. Das alles hat einen rechtschaffenen Hintergrund. Wir wollten uns davon überzeugen, dass Sie kein Aufschneider sind."

„Wer ist wir?"

„Die Mitglieder des hiesigen Konsortiums für die Verteidigung des guten Geschmacks. Vorrangig Coiffeure, Couturiers und Parfumeure."

Ich werfe Jimmy einen langen Blick zu, bis er beginnt, nervös von einem Fuß auf den anderen zu treten. „Gegen guten Geschmack habe ich nichts einzuwenden", erwidere ich mit einem dünnen Lächeln. „Sagen Sie also Ihren Freunden, meine Spesenrechnung wird gesalzen *und* gepfeffert sein."

Nach diesen Worten wende ich mich ab und verlasse die Bibliothek durch die Vordertür.

FRIKASSEE ZUM FRÜHSTÜCK

1. Der senffarbene Trenchcoat

„Die Menschen san schlimm."

„Ja, des san's."

Die beiden alten Damen mit den identischen schwarzen Betonfrisuren machen aus ihrem Abscheu keinen Hehl.

„Des geht doch ned!"

„Naa."

Doch nicht die Leiche im Blumenkübel gibt Anlass zur Aufregung, sondern der Mann, der sich geschäftig darüber beugt und den Anwesenden seine zerknautschte Kehrseite präsentiert.

„Wo kimmt'n der her?"

„Von außerhalb."

„Mhm."

In diesem kurzen Schnauben liegt mehr Verachtung, als es tausend Worte auszudrücken vermögen. Obwohl mir diese Reaktion übertrieben scheint, kann der senffarbene Trenchcoat, den der Fremde anhat, in der Tat nur als scheußlich bezeichnet werden. Dass er etwas über die Kompetenz seines Trägers aussagt, bezweifle ich dennoch.

Ich stehe etwas abseits vom Rummel und wie immer bin ich tadellos gekleidet, um nicht unangenehm aufzufallen. Ich trage eine gerade geschnittene schwarze Hose, ein dunkelblau changierendes Hemd und ein cremefarbenes Halstuch. Die dazu passende helle Jacke habe ich lässig über die Schulter geworfen.

Der Fund der Leiche hat sich in der Biosphäre wie ein Lauffeuer verbreitet. Die Luft ist spannungsgeladen und wie zur Hervorhebung des Dramas am Boden präsentiert sich der Himmel über unseren Köpfen in allen Schattierungen des Regenbogens, durchbrochen von einzelnen malvenfarbenen Wischern. *Regency*, das hiesige Virtual-Environment-Programm, kleckert nicht – vor allem nicht während der Morgendämmerung.

Vorschriftsgemäß ist ein Expertenteam der Metropolizei aus München City herbeigerufen worden, bestehend aus eben jenem Menschen im schäbigen Überwurf und seinen beiden nicht weniger bemitleidenswert aussehenden Begleitern. In diesem Moment wendet sich der Fremde an die umstehenden Gaffer, zu denen auch ich gehöre. Er hat rötlich gelbes Haar und ein mittelalterliches Gesicht mit Knitterfalten. Die einzige Rosine in einem Meer aus Trauben.

„Guten Morgen. Ich bin Inspektor Brügell und möchte Sie um Ihre Mithilfe bitten. Weiß jemand zufällig, wer der Tote ist?"

Zunächst ist nur leises Murren zu hören – so wie die Menschen ihn beäugen, könnte er genauso gut Charles Laughton in der Rolle des Glöckners von Notre Dame sein –, bis sich ein Herr mit gestutztem Backenbart herablässt hervorzutreten. Er könnte fünfzig Jahre alt sein, aber genauso gut hundert.

„Soweit ich das von hier aus erkennen kann, handelt es sich mit großer Wahrscheinlichkeit um Lionel III. Er ist … war Chefparfumeur bei ViveSenz, dem Produzenten von Naturaromen. Nur Lionel war verwegen genug, solche gelben Knickerbocker zu tragen."

Inspektor Brügell blickt sich um. „Kann das noch jemand bestätigen?"

„Ja, ich."

„Ich auch.

„Und i."

„Gut. Wir werden das überprüfen. Stadler?" Er wendet sich an einen seiner Mitarbeiter. „Bitte nehmen Sie die Namen und Aussagen der Leute auf."

Bei dem Wort „Leute" ziehen einige der Herrschaften entrüstet die Brauen hoch. Als solche definiert sich hier niemand gern. Ich habe genug gesehen – mein Frühstück ruft – und will mich abwenden, als jemand von hinten an mein Hemd zupft. Etwas ungehalten drehe ich mich um. Es ist Jimmy.

„Lucio Verdict, auf ein Wort!"

Inzwischen bin ich seit über zwei Monaten in den Isar Auen und wider Erwarten herrscht zwischen mir und dem Mops so etwas wie Eintracht, auch wenn ich nicht verhehlen kann, dass er mich mit seiner penetranten Art zuweilen nervt.

„Was ist?“

Er nimmt mich beiseite. „Finden Sie den Virtuellen Kommunikator des Toten und bringen Sie ihn mir.“ Zumindest redet er nicht lange um den heißen Brei herum.

„Warum?“

„Tun Sie’s einfach!“

Ich verschränke die Arme vor der Brust und starre ihn an.

Da platzt es schon aus ihm heraus: „Darauf befinden sich Informationen, die nicht an die Öffentlichkeit gelangen dürfen.“

„Die Polizei hat den Kommunikator bestimmt schon sichergestellt. Wie soll ich da herankommen?“

Statt einer Antwort zerrt er mich vom Tatort weg – dieser befindet sich in einem Seitengässchen, das zum Löwenbrunnen führt –, bis wir direkt vor seinem Laden stehen. Die wenigen Menschen, die um diese Uhrzeit gewöhnlich auf den Beinen sind, gruppieren sich in diesem Moment um den bunt gekleideten Leichnam von Lionel III. Einzig Jimmys Werbehologramm im Standby starrt mich aus leeren Augenhöhlen an, während es auf den Fußballen wippt. Wir können uns also in Ruhe unterhalten.

„Dass die Polizei den Kommunikator sichergestellt hat, ist unwahrscheinlich“, flüstert mir der echte Jimmy verschwörerisch ins Ohr.

Der sündhaft teure Duft seiner Wildlederjacke sticht mir in die Nase und ich rücke unmerklich von ihm ab.

„Woher wollen Sie das wissen?“ Schließlich trennt sich kein Mensch freiwillig von seinem Virtuellen Kommunikator. Es sei denn, er steigt unter die Dusche.

Unschlüssig schaut mich Jimmy an. Sein fleischiges

Gesicht hat eine leichte Rötung angenommen.

„Jimmy, das nervt! Entweder Sie sagen, was ich wissen muss, oder jemand anders holt Ihre Karre aus dem Dreck."

Er seufzt. „Ich habe eine Konfirmandenblase und als ich heute Nacht wieder einmal austreten musste …", ich kann seine gehauchten Worte nur mit Mühe verstehen, „… habe ich durchs Fenster den armen Kerl im Blumenkübel entdeckt. Ich bin runter, um nachzuschauen. Ich habe Lionel sofort an seinen Knickerbockern erkannt. Dann …", kurzes Räuspern, „… habe ich die Leiche durchsucht, aber der Kommunikator war nicht da."

„Warum?"

„Warum was?"

„Warum haben Sie nach dem Kommunikator gesucht? Hat Lionel III. Sie erpresst?"

„Nein!"

„Sicher?"

„Ja."

Ich glaube ihm nicht, dennoch bedränge ich ihn nicht weiter. „Erstaunlich, dass die Securities die Leiche nicht zuerst entdeckt haben. Hier wimmelt es doch von denen."

Es folgt das für Jimmy typische, durch die Nase herausgepresste Schnaufen, dem er seinen Spitznamen verdankt. „Es sind doch alles Trottel!"

„Vielleicht wurden sie geschmiert", mutmaße ich laut. Securities erhalten einen verhältnismäßig kargen Lohn.

„Wäre nicht das erste Mal."

„Vielleicht von Ihnen?"

Mein Versuch, Jimmy aus der Reserve zu locken, geht mächtig in die Hose.

„Glauben Sie, was Sie wollen“, entgegnet er ungerührt. „Aber finden Sie den Kommunikator.“

Ich atme ein paar Mal durch und lasse meinen Blick über den bunten Himmel wandern. „Wie sieht das Teil aus?“

„Gut, dass Sie fragen, Verdict. Es handelt sich dabei nicht um die handelsübliche schmale Brille mit ausfahrbaren Gläsern. Lionels Kommunikator ist eine Sonderanfertigung. Sehr aufwändig gestaltet. Sobald er aktiviert wird, färbt sich die Fassung mintgrün und zum Vorschein kommen winzige Lavendelblüten, die nach allen Seiten wachsen. Die Gläser selbst schimmern mal violett, mal himmelblau.“

„Sensationell.“ Ich zupfe einen imaginären Fussel vom Ärmel. „Jimmy, was befindet sich auf dem Kommunikator?“

„Das kann ich Ihnen nicht sagen.“

„Haben Sie einen Clown gefrühstückt? Sie hauen heute einen Joke nach dem anderen raus! Etwas Futter müssen Sie mir schon liefern.“

„Tut mir leid, Verdict, wirklich.“

„Ist es etwas Sexuelles?“

Schweigen.

„Korruption? Veruntreuung?“

Starres Geradeausgucken.

„Mord?“

Jimmy befindet sich im Ausnahmezustand. Er blinzelt nicht einmal.

„Ich soll also im Trüben fischen?“

Die Salzsäule bekommt Risse. „Es geht nicht anders.“ Das klingt ehrlich zerknirscht. „Ich kann Ihnen darüber nichts erzählen. Das ist zu Ihrem Besten, glauben Sie mir.“

Meine Gedanken rotieren. Der Fall stinkt.

Andererseits bin ich wieder mal in Geldnot. Jimmys Aufträge haben mir bisher nicht mehr eingebracht als ein Fliegenschiss auf meinem Konto. Mein letzter Job hat darin bestanden, den Diebstahl eines Diamantenkolliers aufzuklären, das, wie sich am Ende herausgestellt hat, versehentlich in die hauseigene Recyclinganlage geraten war. Das Kollier im Wert von gut zweihunderttausend Eurodollar war nicht mehr zu retten gewesen. Mein Schlusshonorar auch nicht, nebenbei gesagt. In der Zwischenzeit habe ich mit meinem Ziehsohn Shou mehrere Ausflüge nach München City und in die umliegenden Biosphären unternommen. Seine Deutschkenntnisse bessern sich von Tag zu Tag, wie es bei einem Kind seines Alters üblich ist. Dennoch verlaufen unsere Gespräche meistens einsilbig. Für einen Jungen, der auf den Nippon Islands aufgewachsen ist, einer Ansammlung vieler kleiner Inseln im Pazifik, ist das ockerfarbene Ödland der Isar Auen ein Schrecken ohne Ende. Zudem hat sich ein Ausdruck stumpfer Trauer in seinen schwarzen Augen festgesetzt, die ich nicht zu zerstreuen vermag. Um es also auf den Punkt zu bringen: Eine lukrative Ablenkung käme wie gerufen.

„Na gut“, entgegne ich etwas verhalten, um bei der Honorarverhandlung keine Zweifel aufkommen zu lassen. „Ich mach‘s.“

„Ihr Preis?“

„Angesichts Ihres löchrigen Briefings das Doppelte wie üblich!“.

„In Ordnung.“

„Ich will die Hälfte jetzt.“

Kurzes Nicken. Jimmys Augenlider zucken und ich vermute, dass er gerade dabei ist, die Transaktion vorzunehmen.

„Erledigt."

„Gut." Sobald ich allein bin, werde ich mich davon überzeugen, dass das Geld überwiesen wurde. „Schicken Sie mir schnellstmöglich alle Infos, die Sie mit Ihrem Gewissen vereinbaren können." Es gelingt mir nicht, den Sarkasmus gänzlich aus meiner Stimme zu verbannen.

Nachdem Jimmy ins Innere seines Ladens verschwunden ist, gehe ich zurück und mische mich wieder unter die Menge. Möglichst unauffällig. Was genau genommen ein Ding der Unmöglichkeit ist, wenn man bedenkt, dass mir die Mehrheit der Anwesenden trotz hautstraffendem Defroisseur etliche Dekaden voraus ist. Ich schaue mir den Tatort an, so gut es geht. Einprägen muss ich ihn mir nicht, denn mein Neurokommunikator ist aktiviert und zeichnet alles auf – auf Basis-Modus. Das heißt, ich habe *Regency* ausgeschaltet und sehe alles unverblümt: die Hartgummi-Module der umliegenden Gebäude, den trockenen Buchsbaum im Blumenkübel, den Betonboden und den bleifarbenen Himmel des heranbrechenden Tages.

Plötzlich fällt mein Blick auf die linke vordere Ecke des Kübels, die bis dato von einem der Polizisten verdeckt worden ist. Spontan stimme ich ins Keuchen meines Nebenmannes ein, während zwei Reihen hinter mir etwas Schweres auf dem Boden plumpst. Auf dem Kübelrand liegen – säuberlich aufgereiht und nun für jedermann sichtbar – eine menschliche Nase und zwei Ohren.

Merkwürdig. Dass jemand einem Parfumeur die Nase abschneidet, leuchtet noch ein. Aber die Ohren?

Mein starrer Blick samt scheinbar sinnlosem Herumlungern – ich wechsle mehrmals den Platz, um möglichst viele Perspektiven einzufangen – bleibt natürlich nicht unbemerkt. Misstrauisch schaut Inspektor Brügell immer wieder in meine Richtung und ich sehe, wie es in seinem faltigen Gesicht arbeitet. Vielleicht hält er mich für den Täter, der zurückgekommen ist, um sich an seinem Schnittmuster zu erfreuen. Ich trete den Rückzug an. Mein Gefühl sagt mir, dass ich den senffarbenen Trenchcoat schon bald wiedersehen werde.

2. Eiskalt erwischt

Auf dem Weg zurück ins Büro führe ich mit Jimmy ein kurzes, überaus hitziges Gespräch über InterCom.

„Warum haben Sie mir das mit der Nase und den Ohren verschwiegen?"

„Weil es nichts zur Sache tut." Vor meinem inneren Auge erscheint ein hektisch fuchtelnder Jimmy. „Und sprechen Sie bitte leiser! Jemand könnte Sie hören."

„Vielleicht waren Sie es ja, der Lionel frikassiert hat."

„Schmarrn! So etwas würde ich nie machen. Ich habe nichts zu schaffen mit seinem … äh … Zustand!"

Als sich mein Schweigen in die Länge zieht, wird Jimmy unruhig. „Sind wir noch im Geschäft? Ich habe Ihnen doch einen Teil des Honorars bereits überwiesen."

Das hat er.

„Verdict?"

Obwohl ich meine Entscheidung getroffen habe, lasse ich ihn ein wenig schmoren.

„Lucio?"

„Unser Deal gilt nach wie vor, Jimmy." Ich bemühe mich um einen scharfen Ton. „Sollte ich aber herausfinden, dass Sie mich wieder für dumm verkaufen, kommen Sie nicht so glimpflich davon wie bei der Bolzensache."

Im Anschluss an unser Gespräch kontaktiere ich meine Ex-Kollegin Zuby, um sie zu bitten, die

Seriennummer von Lionels Kommunikator herauszufinden und darüber den Standort zu lokalisieren. Eine Lappalie, doch seit Mari Kirsipuu meinen Agentenstatus aufgehoben hat, ist mir der Zugriff auf solche Informationen versperrt. Noch immer kommt mir die Galle hoch, wenn ich an unsere letzte Unterhaltung denke.

„Sie haben Ihren Auftrag vermasselt!“ Das Miststück hatte kein Erbarmen gezeigt. „Unter diesen Umständen will und kann ich unmöglich eine geschäftliche Verbindung mit Ihnen aufrechterhalten. Ich persönlich danke Ihnen für alles, was Sie für mich und die Föderation geleistet haben.“ Mir war übel geworden. „Ich bedaure es sehr, Ihnen das sagen zu müssen, Luc, aber ab jetzt sind Sie auf sich allein gestellt. Sie haben einen Verschwiegenheitseid abgelegt, der über Ihren Tod hinausgeht. Vergessen Sie das bitte nicht. In Ihrem eigenen Interesse. Viel Glück.“

Viel Glück. Hätte Mari Kirsipuu leibhaftig vor mir gestanden, ich hätte sie getötet.

Während ich durch die Straßen gehe, schaue ich mir den Stream vom Tatort an – *Regency* bleibt weiterhin ausgeschaltet, damit ich die Details auf meiner Hornhaut besser erkennen kann. Die Leiche liegt rücklings über dem Blumenkübel, wobei die Beine mit den unverwechselbaren Hosen herunterbaumeln. Gesicht und Torso sind blutverklebt, die Arme stehen im rechten Winkel ab wie bei einem Gekreuzigten. Im Hinblick auf die relativ geringe Blutmenge im Kübel gehe ich davon aus, dass Lionel III. nicht dort getötet wurde. Im Unterschied zum Körper wurden Nase und Ohren offenbar gereinigt, bevor sie links von der

Leiche platziert wurden. Per neuronalem Impuls zoome ich den Kopf des Opfers heran, während Passanten und Ladengalerien schemenhaft an mir vorüberziehen. Abgesehen von den Verstümmelungen im Gesicht des Opfers klafft ein golfballgroßes Loch mitten in der Stirn, als hätte sich dort jemand im Abschlagen geübt.

Ich bin so in meine Betrachtung vertieft, dass ich das pulsierende Leuchten im unteren Menübereich erst entdecke, als ich bereits den endlosen Gang hinuntergehe, der zu meinem Büro führt. Eine Nachricht von Jimmy. Obwohl mein Magen knurrt, treibt mich die Neugier vorwärts. Keine fünf Minuten später sitze ich an meinem Schreibtisch und gehe die mir zugetragenen Infos über Lionel III. durch.

Ich bin überrascht. Irgendwie habe ich einen würdevollen älteren Herrn mit weißem Spitzbart und Monokel erwartet, stattdessen blickt mir ein Junge von gerade einmal siebzehn Jahren entgegen – mit blauen Augen und einem etwas schüchternen Lächeln, über dem ein zerzauster blondierter Schopf thront. Filip Bach, wie das Opfer mit bürgerlichem Namen heißt, wurde 2049 in München City geboren. Ein Wunderknabe mit einem außergewöhnlichen Riecher, wie man ihn wohl nur alle hundert Jahre findet. Keine Modifikation. Keine Genmanipulation. Ein Naturtalent im buchstäblichen Sinne.

Offenbar hat er sein Leben ViveSenz gewidmet. Wäre es nicht illegal, hätte er gar auf dem Firmengelände gewohnt. Stattdessen logierte er im *Hosianna*, Apartment 22o5a, einem dieser luxuriösen Komplexe im Münchner Hip-Viertel Haidhausen, in denen 24/7 gelebt und gefeiert wird und die Leute selten älter werden als dreißig. Laut Jimmy ist Lionel ein Einzelgänger gewesen, der bewusst die Anonymität der morbiden Partywelt gesucht hat, in die labile junge Menschen eintauchen, um mit viel Getöse aus dem Leben zu scheiden. Gäbe es keine automatischen Geruchsmelder, könnte eine Leiche wochenlang zwischen den Feiernden harren, ohne dass jemand von ihr Notiz nehmen würde. Nicht umsonst tragen diese Einrichtungen Namen wie *Himmelspforte*, *Pfia di Gott* oder wie in diesem Fall *Hosianna*.

Lionels einzige noch lebende Verwandte, eine Großtante mütterlicherseits, ist ihrem Neffen vor wenigen Wochen zuvorgekommen. Herzversagen. Wenigstens kommt die Polizei um die unangenehme Aufgabe herum, ihr die traurige Nachricht zu überbringen.

Ich habe den Gedanken noch nicht zu Ende gebracht, als mein Magen erneut lauten Widerspruch einlegt. Ich muss unbedingt einen Happen essen, also stehe ich auf, um das Büro zu verlassen.

Der senffarbene Trenchcoat steht so dicht vor der Tür, dass ich ihn fast umrenne.

„Inspektor! Wollen Sie zu etwa zu mir?"

Brügell nickt mir ins Gesicht. Wir sind nahezu gleich groß.

„Jetzt?"

Wieder nickt er, also bleibt mir nichts anderes übrig als ihn hereinzubitten. Er bleibt stehen und schaut sich um. Seinem forschenden Blick entgehen weder die farbigen MiniCubes an der Wand noch die Fahndungshologramme neben der Eingangstür. Kurz verweilen seine Augen auf den dunstigen Berggipfeln jenseits des Bullauges, dann nimmt er auf dem Besuchersessel Platz, wo er direkt zum Thema kommt.

„Was hatten Sie am Tatort zu suchen?“

Bedächtig umrunde ich meinen Schreibtisch, lehne mich an die Wand und stelle mich dumm.

„Neugier.“

Er kneift die Augen zusammen. „Sie haben Aufnahmen gemacht. Das war offensichtlich.“

Ich zucke mit den Schultern. „Ein Bekannter des Toten hat mich gebeten, mich etwas umzusehen. Das ist nicht verboten.“

„Warum?“

„Keine Ahnung. Solange er mich bezahlt, brauche ich keinen Grund.“

„Ist dieser Bekannte zufällig Jimmy Marquard?“

„Jimmy wer?“

Lange schaut er mich an. „Haben Sie etwas herausgefunden?“

Ich kann nicht anders. Ich lache ihm ins Gesicht. „In der kurzen Zeit?“

„Wenn Sie etwas in Erfahrung bringen, sind Sie verpflichtet, es uns zu sagen.“

„Aber selbstverständlich.“

„Gut.“

Während er an die Decke starrt, breitet sich zwischen uns ein unangenehmes Schweigen aus.

„Warum sind Sie von Hanseapolis hierher gezogen?“

Obwohl er mich mit dieser Frage eiskalt erwischt, lasse ich mir nichts anmerken. „Das Schulsystem.“

Ich ziehe vor, ihm nicht zu erzählen, dass ich abgetaucht bin, weil ich befürchte, meine frühere Chefin könne mir aus einer Laune heraus einen Killer auf den Hals hetzen.

„Wie bitte?“ Er wirkt ehrlich erstaunt.

„Ich habe ein Kind adoptiert und in den Isar Auen

ist das Bildungssystem bekanntlich besser."

„*Sie* haben ein Kind adoptiert?"

„Ja, das habe ich", antworte ich gereizt.

Warum traut mir diese Vogelscheuche die Erziehung eines Kindes nicht zu? Weil ich im Gegensatz zu ihm einen Spiegel benutze?

„Entschuldigen Sie bitte. Ich wollte Ihnen nicht zu nahe treten." Sein faltiges Gesicht straft seine Worte Lüge. „Was haben Sie eigentlich gemacht, bevor Sie … Problemlöser wurden?"

Ich beschließe, in die Offensive zu gehen. „Warum verhören Sie mich? Stehe ich etwa unter Verdacht?"

„Keinesfalls." Beschwichtigend hebt er die Hände. „Ich bin bloß neugierig. In der zentralen DNA-Datenbank steht sehr wenig über Sie."

Wieder zucke ich mit den Schultern.

„Na gut." Er schlägt sich mit beiden Händen auf die Oberschenkel. „Jedenfalls danke ich Ihnen, dass Sie mir ein wenig Ihrer Zeit geopfert haben." Dann steht er auf, dabei gibt sein Trenchcoat ein höhnisches Knistern von sich, und geht zur Tür. Er ist schon fast an sein Ziel gelangt, als er sich unvermittelt umdreht. „Ich hätte da noch eine Frage …"

Wieso kommt mir die Szene plötzlich so bekannt vor?

„Besitzen Sie eine Gehhilfe?"

Konsterniert starre ich ihn an. „Gehhilfe? Ich?"

„Ja, einen Stecken oder Spazierstock?"

Genervt knete ich meine rechte Augenbraue und schweige.

Jetzt ist es an ihm, mit den Schultern zu zucken. „Hätte ja sein können."

„Inspektor?"

„Ja?"

„Wurden Nase und Ohren des Jungen post mortem entfernt?“

„Ich fürchte, nein.“ Brügells bohrender Blick verursacht mir beinahe Kopfschmerzen. „Unser Experte meint, das Opfer hat noch gelebt. Aber es hat nach dem Schlag gegen die Stirn so viel Blut verloren, dass es wahrscheinlich nicht mehr viel mitbekommen hat.“

Nach diesen Worten nickt er zum Abschied, dann ist er weg.

An meiner Hornhaut haftet immer noch das Bild des lächelnden Jungen und ich starre blind hindurch, bis die Schritte des Polizisten verhallt sind. Mir ist der Appetit vergangen.

3. Drama Lama

Parfumeure sind wahre Künstler. Ihnen verdanken wir, dass der frühe Morgen in den Sphären nach Tau duftet und der Abend nach sonnengewärmten Ziegeln. Früher umgaben sich die Menschen mit Gerüchen wie *Mystic Flowers* oder *Pink Kiss*, doch seit die Natur immer weiter an Boden verliert, sehnen sie sich nach den Aromen ihrer Kindheit zurück. Das ist vermutlich der Grund, warum im heudurchtränkten Odeur eines warmen Sommertages, für mich höchst befremdlich, ein Hauch von Autoabgasen mitschwingt. Offenbar rührt Lionels Erfolg daher, dass sich seine Duftkreationen mit der früheren Wirklichkeit nahezu decken. Was umso verblüffender ist, als dass er mit seinen siebzehn Jahren diese Wirklichkeit niemals gekannt hat.

Laut Jimmys Aufzeichnungen ist der Junge ein Arbeitstier gewesen, das selten vor Mitternacht Feierabend gemacht hat. In der Hoffnung, seine letzten Stunden zu rekonstruieren, beschließe ich, ViveSenz aufzusuchen. Der Hauptsitz befindet sich an der Südspitze der Biosphäre im schwach besiedelten Ostersee-Viertel. In der harten Realität ein zweigeteilter Kasten mit vier Schloten auf kahlem Gelände präsentiert er sich in *Regency* als rosafarbenes Sandsteingebäude inmitten eines blühenden Kirschgartens. Über dem schmiedeeisernen Tor schwebt zwischen kunstvoll geflochtenen Ranken eine riesige Aufschrift: ViveSenz – Gesellschaft für Naturaromen.

Ich überquere gerade den Innenhof, als mich Zubys Nachricht erreicht. Von Lionels Kommunikator fehlt jede Spur. Vermutlich wurde der Ortungschip im Inneren entweder deaktiviert oder entfernt. Keine echte Überraschung.

Gelassen setze ich meinen Weg fort und begebe mich zu einer Buntglastür, über der „Empfang" steht. Ich muss nicht lange warten, bis sich vor mir in der Luft ein Cybergesicht mit exotischen Augen aufbaut.

„Ja?"

„Guten Tag. Mein Name ist Lucio Verdict. Es geht um Lionel III. und ich ..."

„Drama Lama."

„Wie bitte?"

„Wollen Sie kondolieren?"

„Nein, ich mö…"

„Wenn Sie von der Presse sind, muss ich Ihnen gleich sagen, dass Frau Füchtjohann keine Vier-Augen-Interviews gewährt. Heute Nachmittag gibt sie in der GCS ein Statement ab."

„Ich bin nicht von der Presse. Ich unterstütze die Metropolizei bei ihrer Arbeit", improvisiere ich. „Sie hat mich hinzugezogen, weil ich mich hier auskenne."

Das Cybergesicht löst sich auf. Eine gefühlte Ewigkeit stehe ich vor der Tür und betrachte den nicht existenten Schmutz unter meinen Fingernägeln, als die Luft vor mir erneut zu vibrieren scheint.

„Einen Moment, bitte."

Es summt und die Tür gleitet zur Seite. Vor mir steht ein blasses Männchen mit schütterem Haar auf einem zu großen Schädel.

„Folgen Sie mir“, haucht es und schlurft – meine entgegengestreckte Hand ignorierend – ins Innere zurück.

Wortlos folge ich ihm. Gleichzeitig deaktiviere ich *Regency*. Wir durchqueren eine Art Vorzimmer mit Sitzecke und biegen in einen schmalen Korridor ab, der zu einer einzelnen Metalltür führt. Kurz verharren wir davor, bis mein Begleiter einen Zahlencode eingegeben hat, dann betreten wir eine riesige Halle. Sie erinnert mich an das alte 2-D-Foto eines englischen Bahnhofs, das ich einmal in der GCS gesehen habe. Die gewölbte, von außen unsichtbare Dachkonstruktion – ich nehme an, dass sie tiefer liegt als das restliche Gebäude – wurde aus Gusseisen und Glas gefertigt und steht auf riesigen Pfeilern. Ich tippe auf Marmor. Der Boden ist schwarzweiß gefliest und eine große Wanduhr zeigt die falsche Zeit an. Noch erstaunlicher ist das, was sich in der Halle befindet: wohin man sieht, dichtes Gewächs in jeder erdenklichen Farbe und Form. Nur dass die Blätter in der Masse nicht grün sind, sondern königsblau. Manche Pflanzen sind so gewaltig, dass sie das Dach beinahe berühren. Ich mache auf Anhieb mehrere korallenfarbige Kokospalmen aus, doch die meisten Arten sind mir unbekannt. Dazwischen entdecke ich glänzendes Metall. Werkroboter vermutlich. Zwei lange Gänge führen kerzengerade durch diesen bunten Urwald hindurch. Der Duft, der mich umgibt, ist kaum in Worte zu fassen.

„Unsere Plantage“, murmelt mein menschlicher Guide.

Jetzt ist es an mir zu hauchen. „Beeindruckend.“

Wir gehen einige Schritte, als er etwas sagt, das ich nicht verstehe.

„Wie meinen?“
„Drama Lama“, tönt es wieder geheimnisvoll.
„Meinen Sie etwa mich?“, entgegne ich schärfer als beabsichtigt.
Abrupt bleibt er stehen. „Was? Wie?“
„Sie nuscheln dauernd etwas von Drama Lama. Klären Sie mich auf!“
Er kann mir nicht in die Augen sehen. Ich nehme es nicht persönlich. „Ich weiß nicht, wovon Sie sprechen. Ich habe nichts gesagt.“
Kaum haben wir uns erneut in Bewegung gesetzt, als der Kerl wieder sein Drama Lama ablässt. Ich beschließe ihn zu ignorieren.
„Der Tote.“
„Wie bitte?“ Ich komme mir vor wie in einem Theaterstück von Eugène Ionesco.
„Lionel. Ein echtes Drama Lama.“
Erleichtert atme ich aus. Endlich deutet sich so etwas wie Kommunikation an.
„Erzählen Sie. Wie war er so?“
„Wer?“
Ich hole tief Atem. „Lionel III.“
„Ich kann ihn nicht leiden.“
„Warum nicht?“
Achselzucken.
„Und was können Sie sonst über ihn erzählen?“
„Nichts.“
Das Männchen wendet sich wieder ab und lässt mich einfach stehen. Während ich ihm folge, versuche ich nicht darüber zu grübeln, wie es mit dem Gutschi-Gutschi-Baby, das es für seine Mutter zweifelsohne einmal gewesen ist, so weit kommen konnte.
Wir fahren in einem metallenen Käfig zum obersten Level und gelangen auf einen Laufsteg, der die

gesamte Halle umrundet. Unser Ziel ist ein verglastes Büro im hinteren Teil mit Blick auf die darunterliegende schillernde Pflanzenpracht. Die Inneneinrichtung, bestehend aus einem sichelförmigen Sofa und einem Nierentisch, ist vorwiegend weiß mit einem Tupfer Rot. Hier eine zart durchbrochene Bordüre, dort ein Bonsai. Ein *roter* Bonsai, wohlgemerkt. Auffälligstes Möbelstück ist eine Vitrine, die von der Decke hängt und in der sich eine Sammlung bemerkenswerter Flakons aus glasierter Keramik, leuchtendem Kristall und getöntem Milchglas befindet. Mir sticht ein besonders schönes Stück aus dunklem, oxidiertem Metall ins Auge, dessen Verschluss mit zwei Engelsflügeln besetzt ist.

Vor der Vitrine steht eine hochgewachsene Frau. Ihr heller Hosenanzug aus Körperseide sitzt wie angegossen; die silberfarbenen Haare sind lose hochgesteckt; die Eleganz ihres Aufzugs wird durch eine teuer aussehende Perlenbrosche von *!NR!* geadelt. Ivy Füchtjohann, die Eigentümerin von ViveSenz, besitzt keine bemerkenswerten Züge; ihr blasses Gesicht wird von einem grell geschminkten, breiten Mund und einer großen Sonnenbrille beherrscht. Für ihr Alter – sie ist weit über achtzig – hat sie sich gut gehalten oder vielmehr erhalten lassen.

„Danke, Rupert“, scheucht sie das Männchen unmissverständlich hinaus, bevor sie das Wort an mich richtet. „Entschuldigen Sie die Brille, aber ich habe lichtempfindliche Augen.“

Ich nicke höflich. Viel wahrscheinlicher ist, dass nach einem Eingriff Komplikationen aufgetreten sind. Vielleicht ein Geschwür am Auge oder eine Rückbildung der unteren Lider. Keine Seltenheit bei plastischen Korrekturen wie das Polieren des Augapfels – gerade bei älteren Herrschaften eine beliebte Prozedur, um einen jugendlichen, strahlenden Blick zu erhalten. Zeichen dafür könnten die Tränen sein, die unablässig aus ihrem linken Auge quellen und die sie mit einem Spitzentaschentuch abtupft sowie der widerwärtige, leicht süßliche Geruch, der mir in die Nase steigt, als ich mich vorbeuge, um ihr die Hand zu reichen.

Sie bittet mir nicht an, Platz zu nehmen, also bleibe ich stehen.

„Danke, dass Sie mich empfangen", beginne ich. „Ich bin hier, um den Tod von Lionel III. zu untersuchen. Diskret natürlich."

„Ja, das hat mir Rupert bereits erzählt. Die Polizei schickt Sie. Hmm…" Ihr rechter Fuß klopft leicht auf den spiegelnden Boden. „Können Sie das beweisen?"

Ich bluffe. „Fragen Sie Inspektor Brügell. Er leitet die Untersuchungen."

Sie wehrt ab und lächelt. „Nein, nein. So ein hübscher Mund wie der Ihre würde mich doch nicht anlügen." Ich beschließe, das anzügliche Schürzen ihrer Lippen zu ignorieren. „Was wollen Sie wissen?"

„Erzählen Sie mir etwas über Lionel. Was genau hat er gemacht? Wer waren seine Freunde, wer seine Feinde?"

Ivy Füchtjohann löst sich von der Vitrine, um das Sofa anzusteuern und fordert mich mit einer Handbewegung auf, am anderen Ende Platz zu nehmen.

„Lionel kam vor vier Jahren zu uns, nachdem er den gesetzlichen Vocationtest zweiter Klasse absolviert hatte und ihm künstlerisches Talent sowie ein außergewöhnlicher Geruchssinn attestiert worden waren. Ich hatte schon befürchtet, er sei einer dieser üblichen Taugenichtse. Zu unser aller Überraschung und Freude stellte sich Lionel als das genaue Gegenteil heraus.“ Einen kurzen Moment lang bleibt ihre Hand mit dem Taschentuch an der Wange haften. „Innerhalb kürzester Zeit hat er seine Ausbilder überflügelt und vor zwei Jahren habe ich ihn zum Chefparfumeur ernannt. Dank seines Talents konnten wir unseren Profit fast verdoppeln. Sein Tod ist für uns ein großer Schock! Zum Glück war er fleißig und hat uns Kreationen für die nächsten fünf Jahre hinterlassen.“ Sie neigt den Kopf leicht zur Seite und schaut mich durch ihre blickdichte Sonnenbrille an. „Bitte halten Sie mich nicht für herzlos, Herr Verdict, aber ich muss ans Business denken.“

„Natürlich.“ Ich lächele. „Wie ist sein gestriger Arbeitstag verlaufen? Hat er sich vielleicht mit jemandem gestritten?“

„Soweit ich weiß, verlief der gestrige Tag normal. Lionel kam um 10:33 Uhr und verließ die Firma um 0:12 Uhr. Ich kann Ihnen gern die Protokolle schicken.“

„Das ist nicht nötig, vielen Dank.“ Je weniger Spuren ich hinterlasse, umso besser. „Kann ich vielleicht mit ein paar seiner Kollegen sprechen?“

Ivy Füchtjohann senkt bedauernd den Kopf. „Tut mir leid, Herr Verdict, aber bis auf Rupert sind wir beide allein auf dem Gelände.“

Klasse.

„Nachdem Lionels Tod bekannt wurde, sah ich mich gezwungen, alle Mitarbeiter nach Hause zu schicken. Der Schock sitzt doch sehr tief.“

„So viel Sozialsinn ist selten.“ Beinahe klatsche ich vor Begeisterung in die Hände. „Wissen Sie, ob Lionel eine intime Freundin hatte? Oder einen Freund?"

Der unerwartet vulgäre Ausdruck um ihren grell geschminkten Mund jagt mir einen kalten Schauer über den Rücken.

„Ach wissen Sie …" Ihre Stimme ist nicht mehr als ein leises Schnurren. „Lionel war mit seiner Arbeit verbandelt. Düfte waren seine Leidenschaft. Er hatte wenig Zeit für … solche Dinge."

Ich gäbe meinen rechten Arm her, um jetzt den Ausdruck in ihren Augen sehen zu können. „Hatte er mit jemandem Ärger?"

„Warum sollte er?" Sie lehnt sich zurück und schlägt die Beine übereinander.

„Ihm wurden Nase und Ohren abgeschnitten. Wussten Sie das?"

Sie verzieht keine Miene. „Ja. Armer Junge."

So viel zu meiner Überrumplungstaktik. Neuigkeiten verbreiten sich schnell in *Sphäre5*.

„Haben Sie eine Idee, warum?"

Sie schüttelt den Kopf. Ich kann mich kurz in ihrer Sonnenbrille sehen. „Die Nase leuchtet mir noch ein", antwortet sie schließlich. „Ein eifersüchtiger Konkurrent vielleicht, obwohl mir niemand einfällt, der zu einer solchen Handlung fähig wäre. Aber die Ohren … Nein, tut mir leid."

„Mhm. Was ist mit Rupert, Ihrem Mitarbeiter?"

„Was soll mit ihm sein?"

„Er scheint Lionel nicht zu mögen."

Ivy Füchtjohann stößt ein kurzes Lachen aus. Es klingt brüchig. „Kommen Sie, Herr Verdict. Für so dumm habe ich Sie nicht gehalten. Rupert ist etwas … Nun ja, wie soll ich es ausdrücken? Er ist beschränkt. Zu wenig Sauerstoff bei der Geburt, Sie verstehen? Ich behalte ihn nur hier, weil ich es seinem Vater versprochen habe. Martin hat fast dreißig Jahre lang unserer Firma treu gedient. Er ist jetzt im Ruhestand. Ein erstklassiger Parfumeur, wenn auch nicht so talentiert wie Lionel."

„Auf dem Weg hierher nannte er der Verblichenen mehrmals Drama Lama", komme ich wieder auf Rupert zu sprechen. „Was könnte er damit gemeint haben?"

Ivy Füchtjohann breitet theatralisch die Arme aus. „Lionel war ein Genie und wie alle Genies konnte er manchmal etwas überheblich sein. Aber nicht in dem Maße, dass ihm jemand den Schädel einschlagen müsste." Wieder lässt sie ihr seltsames Lachen hören. „Schon gar nicht Rupert." Bevor ich etwas erwidern kann, steht sie abrupt auf. „Ich will Ihnen etwas zeigen."

Ihrer Aufforderung komme ich ohne zu zögern nach, habe ich doch bereits vor fünf Minuten eine Wanze an der Unterseite des Nierentischs angebracht. Für alle Fälle.

Wir verlassen den oberen Level über den Laufsteg. Zu meiner großen Erleichterung bugsiert sie mich auf ihre rechte Seite, weg von ihrem übelriechenden Auge, und wir gelangen zu einem Nebengebäude, das durch eine schwere Schotttür verschlossen ist. Der Durchgang ist mit einem Netzhaut-Scanner und einem Zahlencode-Display gesichert. Als Ivy Füchtjohann ihre Brille abnimmt, um ihr gesundes Auge auf die Apparatur zu richten, wende ich mich diskret ab. Kurz darauf gleitet die Tür zur Seite und wir finden uns in einem weißen Flur wieder. Schlagartig überkommt mich eine dumpfe Leere, die ich mir nicht erklären kann. In meinem Hals bildet sich ein Kloß und hinter meinen Augenäpfeln pocht es verdächtig, bis mir klar wird, dass es hier keinerlei Gerüche gibt. Nicht einmal der stechende Duft von Sterilität. Nichts.

„Lionel III. soll einen Virtuellen Kommunikator besessen haben“, beeile ich mich zu sagen, bevor mich die Trauer vollends übermannt. Das Sprechen fällt mir schwer und ich muss mich räuspern. „Warum trug so ein junger Kerl wie er kein Neuroimplantat? Das ist doch praktischer.“

„Er hatte die Befürchtung, dass das Implantat seine Arbeit einschränkt.“

„Was haben die Augen mit dem Geruchsinn zu tun?“

„Nichts. Aber so war er halt.“

„Wo wird dieser Kommunikator jetzt sein? Was glauben Sie?“ Ich versuche, beiläufig zu klingen.

Sie wirft mir einen Seitenblick zu und schnaubt. „Bei der Leiche vermutlich. Oder kennen Sie *irgendjemanden*, der ohne Kommunikator aus dem Haus geht?“

Die halbhohen Absätze ihrer Stiefeletten klacken laut auf dem Kachelboden, als sie energisch voranschreitet. Wir passieren etliche geschlossene Räume, bis sie plötzlich vor einer Tür Halt macht, die sich nicht im Geringsten von den vorherigen unterscheidet. Wieder ein Zahlencode, dann ist der Zugang zum Allerheiligsten offen. Mit einer weit ausholenden Geste und einem triumphierenden „die Quadriga!“ lässt mir Ivy Füchtjohann den Vortritt.

Der Anblick, der sich mir bietet, ist weniger eindrucksvoll als erwartet: Der halbkreisförmige Raum misst rund dreißig Quadratmeter, die abgerundete Wand schimmert in einem changierenden Perlmutt und ein einzelner druckluftbetriebener Sessel harrt auf einer Schiene aus, die rundum entlang der Wand führt. Über unseren Köpfen befindet sich etwas, das wie eine überdimensionale Abzugshaube aussieht. Abgesehen davon ist der Raum leer.

Ivy Füchtjohann erklärt mir die Funktionsweise. Die semipermeable, flexible Wand besteht aus Abertausenden von mikroskopisch kleinen Waben, die mit ebenso vielen Essenzen gefüllt sind. Die Oberfläche reagiert wie ein Schwamm. Berührt man sie, tritt Essenz heraus. Auf diese Weise hat Lionel seine Düfte komponiert. Einfach per Fingertipp. Gelang ihm eine Komposition, reichte es aus, sie über die Steuerkonsole in der Armlehne des Sessels zu speichern. Die „Abzugshaube" in der Decke stellt sich tatsächlich als solche heraus. Die Luft in dem Raum wird täglich abgesaugt, durch ein Reinigungsfilter gejagt und wieder hineingeblasen.

„Mit dem bloßen Finger?", will ich wissen.

„Ja. Ungewöhnlich, nicht wahr? Aber Lionel schwört … schwor auf die menschliche Epidermis als Untergrund für seine Mixturen. Er bezeichnete sie gern als Leinwand für seine Kreationen."

„Aber heißt es nicht immer, dass jede Haut anders riecht?"

„Natürlich. Lionel hat am Ende des Verfahrens diese Komponente einfach wieder ausgesondert."

Während ich mich interessiert umschaue, lehnt sich Ivy zu mir herüber. Sie legt eine perfekt maniküwrte Hand auf meinen Arm und ich spüre ihren Atem auf meiner Wange.

„Raten Sie doch mal, warum diese Duftorgel *Quadriga* heißt?"

„Weil sie in vier Bereiche aufgeteilt ist?"

Ich schätze, die Füchtjohann rollt hinter ihren dunklen Gläsern mit den Augen. „Natürlich ist sie in vier Bereiche aufgeteilt. Aber in welche?"

„Vier Jahreszeiten?", mutmaße ich.

Angewidert rückt sie von mir ab und ich atme erleichtert aus. „Vier Jahreszeiten?", echot sie in einem Ton, als ob ich eine Perversität von mir gegeben hätte. „Das hier war Lionel III. und kein verdammter Anfänger! Nur er war in der Lage, dem Künstlichen Natürlichkeit zu verleihen." Dann senkt sie ihre Stimme zu einem verschwörerischen Flüstern. „Nein. Lionel hat seine Duftorgel in süß, salzig, sauer und bitter aufgeteilt."

„Aha."

„Das ist revolutionär, verstehen Sie? Es verhält sich nämlich so, dass Duftmoleküle retronasal eindringen, also über den Rachenraum bis zur Riechschleimhaut, wo sie an den entsprechenden Rezeptoren andocken und elektrische Signale auslösen. Sie erreichen das Gehirn über die Nervenbahnen", steigert sie sich in ihren Vortrag hinein. „Gerüche wecken Erinnerungen an Orte und Stimmungen. Sie machen wach oder schläfrig, versetzen uns in die Kindheit zurück. Manche helfen uns, Ängste zu bewältigen. Außerdem sind sie …"

Ivy Füchtjohann redet und redet. Während die Worte unbarmherzig auf mich einprasseln, lasse ich meinen Blick durch den Raum schweifen auf der Suche nach dem Kommunikator oder einem wichtigen Hinweis, der mir dabei helfen könnte, ihn zu finden. Vergebens. Überhaupt deutet nichts darauf hin, dass hier ein Mensch gearbeitet hat. Keine persönlichen Notizen, keine 3-D-Fotografien, nichts.

„Hatte Lionel einen Spind oder ähnliches?"

„Wie bitte?" Meine unhöfliche Unterbrechung hat Ivy Füchtjohann anscheinend aus dem Konzept gebracht. Ich nehme an, hinter ihren Brillengläsern blinzelt sie.

„Ob Lionel irgendwo sein persönliches Hab und Gut aufbewahrt hat?"

„Nicht, dass ich wüsste, nein."

Als ich nichts darauf erwidere, redet sie weiter, als wäre nichts geschehen, während ich die Duftorgel des Wunderknaben bestaune. Ich horche erst wieder auf, als sie mir eine direkte Frage stellt.

„Wie bitte?"

Die dunklen Augengläser funkeln mich an. „Wussten Sie, dass Schnee ein halbes Dutzend verschiedener Aromen besitzt?"

„Sie meinen, wenn sechs Leute reinpinkeln?"

Zugegeben, dieser schlechte Witz könnte glatt von Elias Kosloff stammen, aber ich verspüre ein perverses Gefühl der Befriedigung, als sich eine eisige Maske auf Ivy Füchtjohanns Gesicht legt. Offenbar habe ich sie zu Tode beleidigt und kurz darauf werde ich hinauskomplimentiert. Keine Minute zu früh. Am Tor treffe ich einen Mann im schlecht sitzenden Anzug, der gerade dabei ist, das Firmengelände zu betreten. Einer von Brügells Lakaien.

4. Angefressen

Zurück an meinem Schreibtisch – die Insassen der Nachbarbüros üben sich nach wie vor in Ablehnung und wenden den Kopf demonstrativ ab, als ich an ihren Türen vorbeischlendere – finde ich heraus, dass sich Lionel vor kurzem in das Unternehmen ViveSenz eingekauft und am Ende dreißig Prozent der Anteile gehalten hat. Ich bin mehr als verblüfft. Wie kommt ein Siebzehnjähriger zu so viel Geld? Hat er vielleicht seine Nase in die Dreckwäsche anderer gesteckt und sich auf erpresserischem Wege selbige vergolden lassen? Auch wenn es mich keinen Zentimeter näher an den Kommunikator bringt, bin ich neugierig. Ich will Jimmy danach fragen, als ich von unerwarteter Seite Hilfe erhalte. Die Wanze unter Ivy Füchtjohanns Nierentisch arbeitet fehlerfrei und ich werde im Laufe der nächsten Stunden stiller Zuhörer zahlreicher Kondolenzgespräche per InterCom. (Übrigens hat es Brügells Mitarbeiter nicht bis ins gläserne Büro geschafft, was an seinem knitterigen Anzug gelegen haben mag. Oder aber an meinem schlechten Benehmen kurz zuvor. Ich kann da nur spekulieren.)

In der Regel laufen die Kondolenzgespräche nach folgendem Muster ab:

„Guten Tag, Herr X. Ihre Anteilnahme berührt mich tief … Ja, es ist für uns alle ein herber Verlust. Wir sind ihm zu großem Dank verpflichtet … Nein, leider hat er keine Familie

mehr. Wir waren seine Familie, deren liebevoller Mittelpunkt er gewesen ist ... Selbstverständlich. Sobald die Polizei seine sterbliche Hülle freigegeben hat, wird er fragmentiert. Seine DNA wird in ein von ihm entworfenen Flakon graviert und feierlich enthüllt … Tut mir leid, die Zeremonie findet nur im engsten Kreis statt. … Das ist aber sehr *großzügig von Ihnen, Herr X. Ich danke Ihnen, auch im Namen des Vorstands, und werde alles Notwendige veranlassen, damit Sie auf die Liste gesetzt werden ... Aber natürlich. Ich freue mich … Das wünsche ich Ihnen auch. Guten Tag.*"

Unwillkürlich frage ich mich, ob die Vitrine in Ivy Füchtjohanns Büro eine Art Totenschrein für ehemalige Mitarbeiter ist. Versonnen betrachte ich die rotierenden Ringe der Lichtskulptur auf dem Schreibtisch, als ich plötzlich aufhorche.

„Wie reizend, dass du dich meldest, meine Liebe … Ja, fürchterlich. Ich bin so geschafft! Viele kann ich abwimmeln, aber einige muss ich persönlich abfertigen. Lokalpolitiker, Geschäftspartner, solche Leute eben … Ich weiß, ich weiß … Und das alles wegen dieses Hosenscheißers!" Ivy Füchtjohann senkt die Stimme. „Von wegen … Er war durch und durch hinterhältig … Du glaubst mir nicht? Jetzt erzähle ich dir mal was: Vor einem Jahr hat er seine Großtante mütterlicherseits – eine von Tran und Toxic, soweit ich weiß – für unmündig erklären lassen … Wenn ich's dir doch sage! … Die arme Frau litt unter TBC Gamma."

Außer Mari Kirsipuu wünsche ich niemandem, an TBC Gamma zu erkranken. Das neuartige Tuberkulose-Bakterium befällt als erstes die Lunge, dann die Hirnhaut und verwandelt zumeist ältere Menschen in sabbernde Zombies. Schon erstaunlich. So ausgefuchst die Medizin auch sein mag, die Natur findet doch immer wieder einen Weg, die Menschheit in ihre Schranken zu weisen. Früher waren es Pest und Cholera, später Bandscheibenvorfall und Burnout-Syndrom. Heute ist es TBC Gamma.

„Und jetzt halt dich fest! Dieser kleine Mistkäfer hat seine Großtante in die Hacker-Kliniken abgeschoben … Ja! Die Hacker-Kliniken!“ Nacktes Entsetzen schleicht sich in Ivy Füchtjohanns Stimme. „Wenn ich’s dir doch sage! … Aber jetzt kommt’s richtig dicke! Kaum war sie dort eingekerkert, hat er sich ihr gesamtes Vermögen unter den Nagel gerissen.“

Stirnrunzelnd blicke ich der Expressbahn hinterher, die draußen am Bullauge vorbeirast. Zwar lebe ich noch nicht lange in den Isar Auen, doch die Hacker-Kliniken sind mir ein Begriff. Die luxuriöse Seniorenresidenz, die in den 40er Jahren im ehemaligen Forschungszentrum in Garching errichtet worden war, hatte man mit allem Pipapo ausgestattet: Sonnentanks und Defroisseurs auf jedem Flur, Drei-Sterne-Köche rund um die Uhr, nachwachsende Rohstoffe über eine hauseigene Organfarm und sogar eine immergrüne Indoor-Weide für Nutztiere. Das Personal war handverlesen gewesen. Jeder Morgen wurde mit einem sonnigen Lächeln und einem Glas frischer Kuhmilch gestartet.

Doch mit dem Bau der Biosphären fand die goldene Ära der Hacker-Kliniken ein jähes Ende. Ihnen wurde praktisch von einem Tag zum anderen der Geldhahn abgedreht. Alles, was nicht niet- und nagelfest war, wurde verscherbelt. Irgendwann fiel auch das Maskottchen der Hacker-Kliniken, eine grünäugige Kuh namens Hermine, einer nächtlichen Schlachtung zum Opfer. Das war der Anfang vom Ende. An die glanzvollen Zeiten erinnert heute nur noch das

Alpenpanorama. Seitdem vegetiert dort der Aussatz unserer Gesellschaft: mittellose Alte. Entsprechend groß ist die Angst der Sphärenbewohner, ihr Kapital zu verlieren und dort zu landen.

„Lionels Großtante hat sich natürlich widersetzt“, klärt Ivy Füchtjohann die Unbekannte weiter auf. Ihre Stimme klingt erregt. „Zumindest in ihren klaren Momenten … Jaja, ich weiß! Lass mich weiter erzählen! Jedenfalls wurde sie zur Strafe nachts auf ihrer Bahre festgebunden und im stillgelegten U-Bahnhof in einen dieser alten, verrosteten Wagons gesperrt. Sedativa sind wohl zu kostspielig … Na, die ehemalige U6! Die führte damals direkt zum Forschungszentrum … Genau … Pass auf und jetzt kommt's …“ Eine kurze Pause entsteht und ich warte gebannt auf die Fortsetzung. „Vor gut fünf Wochen sind Ratten durch ein Loch in der maroden Wand gelangt und haben sie angefressen ... Jaaa, wenn ich's dir doch sage! Sie haben sich die ganze Nacht Zeit nehmen können, weil niemand nach der armen Frau geschaut hat … Meine Worte! Ein Skandal! … Am nächsten Morgen klaffte dort, wo die Nase sein sollte, nur ein Loch und auch beide Ohren waren bis auf einzelne Stummel weggenagt, außerdem noch Teile der Lippen und Wangen ... Ich schwör's dir! Ihr Gesicht haben sie zwar wiederherstellen können, aber ihr Herz hat die Strapazen nicht mitgemacht. Die Klinikleitung hat natürlich alles vertuscht … Woher ich das weiß? … Von Lionel selbst. Jemand hat es ihm zugesteckt … Schlechtes Gewissen, nehme ich an …. Er war schockiert! … Ja, sogar er … Natürlich weiß ich das mit den Ohren und der Nase. Zufälle gibt's, was? Hahaha! … Frag‘ mich mal! … Nein, der Polizei habe ich nichts darüber erzählt. Das wäre nicht gut fürs Business, wenn bekannt würde, dass unser Goldjunge ein herzloses Monster war … Klar fühle ich mich schlecht bei der Sache, aber mein ganzes Leben steckt in diesem Unternehmen, verstehst du? … Eben … Ich zähle auf deine Diskretion in dieser Sache. Schließlich sind wir sehr alte Freundinnen …“

Während ich Füchtjohanns grausigem Bericht lausche, rufe ich Lionels Profil auf. Der klare Blick, das schüchterne Lächeln. Wie man sich doch täuschen kann.

5. Straight to the point

Die Eigentümerin von ViveSenz irrt: Die Sache mit der Großtante ist sogar sehr gut fürs Business und beizeiten werde ich dieses Wissen geschickt platzieren. Zunächst aber werde ich den Hacker-Kliniken einen Besuch abstatten. Gut möglich, dass der Mörder von Lionel III. den Kommunikator an sich genommen hat, also muss ich dieser neuen Spur folgen.

Nach zwanzig Minuten Fahrt durch das Ödland nördlich von München steige ich aus der verglasten Tube. Ein pinkfarbener Wegweiser mit der Aufschrift „Zu den Hacker-Kliniken“ führt aus der Station heraus in einen hell erleuchteten Gang. Meine Schritte hallen laut von den Wänden wider und unwillkürlich blicke ich mich um. Aber außer mir ist hier keine Menschenseele. Einzig die Konterfeis bekannter Wissenschaftler an den Wänden, die an die ruhmreiche Vergangenheit des Garchinger Forschungszentrums erinnern sollen, schauen ernst auf mich herab.

Die ersten Veränderungen treten nach etwa zweihundert Metern ein. Die Luft mutet plötzlich dicker an, irgendwie muffiger. Die Leuchtdioden werfen ein schwaches Licht auf den fleckigen Boden und weiter vorn im Gang erhasche ich eine Silhouette im Halbdunkel. Ein senkrechter roter Lichtstreifen an der Wand – eindeutiges Anzeichen für einen

Ganzkörperscanner – deutet darauf hin, dass ich soeben eine andere Welt betreten habe. Zögernd setze ich einen Schritt vor den anderen, als wattierte Geräusche an mein Ohr dringen: mehrstimmiges Wehklagen begleitet von Pfeifen und Tröten.

Die Silhouette vor mir nähert sich und ich mache einen ausgemergelten Körper in einem zu weiten Overall aus, der mich aus leblosen Augen anstarrt. Gerade will ich das Wort an die bemitleidenswerte Gestalt richten, da erschallt eine weibliche Stimme durch den Gang: „Gehen Sie bitte weiter bis zum Ende. Ich erwarte Sie hinter Tür Numero 2."

Ich nicke und setze meinen Weg fort. Am Ende des Ganges gehen mehrere Türen ab und als ich durch die 2 treten will, gleitet diese zur Seite und die Sonne geht auf. Gleichzeitig schallt mir ohrenbetäubender Lärm entgegen. Vor mir steht ein Engel. Weiblich, mit langem blonden Haar – zweifellos Transplantate – und weißem Lächeln.

„Willkommen in den Hacker-Kliniken." Wie zu erwarten war, ist ihre Stimme glockenhell. „Was kann ich für Sie tun?"

„Guten Tag. Mein Name ist Lucio Verdict." Ich setze ein charmantes Lächeln auf und streiche über das Revers meiner offenkundig teuren Jacke. „Mein Vater geht demnächst in den wohlverdienten Ruhestand …"

Das Lächeln wird noch weißer. „Ich verstehe."

„Ich habe viel Gutes über Ihr Etablissement gehört", säusele ich. „Vor allem bewundere ich Ihre soziale Haltung. Im Unterschied zu anderen Einrichtungen dieser Art nehmen Sie die Menschen nicht aus. Das weiß ich sehr zu schätzen."

„Das ist richtig." In einer eleganten Kopfbewegung

wirft die Blondine ihre Haare zurück. „Nur wir bieten Ihnen ein faires Preis-Leistungs-Verhältnis."

„Gut." Ich räuspere mich. „Ich liebe meinen Vater sehr, aber mehr als 800 Eurodollar pro Monat kann ich nicht erübrigen." Noch einmal streiche ich mir übers Revers. Die Blondine soll das einzig richtige Bild von mir bekommen. „Ich habe einen gewissen Lebensstil, den ich nicht so einfach aufgeben kann."

Der weiße Engel beugt sich vor und gewährt mir einen Blick in sein Dekolletee. „Dafür habe ich vollstes Verständnis. Schließlich lebt man nur einmal."

Ich seufze hörbar erleichtert. „Endlich jemand, der mich versteht."

„Aber natürlich tue ich das." Der Ausdruck in ihren blauen Augen zielt eindeutig tiefer ab als auf mein Gesicht und ich gebe mich geschmeichelt.

„Wunderbar. Doch bevor ich meinen alten Herrn herbringe, würde ich mir gern die Räumlichkeiten anschauen. Er war zwar nicht immer das, was man einen guten Vater nennt …" Ich mache eine kurze, vielsagende Pause. „Aber er soll bekommen, was ihm zusteht."

Die strahlende Erscheinung zieht einen Schmollmund, was ihrer Schönheit keinen Abbruch tut. „Das ist eher unkonventionell. Normalerweise geht das nur mit Voranmeldung."

Jetzt bin ich derjenige, der sich vorbeugt. „Ach kommen Sie", hauche ich ihr ins Ohr. „Tun Sie mir diesen kleinen Gefallen. Ich bin ein sehr vielbeschäftigter Mann und würde das gern hinter mich bringen."

Ein leises Gurren ist die Folge. „Ich kann ja mal eine Ausnahme machen."

„Dankeschön." In meiner Stimme hat sich ein

samtiges Timbre eingeschlichen. „Wie heißen Sie eigentlich?“

„Amber.“

„Amber“, wiederhole ich verträumt. „Wunderschöner Name. Er passt zu Ihnen.“

„Danke sehr.“ Sie lacht laut auf, dann gewährt sie mir einen Blick auf ihr wohlgeformtes Hinterteil. „Folgen Sie mir.“

Wir betreten das Foyer. Eine riesige Glas- und Stahlkonstruktion, in dem ein Tohuwabohu herrscht. Halbnackte Akrobaten springen und hüpfen herum, vollführen wilde Pirouetten und jonglieren mit bunten Bällen, während ein Zauberkünstler im Frack ein Kaninchen nach dem anderen aus dem Hut zieht. Ein Weihnachtsmann mit roter Nase ruft „Ho-ho-ho!“ und überreicht einer sitzenden Gestalt ein Päckchen, das ihr von einem Spaßvogel im Flickenkostüm wieder abgenommen wird, sobald sie freudig in die Hände klatscht. Als die Gestalt mutlos in sich zusammensackt, überreicht ihr der Weihnachtsmann erneut das Päckchen und das Spiel geht von vorne los.

Ein Clown auf Stelzen kreuzt unseren Weg und entlockt dem weißen Engel vor mir ein helles Lachen. Die Alten indessen – optisch nicht mehr als amorphe Faltensäcke mit zu großen Ohren – lassen diesen Irrsinn stoisch über sich ergehen.

„Alles Geschenke von Verwandten“, verkündet der Engel mit einem breiten Lächeln. „Damit sich unsere Gäste nicht langweilen.“

„Sehr schön.“

Wir durchqueren den Raum. Auf einem riesigen Multi-Screen flimmern stumme Bilder, während aus den Lautsprechern eine Polka ertönt, die mit dem mehrstimmigen Geschrei rundum einen dissonanten

Kanon bildet. Der Geräuschpegel ist unerträglich. Die Sonne scheint ungehindert hinein und schon nach wenigen Schritten spüre ich, wie sich der Schweiß zwischen meinen Schulterblättern sammelt. Ich ziehe meine Jacke aus. Dem weißen Engel scheint die Hitze nichts auszumachen.

Beinahe stolpere ich über zwei Alte – ich kann nicht erkennen, ob es sich um Männer oder Frauen handelt –, die über ein Schachbrett gebeugt sitzen und wundere mich, wie geistig gesunde Menschen es hier aushalten können. In diesem Moment kribbelt es in meinem Nacken und ich drehe mich suchend um. Ein dummer Impuls und vollkommen zwecklos. Zu viel Hektik. Zu viele seelenlose Augen.

Währenddessen schreitet der weiße Engel vor mir erhobenen Hauptes durch diese Vorhölle, saugt das Licht rundum ab und lässt das menschliche Elend noch jämmerlicher erscheinen.

Da fällt mein Blick auf eine Frau, zumindest gehe ich davon aus, dass es eine ist, die wie eine Fliege beim Versuch nach draußen zu gelangen, immer wieder gegen die Glasfassade anrennt. Im Lärm geht das Bumm Bumm zwar unter, doch ich kann sehen wie die Glasfassade bei jedem Schlag leicht vibriert. Ich ringe mit der Fassung. Das Gesicht der Frau ist schmerzverzerrt und ihre Stirn blutet, was sie allerdings nicht zu bemerken scheint.

„Selbstreinigend." Die Blondine ist stehen geblieben.

„Wie bitte?"

„Die Glasfassade." Sie lächelt. „Sie besteht aus selbstreinigendem Material."

Etwas verdattert blicke ich dorthin, wo die alte Frau immer wieder mit ihrer blutigen Stirn aufprallt und tatsächlich: Der rote Fleck, den die Frau hinterlässt, verblasst nach wenigen Sekunden wie von Geisterhand. Ein Hoch auf die moderne Architektur!

Während der halbstündigen Führung versuche ich so gut wie möglich, meine Umgebung auszublenden – und meine aufgeweichten Achseln. So recht will es mir nicht gelingen. So betreten wir einen Schlafsaal, in dem bunte Mobile von der Decke hängen, ein Atrium mit Sandkästen sowie einen Tanzraum, der sich nur dadurch vom Rest unterscheidet, dass die Musik doppelt so laut dröhnt wie im übrigen Komplex. Jetzt verstehe ich zumindest im Ansatz den Sinn von Selbstmord-Einrichtungen wie *Hosianna* oder *Pfia di Gott*.

Als wir am Ende der Führung wieder im Foyer ankommen, weise ich auf eine rote Tür links von mir. „Und was befindet sich dort?"

Der Engel lächelt. „Die geschlossene Abteilung. Sie wissen schon. Für diejenigen Gäste, die eine Gefahr für sich oder andere darstellen und besonderer Betreuung bedürfen."

„Darf ich einen Blick reinwerfen?"

„Na ja … eigentlich … ist der rote Bereich für Besucher tabu. Die Therapie darf nicht unterbrochen werden …"

Wieder lasse ich meinen Charme spielen, erzähle etwas von Tabus brechen und es funktioniert.

„Na gut. Weil Sie es sind." Wieder trifft mich ein gurrender Blick aus blauen Augen.

Innerlich mache ich mich aufs Schlimmste gefasst, als wir durch die rote Tür treten, doch abgesehen von festgezurrten Menschen auf weißen Matratzen, Gittern vor den Fenstern, pissgelben Räumen ohne Aussicht und Aufsehern mit grimmigen Gesichtern, ist alles wie gehabt.

„Darf ich mich noch etwas umschauen?", frage ich den Engel, als wir wieder den Hauptraum betreten. Ein weiterer Besucher hat sich angemeldet und erfordert ihre Aufmerksamkeit.

„Wozu?"

„Ich möchte die Atmosphäre noch etwas auf mich einwirken lassen." Beinahe hätte ich bitter aufgelacht. „Vielleicht mit dem einen oder anderen Insassen reden ..."

„Wir bevorzugen die Bezeichnung *Gäste.*" Ihr Lächeln verblasst, um einem sorgenvollen Ausdruck Platz zu machen. „Sie sollten aber wissen …" Sie senkt die Stimme. „Die meisten hier sind nicht mehr ganz sie selbst, wenn Sie verstehen."

„Das weiß ich doch. Umso mehr bewundere ich die Arbeit, die Sie tun." Ich schüttele den Kopf. „Ich könnte das nicht. Ehrlich."

„Das können die wenigsten." Wie recht sie doch hat. „Schauen Sie sich ruhig um." Sie schenkt mir ein letztes Lächeln. „Aber bleiben Sie im blauen Bereich. Und nichts anfassen!"

Ich zwinkere ihr noch einmal zu, dann wende ich mich schnell ab, bevor mir die Gesichtszüge entgleisen – und blicke direkt in zwei glasige Augen, die mich vom anderen Ende des Raums aus fixieren. Ich ringe mir ein Lächeln ab und geselle mich betont gelassen zu den beiden Schachspielern.

„Entschuldigen Sie."

Keine Reaktion.

„Entschuldigen Sie, dass ich Sie störe, aber könnten Sie mir einige Fragen beantworten."

Immer noch keine Reaktion. Die beiden scheinen in einer Art Todesstarre gefangen zu sein. Einzig die zuckenden Augenlider verraten mir, dass sie noch leben. Ob sie mich überhaupt hören, ist fraglich und ich ziehe weiter, schreite unter dem Multi-Screen hindurch und gehe Richtung Atrium. Im rundum verglasten Hof schlurfen einige Gestalten umher, hinter einer der Fassaden erstreckt sich gelbes, meterhohes Gestrüpp. Ich nehme an, dass es sich um die ehemalige Indoor-Wiese handelt, auf der früher Hermine friedlich gegrast hat. Dahinter ist eine graue Aluminium-Kuppel zu sehen: das Atom-Ei von Garching.

„Sind Sie der Reporter von YIN?“

Ich drehe mich langsam um. Die glasigen Augen von eben starren mich an. Eingefasst sind sie in einem auffallend knochigen Schädel mit einer großen Nase. Den hageren Körper ziert ein etwas schmuddeliger Kittel. Ein Arzt.

„Äh …“

„Sind Sie’s oder sind Sie’s nicht?“

Hier ist die Chance, auf die ich gehofft habe. „Ja.“ Könnte natürlich auch eine Falle sein.

„Swell.“ Erleichterung breitet sich im fahlen Gesicht meines Gegenübers aus. „Ich dachte schon, Sie hätten mich vergessen.“ Dann hustet der Mann eine Minute so blechern, dass ich um sein Ableben fürchte. Er sieht keinen Tag jünger aus als die Insassen der Klinik.

„Alles in Ordnung?“

„Jaja.“ Er winkt ab. In der rechten Hand hält er eine kalte Zigarre. „Kommen Sie, kommen Sie.“ Mit der anderen Hand zerrt er mich in die hinterste Ecke des Atriums. „Wir haben nicht viel Zeit, deshalb komme ich straight to the point.“

„Okay. Aber vielleicht sollten wir uns kurz vorstellen. Mein Name ist Lucio Verdict.“

Er nickt eifrig. „Good thinking. Ich heiße Mike

Farinelli."

Ein Brite? Ein Panamerikaner? Des Rätsels Lösung folgt auf dem Fuße.

„Ich war früher mal Creative Entertainment Director in einer großen Werbeagentur."

„Aha."

„Als die Branche den Bach runterging, habe ich nochmal die Schulbank gedrückt und Medizin studiert", erklärt er mit kratziger Stimme.

Liegt irgendwie nahe.

„Und worüber wollten Sie mit mir reden?"

„Das Atom-Ei."

„Was ist damit?"

„Dort …" Erneut wird er von einem heftigen Husten geschüttelt. „Sorry. Dort wurden im letzten Jahrhundert Krebskranke behandelt. Man hat sie mit Neutronen bestrahlt, wenn herkömmliche Medizin nicht mehr geholfen hat. Vor ein paar Jahren wurde das Innere relauncht. Im Ei befindet sich jetzt ein Diagnostic-Center."

„Und?"

„Es ist illegal." Farinelli schaut sich verstohlen um und senkt die Stimme. „Sie arbeiten dort mit verbotenen Methoden und scheffeln Millionen. Natürlich am Staat vorbei."

„Wer sind die?"

„Alle. Die Klinikleitung. Die Ärzte. Die Pfleger. Jeder bekommt einen Teil des Kuchens ab."

„Warum erzählen Sie mir das? Haben Sie Ihr Gewissen entdeckt?"

Die glasigen Augen schauen mich unverwandt an. „Ich habe einen Beweis. Wollen Sie ihn sehen?"

„Ja." Ein einzelner Schweißtropfen rinnt meine Schläfe entlang und ich wische mir hastig übers

Gesicht. Ich hasse es zu schwitzen!

„Vor ein paar Monaten hat es ein Sicherheitsleck gegeben. Einer unserer neuen Gäste hat per Neurokommunikator eine Aufnahme gemacht. Zum Glück konnte ich sie sichern, bevor ihm der Kommunikator entfernt wurde."

„Dem *Gast* …", fast ersticke ich an dem Wort, „… wurde der Neurokommunikator aus der Hornhaut entfernt?!"

Farinelli kaut ungerührt auf seiner Zigarre herum. „Das gehört zum Standard-Prozedere. Die Welt draußen soll nicht mitbekommen, was hier passiert."

Andererseits scheint es die Welt draußen nicht sonderlich zu interessieren, sonst wäre der echte Reporter von YIN – dem Yahoogle Investigation Network – schon längst hier aufgeschlagen.

„Wollen Sie die Aufnahme sehen?", reißt mich Farinelli aus meinen Gedanken.

„Natürlich."

„Gut, folgen Sie mir." Er steckt seine Zigarre weg, dann suchen wir gemeinsam die sanitären Einrichtungen auf, was mir leider erst bewusst wird, als wir bereits drin stehen.

„Wait a minute", ruft er mir zu, dann verschwindet er in einer der Kabinen, um keine zwei Minuten später mit leicht gerötetem Gesicht wieder herauszukommen. „Ich trage sie immer bei mir", sagt er und hält mir eine schmale Scheibe entgegen.

Während Farinelli auf eine Stelle unter der Scheibe drückt, schaue ich mich alarmiert um, doch wir sind allein. In der Luft vor uns baut sich ein holografisches Bild auf. Zu sehen ist ein kreisförmiger Raum. Das Innere des Atom-Eis, nehme ich an. Man kann verschiedene Apparaturen erkennen, viele

Metallrohre, eine Treppe mit einer Galerie, sonst nichts. Ich will schon etwas erwidern, als Farinelli mit Daumen und Zeigefinger einen dunklen Punkt im unteren Bild berührt, um ihn auseinander zu ziehen.

„Was ist das?“, flüstere ich irritiert.

Zu sehen sind dunkle, feucht glänzende Objekte in einzelnen Glaskästen, die in einer Reihe aufgestellt sind. Beim genauen Hinschauen erkenne ich, dass einige Objekte rund sind, andere dreieckig. Alle weisen zwei nebeneinander liegende Löcher auf. Anhand der Aufnahme kann ich die Größe nicht bestimmen und schaue meinen Gegenüber fragend an.

„Keine Ahnung, was es sein könnte?“

Ich schüttele den Kopf.

„Das sind Hundenasen.“

Wie? Was?

„Hundenasen. Sie wurden gezüchtet, um Krankheiten wie Krebs oder Lupus zu diagnostizieren. Früher hat man angenommen, dass Tiere in der Lage sind, Krankheiten zu erschnüffeln. Doch diese Methode der Diagnostik wurde niemals verifiziert. So what! Hier treffen täglich Anfragen von verzweifelten Menschen aus aller Welt ein. Die Klinik verdient sich damit eine goldene Nase, aber es wird nichts an unsere Gäste weitergegeben. Sie sehen ja, wie es hier zugeht!“

Mit diesen Worten schaltet Farinelli das Gerät wieder aus. Er will mir die schmale Scheibe aushändigen, doch dann hält er kurz inne, zieht ein fadenscheiniges Taschentuch hervor und wickelt die Scheibe darin ein. Ich bin ihm dafür sehr dankbar.

„Es ist ein Riesengeschäft“, erklärt er weiter. „Ausländische Krankenhäuser und Unternehmen zahlen Unsummen für fachkundige Untersuchungen und bekommen stattdessen erschnüffelte, im höchsten Maße unseriöse Analyse-Ergebnisse. Die Sache zieht weite Kreise, glauben Sie mir. Weit über die Grenzen der Europäischen Föderation hinaus."

Nachdem ich die Scheibe in meiner Jackentasche versenkt habe, begeben wir uns nach draußen. Eine Weile laufen wir umher, wobei Farinelli mit auffälligen Gesten so tut, als würde er mir Dinge zeigen und erläutern. Unter anderen Umständen würde ich den Anblick belustigend finden. Dann komme ich zum eigentlichen Grund meines Besuchs und will von ihm wissen, ob er von der angenagten Großtante im Wagon weiß.

„Natürlich. Ich kann mich noch gut an den Neffen erinnern, der hierher kam, um die Leiche zur Fragmentierung freizugeben."

„Er wurde ermordet."

„Was?" Ein verblüffter Ausdruck legt sich auf Farinellis Gesicht.

„Man hat ihm Nase und Ohren abgeschnitten. Glauben Sie, dass es jemand von hier gewesen sein könnte?"

„Sie wollen von mir Input?"

„Äh … ja."

„Hmm …" Farinelli kräuselt nachdenklich die Nase, bevor er die kalte Zigarre wieder hervorholt, um herzhaft auf ihr herumzukauen. „Ich glaube nicht, dass es jemand vom Personal gewesen ist. Durch diese Aktion würden sie unnötig die Aufmerksamkeit auf sich ziehen."

Ich nicke. Diesen Schluss habe ich ebenfalls bereits gezogen. „Was ist mit den Insassen? Ein Racheakt vielleicht?"

„Das läge nahe, aber wie? Rein kommt hier jeder, aber nicht raus."

„Wie meinen Sie das?"

Er zeigt auf seinen Hals. „Trace-Chips. Es gibt nur zwei Ausgänge aus der Klinik. Einer führt zur Tube, der andere in den privaten Hangar, in dem sich die Gleiter der Klinikleitung befinden. Sobald unsere Gäste versuchen, die Scanner zu passieren, schlagen ihre Trace-Chips an. Nicht, dass ihr Kopf explodiert oder so …" Offenbar ist Farinelli ein Fan alter Filme. „Sie kommen nur nicht weit. Außerdem werden die Kraftfelder aktiviert, sobald es draußen dunkel wird. Und wenn Sie es genau betrachten, wer von *denen* wäre überhaupt zu so was in der Lage?"

Die Klinik scheint eine Sackgasse zu sein und Lionels Kommunikator in weite Ferne gerückt. Ich gehe nach wie vor von einem Racheakt aus, aber von wem? Vielleicht von jemandem aus Lionels privatem Umfeld?

„Haben *Sie* dem Neffen erzählt, was seiner Großtante zugestoßen ist?"

Er nickt. „Der Guy wirkte so unbekümmert angesichts eines Todesfalles in der Familie. Vielleicht war es nicht richtig, aber ich konnte nicht anders."

Misstrauen scheint sich plötzlich in meine Augen geschlichen zu haben, denn Farinelli wehrt mit den Händen ab. „Ich war's nicht! No way! Außerdem tut es mir leid zu hören, dass der Guy tot ist. Ein junges Leben auszulöschen … So ein Jammer!"

„Mhm."

„Wann ist er gestorben?"

„Heute Nacht."

„Sehen Sie. Ich habe die Klinik seit 48 Stunden nicht mehr verlassen. Das …" Ich muss mich erneut in

Geduld üben, als ihn ein Hustenanfall packt. „… können Sie gern checken.“

„Das werde ich.“ Beziehungsweise die Polizei.

„Tun Sie das.“

Ein trauriger Ausdruck huscht über Farinellis Gesicht, der mich veranlasst nachzufragen. „Warum?“

„Warum was?“

„Warum tun Sie sich das an? Warum arbeiten Sie hier?“

„Lieber ich als ein anderer.“

Darauf gibt es nichts zu erwidern und ich schweige.

„Die Zustände hier interessieren niemanden. Dass aber Schattenhandel im großen Stil betrieben wird, schon.“ Seine glasigen Augen nehmen einen harten Glanz an. „Versprechen Sie mir, dass Sie damit an die Öffentlichkeit gehen.“

Ich lege ihm die Hand auf die Schulter und schenke ihm ein warmes Lächeln. Das erste an diesem Tag.

„Das mache ich.“

6. Zeit fürs Business

Der Engel mit dem weißen Lächeln lässt mich erst gehen, nachdem ich gelobt habe, ihn am Wochenende in der City auszuführen. Eher werde ich mir oder besser noch *ihr* die Finger abhaken, als dieser Bitte jemals nachzukommen.

Auf dem Rückweg zu *Sphäre 5* gehen mir viele Dinge durch den Kopf. Ich bin wütend. Eine Zeitlang schließe ich die Augen, um die Bilder zu vertreiben, und genieße die Ruhe in der vollklimatisierten Tube. Dann gebe ich mir einen Ruck. Zeit fürs Business.

In der Abgeschiedenheit meines Büros kontaktiere ich die Metropolizei und nur wenige Sekunden später poppt Brügells knittriges Gesicht auf meiner Hornhaut auf.

„Lucio Verdict, was für eine Überraschung. Was können Sie für mich tun?“ Ein Bulle mit Sprachwitz – irrsinnig komisch.

„Ich habe vielleicht eine wichtige Information für Sie, die mit dem Tod von Lionel III. zusammenhängt. Dafür verlange ich aber eine Gegenleistung.“

„Sie verlangen?“ Die Rosine kneift missbilligend die Augen zusammen.

„Ja.“

„Mhm. Erzählen Sie.“

„Zuerst möchte ich Ihre Zusicherung, dass wir einen Deal haben.“

„Die kann ich Ihnen nicht geben, solange ich nicht weiß, was Sie von mir wollen, aber ich verspreche Ihnen, dass ich guten Willens sein werde. Reicht das?"

Für den Augenblick muss es das und ich sage ihm, was ich erfahren habe. Die Sache mit den Hundenasen behalte ich für mich. Bei YIN ist sie besser aufgehoben.

„Interessant", murmelt Brügell, nachdem ich meinen Bericht beendet habe. „Wir werden Ihre Geschichte mit der Großtante natürlich überprüfen."

„Natürlich. Und Sie sollten die Alibis des Klinikpersonals checken."

„Halten Sie mich etwa für einen Dilettanten?"

„Mitnichten, Inspektor!"

„Woher haben Sie eigentlich all diese Infos?"

„Berufsgeheimnis."

Brügell stößt einen tiefen Seufzer aus „Was genau wollen Sie?"

„Ich schätze, Sie haben den Kommunikator des Toten sichergestellt. Könnte ich, nachdem Sie ihn auf Hinweise gecheckt haben, einen kurzen Blick darauf werfen?"

Verstimmt schaut er mich an. „Das ist privat, Verdict. Ich kann Ihnen auf keinen Fall Einblick gewähren. Abgesehen davon …"

Ich halte kurz die Luft an.

„… haben wir den Kommunikator nicht."

„Nicht?" Ich setze ein erstauntes Gesicht auf. „Haben Sie in Lionels Apartment nachgesehen?"

„Die Kollegen sind mit ihrer Durchsuchung fast fertig, haben aber nichts dergleichen gefunden. Ich denke, das Fehlen könnte ein Indiz sein. Wer trennt sich schon freiwillig von seinem Kommunikator?"

„Das ist aber schade."

„Ja, sehr schade. Sonst noch etwas?" Seine Stimme ist nicht mehr als ein Brummen.

„Ich würde mir gern das Apartment des Toten ansehen, um mir ein besseres Bild zu machen."

„Das ist nicht möglich. Das Apartment bleibt versiegelt, bis die Ermittlungen abgeschlossen sind."

„Ach, kommen Sie." Im Nu habe ich mir ein gewinnendes Lächeln ins Gesicht getackert. Inzwischen bin ich darin Experte. „Sie dürfen mich auch begleiten."

„Nein."

„Was ist mit Ihrem guten Willen?"

Kurzes Schnauben.

„Ich fasse auch nichts an. Ich will mir nur einen Eindruck verschaffen."

In Brügells Gesicht arbeitet es. Ein faszinierendes Schauspiel. „Na gut. Sie bekommen fünfzehn Minuten und nicht mehr. Wir treffen uns morgen Punkt 9.00 Uhr am östlichen Eingang von *Hosianna*."

„Geht's nicht früher?"

„Werden Sie nicht unverschämt!"

„Ach, Sie meinten, morgen *Vormittag*, 9 Uhr. Perfekt!"

7. Himmi Herrgott Sakra!

Diese Kneipe lässt mich nicht los. Grund dafür ist weniger das heimelige Ambiente als vielmehr die spröde Wirtin hinter der Holztheke. Kurze rote Haare und ein Hüftschwung, der mich die letzten Stunden vergessen lassen könnte.

Nach einem kurzen und wie stets in Schweigen gehülltem Abendessen beschließe ich, einen Abstecher ins *Himmi Herrgott Sakra!* zu unternehmen. Shou lasse ich in Yuutos Obhut, einem porzellangesichtigen Nanny-Robot mit fein gezeichneten Augenbrauen, den ich vor einem Monat von den Nippon Islands habe einfliegen lassen. Eine kostspielige, aber in meinen Augen lohnende Investition. Als Shou mit seiner Mutter in Osaka gelebt hat, ist er rund um die Uhr von einem solchen Modell betreut worden. Vielleicht hilft ihm Yuutos Gegenwart, sich hier heimischer zu fühlen.

Bevor ich das Apartment verlasse, werfe ich noch einen Blick ins Kinderzimmer. Der Junge liegt friedlich in seinem Bettchen, die Augen sind geschlossen und das gelegentliche Zucken seiner kleinen Füße verraten, dass er träumt. Neben ihm sitzt der Nanny-Robot mit ausdruckslosem Blick und hält seine Hand. Wenn nötig, die ganze Nacht.

Die Wirtin von *Himmi Herrgott Sakra!* trägt die

gleiche Jacke aus Lammfellimitat wie letztes Mal. Obwohl ich heute ordentlich gekämmt bin, erkennt sie mich natürlich sofort, als ich mich an die Theke stelle. Eine kurze Handbewegung ihrerseits genügt, schon flattern meine Nackenhaare, als würde mir ein wild gewordener Bulle ins Genick schnauben. Ein schneller Blick über die Schulter bestätigt meinen Eindruck. Hinter mir steht ein Koloss im billigen Anzug, die Nüstern weit aufgesperrt, die Fäuste geballt.

„Ich möchte mich entschuldigen“, beeile ich mich zu sagen.

Die Frau schaut mich schweigend an. Ihre Nase und Wangen sind mit Sommersprossen übersät.

„An dem Abend wollte ich einfach nur Dampf ablassen. Jetzt weiß ich, dass es ein Fehler war, es ausgerechnet hier zu tun“, schwafle ich und setze mein schüchternes Lächeln ein. Bloß nicht zu breit und leicht schief. „Kommt nicht wieder vor, versprochen.“ Danach schweige ich. Es mag so etwas wie ein Gang nach Canossa sein, dennoch will ich mich nicht zum kompletten Idioten machen.

Eine kurze Kopfbewegung und einen Luftzug später stehe ich wie durch ein Wunder immer noch unversehrt an der Theke.

„Also gut.“ Ihr Blick ist nicht unfreundlich. „Was soll’s sein?“

„Ein Hachinger.“

„In Ordnung.“

Wenig später knallt sie mir ein Glas mit trübem Gesöff vor die Nase, wobei ein paar Tropfen herausschwappen, dann wendet sie sich einem anderen Gast zu. Während ich trinke, blicke ich mich im Laden um. Es ist nicht viel los. Ein paar Figuren spielen an billigen Tischkonsolen, andere starren Löcher in die verbrauchte Luft. Aus einer schummrigen Ecke steigt der dünne, weiße Schwaden eines Tabacco-Sticks auf. Versonnen verfolge ich seinen Weg nach oben, bis mein Blick an einem Wasserfleck an der Decke haften bleibt. So herrlich unvollkommen.

Nachdem ich den faden Geschmack des Hachingers mit einem Schnapskonzentrat hinuntergespült habe, gehe ich in die Offensive.

„Entschuldigen Sie, äh …"

„Alex. Und du kannst mich duzen."

Alex ist ein altmodischer Name, aber irgendwie passt er zu ihr. „Ich heiße Lucio." Kurze Pause. „Schöner Laden, den du da hast."

Sie lacht. Es klingt rauchig und sehr sexy.

„Netter Versuch." Sie wirkt ehrlich amüsiert.

„Sag mal, Alex …"

„Ja, Lucille?"

Lucille?

„Äh …" Sie hat mich kurz aus dem Konzept gebracht. „Wann schließt du den Laden?" Mein Lächeln ist nicht gerade elfenhaft, aber fast. „Vielleicht kann ich dich hinterher zum Essen einladen."

Ich bekomme eine Abfuhr. „Hör zu, Honigpüppchen", beginnt sie und lehnt sich nach vorn. Sie riecht gut. „Ich will ehrlich zu dir sein. Du bist nicht mein Typ. Zu viel Testosteron …"

„Wie meinst du das?"

„Denk mal scharf nach."

Verdammt. „Du willst also sagen, dass du …"

„Genau, Lucille. Ich spiele für das gegnerische Team."

„Ach komm! Das sagst du doch nur, um deine Ruhe zu haben.“ Ich setze meine Augenlider auf Halbmast. „Ich bin nicht wie andere Männer.“

Ein spöttischer Ausdruck tritt in ihre Augen. „Vergiss es. Du bist nicht the One-And-Only, der mich zur anderen Seite bekehren wird. Keine Chance!“

„Aber du nennst mich doch Lucille“, werfe ich etwas schwach ein.

Statt einer Antwort füllt sie mein Glas auf. „Geht aufs Haus!“ Dann zwinkert sie mir zu und tut, was Wirte eben so tun.

Ich fürchte, der Blick, den ich ihr nachwerfe, hat etwas Hündisches an sich. In Selbstmitleid schwelgend kippe ich mein Hachinger hinunter, dann noch eins und noch eins, bevor ich ihr mit einem Handzeichen zu verstehen gebe, dass ich zahlen will. Kurze Zeit später rutsche ich vom Hocker und begebe mich leicht wankend zum Ausgang. Den molligen Mief im Rücken werde ich mit einem fröhlichen „Besuch uns bald wieder, Lucille!“ in die kalte Welt entlassen.

Verdammt.

8. Dumm gelaufen

„Ich habe von so ‘m Zeug gehört, das katapultiert dich direkt zu den Sternen.“

„Hab‘ ich auch gehört. Ich kenn‘ nen Typen, der kann’s für lau besorgen.“

„Für lau? Krass.“

„Wir müssen’s aber noch erhitzen.“

„Wieso?“

„Weil das Zeug nur als Aerosol richtig knallt.“

„Ist das nich gefährlich?“

„Ein bisschen vielleicht, aber dafür kriegen wir‘s für lau.“

So oder so ähnlich muss sich der Dialog abgespielt haben, der letztlich dazu führte, dass sich meine Verabredung mit Inspektor Brügell am nächsten Tag buchstäblich in Rauch auflöst. In der Nacht haben zwei Möchtegern-Chemiker halb *Hosianna* in die Luft gejagt, darunter auch Lionels Apartment. Wie durch ein Wunder hat es nur Leichtverletzte gegeben – die beiden pulverisierten Idioten einmal ausgenommen.

Regungslos stehe ich unter der Duschbrause und genieße das Gefühl des rinnenden Wassers auf meiner Haut. Ich habe einen leichten Kater, doch nicht er verursacht mir an diesem Morgen Kopfschmerzen. Vielmehr grüble ich über mein weiteres Vorgehen nach. Gerade als Yuuto dabei ist, Shou fürs Bildungsinstitut fertig zu machen, wendet sich das

Blatt zu meinen Gunsten: Jimmy wird erpresst.

„Wie es aussieht, hat sich der damische Hund in den Kommunikator gehackt! Er hat mir von dort aus belastendes Material gesendet."
„Wie muss ich mir dieses Material vorstellen?", will ich wissen, während ich vor dem Spiegel stehe und mein blaues Halstuch arrangiere.
„Bildfragmente und verschlüsselte Files."
Ich erspare mir die Frage, was sie beinhalten. Jimmy wird es mir nicht sagen.
„Was genau will er?"
„Was wohl? Geld, natürlich!"
Kurz denke ich nach. „Unternehmen Sie nichts, bis ich da bin."
„Er will eine Antwort."
„Ich sagte, unternehmen Sie nichts!"
„In Ordnung", ertönt es ungewohnt kleinlaut in meinem InterCom.
Eine Expressbahn, zwei Hoverlifte und zehn Minuten Fußweg später finde ich mich in Jimmys halbrunder Bibliothek hinter dem Laden wieder. Nervös knetet der Hausherr seine Pranken, während ich ihm meinen Plan unterbreite. Ehrlich gesagt bin ich nicht weniger nervös, denn langsam gehen mir die Alternativen aus.
„Jimmy, ich werde ein Programm auf Ihrem Neurokommunikator installieren, das eine Fehlermeldung abschickt, sobald die Nachricht des Erpressers angekommen ist."
„Was soll das bringen?"
„Die Fehlermeldung wird mit einer Cybermine bestückt sein. Sobald der Erpresser seine Nachricht erneut sendet, wird die Mine aktiviert und wir können

ihn orten“, erkläre ich und logge mich in Jimmy Kommunikationsnetz ein, um das Programm einzuspeisen. In weiser Voraussicht hat mein schnaubender Freund den Inhalt der Erpresser-Nachricht chiffriert. Ich könnte schließlich einen Blick riskieren.

Nachdem die Fehlermeldung rausgegangen ist, sitzen wir eine Weile zusammen und unterhalten uns über dies und das. Ich nutze die Gelegenheit, um in einem seiner Buchexemplare zu schmökern. Ein umfassendes Werk über die Heilkraft der Hypnose. Wir haben bereits die zweite Kanne echten Kaffee in Angriff genommen, als die Tasse in Jimmys Hand plötzlich in der Luft erstarrt. Er hat erneut Post bekommen, diesmal allerdings trägt der Absender den Stempel auf der Stirn *Ich befinde mich gerade in* Sphäre 5, *Obere Markstraße, Abschnitt 3. Komm vorbei und fick mich!* oder um es mit gepflegteren Worten zu sagen: Die Cybermine hat ganze Arbeit geleistet.

Jetzt muss alles sehr schnell gehen. Ich springe auf und mache mich auf den Weg. Sobald ich vor Ort bin, werde ich Jimmy anweisen, erneut eine Fehlermeldung zu schicken. Angesichts der Tatsache, dass der Kommunikator auffällig ist, spekuliere ich darauf, dass der Erpresser ihn irgendwo am Körper versteckt hat und dass Jimmys Nachricht ihn zu einer – wie ich hoffe – erkennbaren Reaktion bewegen wird.

Um schnell an mein Ziel zu gelangen, nehme ich eine Equipage. Schon im Hinausgehen habe ich sie per InterCom geordert und als ich aus *Jimmys Atelier* stürze, gleitet der Inhouse-Scooter bereits um die Ecke, um direkt vor dem Eingang stehen zu bleiben. Das schwarz-gelbe Gefährt erinnert entfernt an eine offene Kutsche, nur eben ohne Räder und Pferde. Ich habe bei meiner Reservierung angegeben, dass ich der einzige Fahrgast bin, und die Equipage hat sich bereits zu einem Zweisitzer zusammengefaltet.

Zehn Minuten später erreiche ich über den Ring eine der oberen Terrassen. Ich steige aus, betrete die kurze Gangway nach oben und gelange zu einer rosenbewachsenen Loggia, in deren Mitte ein Musikensemble im Frack das Publikum in den Cafés rundum unterhält. Der viereckige Platz ist von Gebäuden eingesäumt und gut zu überblicken. Plötzlich habe ich es gar nicht mehr so eilig. Ich steuere einen der runden Tische an, bestelle per Fingerdruck einen Latte-Latte, der wenige Sekunden später über ein Rohrsystem im Boden unter meinen Füßen nach oben befördert wird. Eine bis dato unsichtbare Klappe in der Tischplatte öffnet sich und das dampfende Glas gleitet wie von Zauberhand hindurch.

Während ich an dem süßlichen Getränk nippe, schaue ich mich um. Die Cafés sind gut besucht. Gegenstand der Aufmerksamkeit ist der Leadsänger: ein Schmalzbolzen mit langen Haaren und alterslosem Gesicht. Ohne *Regency* wirkt die Bühne ähnlich glamourös wie eine Ansammlung von Bananenkisten und die Stimme des Sängers erinnert an eine nicht geölte Metalltür. Warum das überwiegend weibliche Publikum wie gebannt wirkt, ist mir schleierhaft. Vielleicht liegt es am Repertoire. Er schmettert einen Oldie nach dem anderen. Alles Songs aus dem letzten Jahrhundert, mit denen ich nichts anfangen kann.

Abgesehen von den sommerlich gekleideten Gästen an den Tischen fallen mir zwei Personen auf: ein Zeitungsjunge mit auffallend blauen Augen und eine dösende, sehr alte Frau auf einer etwas abseits liegenden Parkbank. Der Junge wedelt mit einer Folien-Ausgabe des *Starnberg Daily* und blickt sich nach potentiellen Käufern um, während die Greisin in sich zusammengesackt ist. Ihr Kinn ruht friedlich in einer großen Stoffschleife. Ein Sabberfaden hängt aus ihrem rechten Mundwinkel.

Kurz werde ich abgelenkt, als der Schnulzensänger ein neues Lied anstimmt. *You're Beautiful.* Ich bin kein Experte altertümlicher Balladen, doch ich glaube, der Vorname des Interpreten lautete James. Eine große Nummer damals. Kaum schmettert der Sänger die ersten Takte – seine Stimme zittert vor überbordender Emotion –, passiert etwas Unheimliches: Als würde ein unsichtbarer Puppenspieler von oben die Fäden ziehen, heben alle Anwesenden synchron den rechten Arm. In der Hand halten sie ein klotziges, schwarzes Gerät mit Tastatur und Display, auf dem eine gelbe Flamme aufpoppt. (Solche Teile werden seit den Zwanzigerjahren nicht mehr gebaut.) Dann beginnen die Menschen, ihre Lichter im Takt der Musik zu schwenken, hin und her, mit weit ausholenden Bewegungen, und in den Gesichtern lese ich nackte Ergebenheit.

Nur mit Mühe reiße ich mich von dem Anblick los und kontaktiere Jimmy. „Schicken Sie die zweite Fehlermeldung – jetzt!"

„Gleich, Lucio. Eine Sache noch …"

„Was?", blaffe ich zurück. Wir haben eine gute Chance, den Erpresser festzumachen und ich will sie nicht vermasseln.

„Sobald Sie den Kommunikator haben, versprechen Sie mir, dass Sie nicht reinschauen."

„Tue ich nicht."

„Versprochen?"
„Versprochen, Jimmy."
„Gut." Die Erleichterung ist unüberhörbar.
„Können wir jetzt?"
„Ja."
„Gut. Also los!"

Alle Geräte bleiben oben – der Puppenspieler hat nach wie vor die Fäden in der Hand –, während der Zeitungsjunge Löcher in die Luft stiert. Einzig die alte Frau auf der Parkbank rührt sich. Forschend blickt sie sich um, gleichzeitig tastet sie ihre rechte Hosentasche ab, dann steht sie auf. Volltreffer!

Als sie sich in Bewegung setzt, hefte ich mich an ihre Fersen. Die Bluse mit der großen Schleife weist mir den Weg. Ich folge ihr mit einigen Metern Abstand durch mehrere Gassen, bis wir auf die nächsthöhere Terrasse gelangen, von wo aus ich die gesamte Biosphäre überblicken kann. Die Straßen wimmeln vor Menschen und ich bin zur Untätigkeit verdammt. Schließlich biegt die alte Frau in einen leeren Hauseingang. Ich schätze, sie sucht ein einsames Plätzchen, um sich Jimmys Nachricht anzuschauen. Hastig blicke ich mich um. Jetzt oder nie. Leise pirsche ich mich an sie heran, bis ich dicht hinter ihr stehe. Gerade will ich in Aktion treten, da wirbelt sie herum und verpasst mir eine Handkante gegen den Hals. Ich spüre ein leichtes Brennen, dann wird mir schwarz vor Augen. Scheiße.

9. Die Menschen san schlimm

„Ich habe dich an deinem Gang erkannt, du perverses Schwein!"

Das darf doch nicht wahr sein. Es gibt hunderte von Securities in *Sphäre 5* und ich gerate ausgerechnet an denjenigen, dem ich mich vor mehreren Wochen unsittlich genähert habe.

„Ich weiß nicht, wovon Sie reden."

„Ach nein?" Die alte Dame verpasst mir einen Schlag mit der flachen Hand. „Hübsches Kind, lass uns dort ins Café gehen", äfft sie mich perfekt nach. „Ich werde mich erkenntlich zeigen." Eine wirklich talentierte Oma.

„Das war ich nicht."

Patsch!

„Bitte", krächze ich. „Lassen Sie mich gehen! Ich habe Ersparnisse. Die können Sie haben."

Sie lacht mir ins Gesicht. „Ich will dein Geld nicht. Bald habe ich mehr Kohle als ich ausgeben kann."

Denkst du.

„Ich bin nicht der, für den Sie mich halten. Ich bin Sales Manager bei *!NR!* und heute das erste Mal in *Sphäre5*."

„Bullshit! Ich weiß genau, wer du bist. Typen wie du gehören kastriert!"

„Bitte lassen Sie mich gehen!" Meine Stimme ist um eine Oktave schriller geworden. Dann schluchze ich –

mir kommen die Tränen von ganz allein, so herzerweichend klingt es. „Ich habe nichts Schlimmes getan."

„Aber das wirst du vielleicht noch." Ihrer Stimme nach zu urteilen besitzt die Oma kein Herz. „Mich kannst du mit deinem weinerlichen Gejammer nicht täuschen. Ich wurde ausgebildet, um Lügner zu entlarven."

„Was haben Sie mit mir vor?" Meine Stimme ist nur noch ein Flüstern.

„Weiß ich noch nicht."

Sie scheint nicht die Cleverste zu sein.

„Hauptsache, es wird für dich eine schmerzhafte Erfahrung."

Vielleicht irre ich mich auch.

„Das kö … können Sie nicht tun." Ich ächze, halte die Luft an, bis ich rot anlaufe und meine Augen fast aus ihren Höhlen treten. „Bitte …", stammele ich noch, bevor ich seitlich umkippe. Ein Seufzen, dann bin ich weggetreten.

Erwartungsgemäß ist die Oma verunsichert. Ich höre, wie sie leise flucht und sich nähert. Als sie sich zu mir beugt, verpasse ich ihr eine Kopfnuss seitlich gegen die Schläfe. Das reicht, um sie wanken zu lassen, dann rolle ich mich herum und bringe sie zu Fall. Ein weiterer harter Schlag mit dem Hinterkopf bricht ihr die Nase und befördert sie ins Abseits. Das ist gut so, denn ich brauche eine gefühlte Ewigkeit, bis ich mich endlich von den Fesseln befreien kann.

Die Oma ist nicht nur eine wahre Bondage-Künstlerin, sondern auch männlichen Geschlechts, wie ich kurze Zeit später feststelle, als ich ihr die Polymerhaut vom Gesicht reiße: ein glatzköpfiger Mann mittleren Alters mit Fischlippen. Ich nehme an, er hat beobachtet, wie Lionel im Blumenkübel entsorgt wurde und die Leiche gefleddert. Lange starre ich ihn an, dann werfe ich meine Skrupel über Bord. Security-Nr. 493k hat eine Strafe verdient, deshalb wird meine nächste illegale Handlung auf sein Konto gehen. Ein Kinderspiel, zumal ich nach wie vor die Dublette seiner ID besitze.

Während Fischlippe zwischen den blitzblanken Deko-Mülltonnen schlummert, suche ich seinen schlaffen Körper nach dem Virtuellen Kommunikator ab. In der rechten Hosentasche werde ich fündig. Ein wirklich schönes Stück. Welches Geheimnis sich wohl darin verbirgt? Zwar habe ich Jimmy etwas versprochen, doch diese Gelegenheit kann ich mir nicht entgehen lassen. Ich bin mir gern über meine Feinde im Klaren und noch mehr über meine Auftraggeber.

Gerade will ich den Kommunikator aufsetzen, als ein daran haftender Geruch mich stutzen lässt. Er ist nicht mehr als eine Ahnung, dennoch ist er da. Diese ekelhafte Note würde ich überall wieder erkennen. Bemerkt habe ich sie zum ersten Mal in Ivy Füchtjohanns Büro. Interessant. Vielleicht gründet ihr tränendes, stinkendes Auge doch nicht von einer schiefgelaufenen Augapfel-Politur, sondern von etwas, das mit Lionel zusammenhängt. Ich spinne den Gedanken weiter. Möglicherweise hatte Ivy Füchtjohann den Kommunikator in ihren Besitz gebracht und 493k beauftragt, Jimmy zu erpressen. Möglicherweise hat sie ihren Chefparfumeur sogar getötet, weil er zu gierig geworden ist und sie befürchten musste, dass er sich ihr Lebenswerk unter den Nagel reißt. Kurz überlege ich, der Sache nachzugehen, doch dann entscheide ich mich dagegen. Meine Aufgabe besteht darin, den Kommunikator aufzutreiben. Nicht mehr und nicht weniger. Ein Polizist, der in meiner Schuld steht, kann allerdings nicht schaden, deshalb werde ich Inspektor Brügell einen Hinweis zukommen lassen.

Nach einem kurzen Zögern, das sicher nicht mehr als eine Zehntelsekunde anhält, aktiviere ich den Kommunikator auf meiner Nase. Ich muss nicht lange suchen. 493k hat die relevanten Informationen in einen Unterordner gepackt, der mit einem Smiley versehen ist. Ich öffne den Ordner und während ich die Informationen durchgehe, mutiert mein Gesicht immer mehr zu eben jenem Emoticon. Einige Minuten später deaktiviere ich den Virtuellen Kommunikator, bevor ich ihn in der Innentasche meiner Jacke verstaue. Erstklassiger Stoff. Ich werde in Ruhe überlegen, wie ich dieses Wissen nutzen kann. Eines ist aber gewiss: Ich habe Jimmy bei den Eiern.

Mit einem stolzen Lächeln händige ich ihm kurz danach den Kommunikator aus. Natürlich fragt er mich, ob ich einen Blick riskiert habe. Was soll ich sagen? Ich bin ein begnadeter Lügner.

Der Rest ist schnell erzählt. Mittlerweile hat die Forensik in München City festgestellt, dass sich eine Substanz durch Lionels Stirnlappen nach außen gefressen hat, die letztlich zu seinem Tod geführt hat. Offenbar ist das Loch in seiner Stirn im Nachhinein durch äußere Gewalteinwirkung vergrößert worden. Bei der Analyse ist erneut dieser eigenartige Geruch aufgetaucht und als Absonderung eines Pflanzenhybrids mit dem Namen *Cymbidium Devonanum Purpureum* identifiziert worden.

Schneller als man „Riechschleimhaut“ sagen kann,

steht die Polizei bei Ivy Füchtjohann auf der Matte. Inspektor Brügell, ein Vernehmungskünstler, setzt die alte Frau unter Druck, bis sie alles zugibt. Ausschlaggebend für ihre Kapitulation ist letztlich die schockierende Erkenntnis, dass der Junge noch gelebt hat, als ihm Nase und Ohren abgeschnitten wurden.

Lionel und sie experimentieren mit einer genetisch veränderten Orchidee, als der Unfall passiert. Einige der gefährlichen Pollen entweichen aus dem Glaszylinder und Ivy Füchtjohann, die etwas abseits steht, kommt mit einer zerstörten Bindehaut des linken Auges davon. Lionel hat weniger Glück. Innerhalb weniger Minuten gelangen die Pollen durch die Nase in seine Stirnhöhlen, wo sie ihr gefräßiges Werk verrichten. Ivy, die um den guten Ruf ihres Unternehmens fürchtet, nimmt daraufhin Rupert und dessen Vater in die Pflicht.

Nachdem das Trio annehmen muss, dass Lionel tot ist, geht es ans Werk: Der Vater schabt das faulige Fleisch aus der Wunde, der Sohn schneidet Nase und Ohren ab und am Ende greift Ivy Füchtjohann, die Kricket-Vizemeisterin von 2015, 2016 und 2019, nach ihrem Spazierstock und donnert den schweren Knauf schwungvoll gegen Lionels Stirn, wo er ein golfballgroßes Loch hinterlässt.

Von Natur aus misstrauisch hat Ivy Füchtjohann ihr Büro gecheckt, nachdem ich es verlassen habe, und die Wanze entdeckt. Ab da war es für sie ein Leichtes, mich und damit auch die Polizei auf eine falsche Fährte zu locken.

Als sie von Inspektor Brügell abgeführt wird, steht die halbe Biosphäre Spalier. Schön zu wissen, dass es Dinge gibt, die sich niemals ändern. Beim

Vorbeigehen nickt mir das knittrige Rosinengesicht fast unmerklich zu und ich nicke ebenso dezent zurück. Die Schüchternheit können wir uns sparen, denn niemand achtet auf uns. Alle Blicke sind auf die desolate Erscheinung an seiner Seite gerichtet: Die silberne Haarpracht hat sich aus dem Knoten gelöst und hängt in einzelnen Strähnen herunter, die verrutschte Sonnenbrille entblößt ein rotstichiges Auge, das ich mir nicht genauer ansehen möchte, die Kostümjacke ist falsch zugeknöpft. Als die alte Frau über ihre eigenen Beine stolpert, empfinde ich einen Anflug von Mitleid. Nicht so meine beiden schnaubenden Nachbarinnen.

„Greislich! Die Haare … und so Schuh! Des geht doch ned.“

„Naa.“

„Die Menschen san schlimm.“

„Ja, des san’s.“

TROUBLE IN THE BUBBLE

1. Regelrecht aufgespießt

„Das Übliche, Lucille?"

Müde winke ich ab. Für heute ist mein Bedarf an Hachinger Bräu mehr als gedeckt.

„Schlimmer Tag?"

Ich nicke.

„Dann habe ich genau das Richtige für dich." Gutgelaunt stellt mir Alex ein Glas mit sprudelnder Pampe vor die Nase; ein teuflisches Zeug, das ich in weniger als zwei Sekunden hinunterkippe. Meine Kehle fängt sofort Feuer.

„Was ist das?", krächze ich.

„Ich hab' dafür noch keinen Namen. Ist ein Mix aus Wodka, Algen und Schaumschnaps."

„Klingt gut. Noch einen!"

„So schlimm?“

Dankbar greife ich nach dem aufgefüllten Glas. „Noch schlimmer.“ Dann setze ich erneut zum Trinken an.

Von der anderen Seite der Theke aus mustert mich Alex mit ernster Miene. „Willst du darüber reden?“

Vor kurzem hat mir die sexy Wirtin des *Himmi Herrgott Sakra!* klar gemacht, dass ich absolut nicht und unter gar keinen Umständen als Betthupferl für sie in Frage komme. Seitdem pflegen wir einen freundschaftlichen Umgang, wofür ich im Nachhinein froh bin, dreht sich doch mein sonstiges Privatleben um einen vierjährigen Jungen und seine synthetische Nanny.

Als ich zum Sprechen ansetze – inzwischen ist das Brennen in meiner Kehle einer ambrosischen Taubheit gewichen –, lehnt sich Alex interessiert nach vorn. Ich erzähle ihr die ganze Geschichte. Einige Details lasse ich allerdings aus …

…ihre Lippen sind weich, ihre Worte verheißungsvoll. Ungeduldig zerre ich ihren Rock hoch und schiebe ihr Höschen hinunter. Während sich ihre Finger in den Stoff meines Hemdes krallen, dränge ich mich zwischen ihre Schenkel. Sie ist warm und feucht und als ich sie zum Höhepunkt stoße, zuckt ihr Kopf nach hinten. Mein Blick wandert abwärts zu ihrer linken Brust, die sich wie ein Ballon aufbläht, bis sie die Größe eines Kürbisses hat. Dann platzt der Kürbis mit einem dumpfen 'Plopp'. Das Fleisch hängt in roten Fetzen herunter und ich muss kichern. Als die langen schwarzen Haare ausfallen und aus der kahlen Kopfhaut eine rote Clownsperücke sprießt, kugele ich mich vor Lachen. Erst recht, als aus dem weit geöffneten, grotesken Mund eine grüne breiige Flüssigkeit quillt.

„Shou …“, flüstert der Clown und mir bleibt das Lachen im Hals stecken. „Shou …“

Kurz bin ich abgelenkt, als eine fremde Stimme an mein Bewusstsein klopft. Wie durch eine Nebelwand dringen Worte an mein Ohr, die ich nicht verstehe. Ich will mich erneut dem Clown zuwenden, da zerrt mich die Stimme fort. „Wachen Sie auf, Lucio Verdict.“ Langsam lichtet sich der Nebel. „Kommen Sie zu sich.“

Erschrocken setze ich mich auf. Das Herz klopft hart in meiner Brust – bis ich Beethovens *Pastorale* vernehme. Erleichtert lasse ich mich zurücksinken.

„Sie haben schlecht geträumt“, informiert mich die sanfte Computerstimme des Healthcare Security Systems.

Während ich gegen die Übelkeit ankämpfe, versuche ich mit den Augen die Schwärze zu durchdringen. Vergeblich. Dort, wo die Bettwäsche den Schweiß absorbiert hat, ist mein Körper trocken. Mein Gesicht aber ist nass und klebrig und ich wische mit dem Unterarm darüber. Ich bleibe liegen, bis sich meine Atmung etwas beruhigt hat, erst dann steige ich aus dem Bett. Meine Knie zittern. Das Licht geht an, die *Pastorale* verstummt und ich gelange unbeschadet nach draußen in den Flur.

In dieser Sekunde fährt mir ein kalter Hauch durchs Genick und ich wirbele herum. Gegen das spärliche Licht, das durch das hintere Fenster scheint, zeichnet sich eine Silhouette ab.

„Beunruhigt Sie etwas, Verdict-San?“

Yuutos klare Stimme bringt mich in die Gegenwart zurück. Im Halbdunkel glühen die blauen

Murmelaugen des Nanny-Robots wie Leuchtfeuer.

„Wie geht es Shou?“, frage ich im Gegenzug. Das Sprechen fällt mir schwer und ich muss mich räuspern.

„Er schläft tief und fest. Allerdings hat es etwas gedauert, bis er eingeschlafen ist. Er schien gestern Abend sehr erregt und hat geweint. Ich konnte …“

Mit einer Handbewegung unterbreche ich ihn. „Ich will nichts davon hören.“ Obwohl mich das Porzellangesicht gleichgültig anstarrt, fühle ich mich genötigt, ein „Danke“ hinzuzufügen.

Anschließend gehe ich zur Nasszelle am Ende des Flurs, um mir kaltes Wasser ins Gesicht zu spritzen. *Kaori.* Es ist nicht das erste Mal, dass mir Shous Mutter im Traum erschienen ist. Zwischen uns hatte es sofort gefunkt, doch bereits einen Tag nach unserer ersten gemeinsamen Nacht war sie in meinen Armen gestorben. Bei einer Explosion hatte ein herumfliegendes Rohrstück ihren Brustkorb durchbohrt. Das ist jetzt drei Monate her.

Ich schaue in den Spiegel. Meine Augen sind verquollen, mein Gesicht ist mit hässlichen roten Flecken übersät. Ich sehe aus wie meine eigene Großmutter. Seufzend stoße ich mich vom Waschbecken ab. An Schlaf ist nicht mehr zu denken, also begebe ich mich, halbnackt wie ich bin, in den spärlich eingerichteten Wohnraum.

„Opacity, sechzig Prozent“, befehle ich mit dumpfer Stimme.

Schon drängen sich die flirrenden Bilder der Global Communication Sphere in mein Leben. Aus dem Getränke-Replikator ziehe ich mir einen Kaffee, dann fläze ich mich in den nächsten Stuhl und verfolge mäßig interessiert die News. Gerade als ich Gefahr laufe, sabbernd einzunicken, erregt eine kalt lächelnde Cybermoderatorin meine Aufmerksamkeit und ich klappe den Mund reflexartig wieder zu.

„Gestern Abend wurde Dr. Mike Farinelli, ehemals Creative Entertainment Director, tot in seinem Apartment aufgefunden." Jetzt nimmt das wohlgeformte Cybergesicht die knochigen Züge von Farinelli an. Die Augen blicken verzweifelt, als es weiter spricht. *„Die Metropolizei von München City vermutet, dass ich im alkoholisierten Zustand gestürzt bin, mir dabei den Hinterkopf an einer Tischkante aufgeschlagen habe und verblutet bin. Wäre ich früher gefunden worden, hätte ich vermutlich gerettet werden können ..."* Eine kurze, effektvolle Pause entsteht, bevor sich die Cyberfigur zurückverwandelt. *„Überraschenderweise hat das Notfallsystem in Farinellis Apartment nicht angeschlagen. Warum, wird derzeit untersucht. Wir erinnern uns: Dr. Farinelli war in die Hundenasen-Affäre verwickelt, bei der es um unseriöse Analysemethoden in den Hacker-Kliniken ging …"*

Per Sprachbefehl schalte ich auf stumm. Die Sache mit den Hundenasen hat in der Öffentlichkeit hohe Wellen geschlagen. Zwei Wochen lang ist bei YIN, dem Yahoogle Investigation Network, von nichts anderem die Rede gewesen. Die komplette Klinikleitung wurde vorübergehend beurlaubt, während aktuell eine Armee von Gutachtern vor einem Sonderausschuss die Waffen kreuzt:

„Die Hundenasen-Analyse® ist wissenschaftlich belegt. Da besteht kein Zweifel!"

„Was Sie von sich geben, ist Blasphemie, Frau Kollegin! Die Hundenasen-Analyse ist lediglich das Hirngespinst einiger selbsternannter Götter im Laborkittel."

„Mitnichten, Herr Kollege! Prof. Dr. Dr. Wimmer

und sein österreichisches Expertenteam haben nach jahrelanger Feldstudie eindeutig nachgewiesen, dass Hundenasen in der Lage sind, bösartige Tumore zu erschnüffeln. "

„Ach wirklich? Ich habe Dokumente, die beweisen, dass Wimmer ein Scharlatan ist."

…

Ich schätze, es wird noch eine Weile dauern, bis ein Urteil gefällt wird.

Farinellis Tod jedenfalls scheint mir zu diesem Zeitpunkt höchst verdächtig und so gibt es für mich nur eines zu tun: Ich aktiviere meinen Neurokommunikator.

„Inspektor Brügell, hier Lucio Verdict", beginne ich, nachdem ich den Polizisten kontaktiert habe. Erwartungsgemäß ist er um die Uhrzeit nicht erreichbar und ich hinterlasse ihm eine Videonachricht. Trotz der frühen Stunde kommuniziere ich im Knigge-Modus, heißt: Obwohl ich halbnackt auf einem Metallstuhl sitze, trage ich in meiner Videobotschaft einen Zweireiher aus feinstem Garn. Passend dazu strahlt mein Gesicht zartrosa. „Entschuldigen Sie bitte die frühe Störung. Ich wollte Sie darüber informieren, dass Dr. Mike Farinelli mein Informant gewesen ist. In der GCS wurde gerade bekanntgegeben, dass er tot ist. Meines Wissens hat er YIN den entscheidenden Tipp zur Hundenasen-Affäre gegeben." Was indirekt auch stimmt. „Ich dachte, das sollten Sie erf…"

Brügells knittrige Erscheinung poppt jäh auf meiner Hornhaut auf und ich zucke leicht zusammen, als ich ihrer ansichtig werde. Das fadenscheinige Unterhemd spottet jeder Beschreibung und zu der Goldkette fallen mir auf Anhieb fünf Attribute ein, von denen

„billig“ noch das schmeichelhafteste ist.

Inspektor Brügell hält offenbar nichts vom Knigge-Modus.

„Was sagen Sie da?“

Von Grußformeln ebenso wenig.

Ich beschließe, großzügig über diesen Fauxpas hinwegzusehen, schließlich ist es erst kurz vor halb sechs, und wiederhole das eben Gesagte.

„Ist das wahr?“, fragt Brügell.

„Selbstverständlich. Warum sollte ich Sie anlügen?“

„Mhm.“ Der Inspektor reibt sich die müden Augen und versucht ein Gähnen zu unterdrücken. „Sie sind wohl ein Morgenmensch, was?“

Statt einer Antwort lächele ich vielsagend.

„Na gut.“ Ein unwirscher Blick trifft mich. „Ich kann mich doch an Sie wenden, falls ich noch Fragen habe?“

„Sicher.“

„Bestens – und danke.“

Brügells Gesicht verschwindet und ich beuge mich nach vorn, um nach meinem Kaffee zu greifen, als ich per InterCom gerufen werde. In der Annahme, der Inspektor wolle noch etwas hinzufügen, aktiviere ich den Kanal und blicke in ein blutleeres Gesicht, das durch den strengen Haarknoten noch geisterhafter wirkt: Lena Wittgenstein. Verblüfft starre ich sie an. Was will die Chefin des *Leopold* von mir? Und dann noch zu dieser frühen Stunde?

„Guten Morgen, Herr Verdict. Ich störe doch hoffentlich nicht?“

Innerlich beglückwünsche ich mich zum Knigge-Modus. Ich lasse mir die App einiges kosten, aber es lohnt sich, wie man sieht. Nicht auszudenken, wenn mich Lena Wittgenstein in Unterhosen angetroffen hätte.

„Frau Wittgenstein, welch‘ freudige Überraschung“, säusle ich. „Was kann ich für Sie tun?“

Ihre harten Augen schweifen über mein Gesicht. „Besitzen Sie eine Schusswaffe?“

„Wie bitte?“

„Ob Sie eine Schusswaffe besitzen?“

„Ja.“

„Gut.“ Ihr Ton ist forsch und kein bisschen dankbar. „Kommen Sie um 7 Uhr ins *Leopold*. Mit der Waffe!“

„Können Sie mir vielleicht sagen, um was es sich bei der Sa…“

Sie unterbricht mich. „Nicht jetzt. Und bitte, Herr Verdict ...“

„Ja?“

„Aktivieren Sie nicht *Regency*.“

Diese Bitte erstaunt mich mehr als die Frage nach der Waffe. „Warum nicht?“

„Befolgen Sie einfach meine Anweisung.“ Ihr Blick sucht meinen und ich fühle mich regelrecht aufgespießt. Ich kann gerade noch den Impuls unterdrücken, hilflos mit den Armen zu flattern. „Es ist sehr wichtig, dass Sie *Regency* ausgeschaltet lassen.“

Ich zucke mit den Achseln. „In Ordnung. Sie sind der Boss.“

Sie stößt einen erleichterten Seufzer aus. Ich glaube, um ihre Mundwinkel deutet sich so etwas wie ein Lächeln an … nein, doch nicht. Die dünnen Lippen bleiben wie eingeritzt. „Bis nachher“, presst sie noch heraus, dann ist sie verschwunden.

Nachdenklich stehe ich auf, um die winzige Polymerblase zu betreten, die mir als Balkon dient. Die Isar Auen zu meinen Füßen leuchten im

Morgengrauen wie ein Weihnachtsbaum, doch ich habe dafür keinen Blick übrig. Ich tippe mit dem Zeigefinger mehrmals am unteren Drittel der Tasse, bis der darin befindliche Kaffee die richtige Temperatur hat (heiß muss er sein!), dann nehme ich einen kleinen Schluck. Lena Wittgenstein schien für ihre Verhältnisse nervös zu sein. Was wohl passiert sein mag? Ich bin ihr bisher nur einmal begegnet und unser Treffen verlief nicht gerade freundschaftlich. Warum will sie meine Hilfe? Ausgerechnet. Ich bin neugierig und schiebe den Gedanken an Mike Farinellis Tod vorläufig beiseite.

Bereits eine Stunde später befinde ich mich auf dem Weg zu *Sphäre5* – die Beretta Silverfire habe ich im rechten Hosenbein meines fein gearbeiteten Fil à Fil Anzugs versteckt. Für Lena Wittgenstein nur das Beste.

2. Sabotage

Es ist keine angenehme Erfahrung, die unfertig anmutende Hartgummi-Landschaft von *Sphäre5* zu durchqueren, doch viel kurioser als schmucklose Wohnwürfel zwischen vertrocknetem Gestrüpp ist an diesem Morgen die gespenstische Leere in den Straßen. Ich mache vereinzelte Gestalten aus, die sich an die Häuserwände drücken und mit gesenktem Blick vorbeihuschen. Würde in diesem Moment ein einsamer Steppenläufer über die Straße rollen, wäre ich nicht im Mindesten überrascht. Nur einen Häuserblock vom *Leopold* entfernt entdecke ich ein Grüppchen elegant gekleideter Herren, palavernd und wild gestikulierend. Bunte Figuren, die ein launischer Künstler auf einen farblosen Fond geklatscht hat, um sie dann ratlos zurückzulassen. Als ich auf sie zugehe, verstreut sich die Gruppe augenblicklich in alle Winde. Verdattert blicke ich den davon eilenden Gestalten nach. Was zum Teufel geht hier vor?

Gespannt wie ein Flitzebogen lege ich einen Schritt zu, bis ich vor dem *Leopold* stehe. Statt des schmiedeeisernen Portals empfängt mich ein mausgraues Metalltor, das sich bei meinem Näherkommen automatisch öffnet. Offenbar drängt es Lena Wittgenstein, mich zu sehen, denn kaum habe ich die Schwelle des Hauses erreicht, schwingt auch da die Tür auf. Von nun an bewege ich mich in einer anderen Welt, denn alles, was sich im Inneren des *Leopold* befindet, ist real. Angefangen mit Gustav Klimts „Dame mit dem Fächer“ im Vestibül bis hin zur breiten marmornen Treppe in der Mitte der Halle. Die Gestalt in blauer Chiffonseide, die mich von der reich verzierten Galerie aus nach oben winkt, ist ebenfalls sehr real.

Wortlos weist mich Lena Wittgenstein an, ihr zu folgen. Das Restaurant schlummert noch im Halbdunkel, doch als wir uns an den Tischen vorbeischlängeln, mache ich in den Ecken mehrere Menschen aus, die sich in ihren Stühlen aufrichten, sobald sie meiner ansichtig werden. Das Weiße ihrer Augen zuckt angstvoll im trüben Licht.

Sehr eigenartig.

Wir passieren rechts eine Flügeltür mit Messingbeschlägen und betreten einen kleinen Salon. Es ist alles vorhanden, was eine vornehme, wenn auch angestaubte Einrichtung ausmacht: Chaiselongue, Sekretär, Porzellanfigürchen, Stoffvorhänge, Edelholzparkett … Zwei Dinge fallen mir sofort ins Auge: das 3-D-Foto eines staatlichen Schnurrbartträgers auf dem Sekretär sowie eine antike Hifi-Anlage an der Wand mit Boxen so groß wie Schuhkartons. Ich steuere die Chaiselongue an, als ich ein weißes Frettchen darauf entdecke. Es ist zwar mumifiziert und dient einem rein dekorativ Zweck, dennoch beschließe ich spontan stehen zu bleiben.

„Wie kann ich Ihnen behilflich sein, Frau Wittgenstein?“

Die Angesprochene kommt direkt zur Sache und reicht mir einen Virtuellen Kommunikator – ein scheußliches, fast vulgär klotziges Teil. „Hier.“ Dann

dreht sie sich um, um das Erkerfenster zu öffnen. „Schauen Sie selbst."
Fragend starre ich sie an.

„Na, machen Sie schon!"

Ich halte den Kommunikator hoch. „Ihrer?"

„Wo denken Sie hin?" Sie schnieft abfällig. „Der gehört meinem Sous-Chef."

Mit einem dünnen Lächeln setze ich das geschmacklose Teil auf und stelle mich ans Fenster. Verblüfft schnappe ich nach Luft. Erst blinzele ich, dann kneife ich die Augen zusammen, um gleich wieder zu blinzeln. Doch alles, was ich erkenne, ist ein Wirrwarr aus Farben und Formen, hier und da von Hartgummisplittern durchbrochen, als seien mehrere Bilder übereinander gelagert. Mein Gehirn braucht einige Sekunden, um zu begreifen, dass *Regency* nur lückenhaft funktioniert. Und nicht nur das: Das Programm deckt sich nicht nur nicht mit der Realität, es ist leicht verschoben. Dort, wo sich eine echte Tür befindet, bildet *Regency* eine Steinmauer ab, während die Tür dort auftaucht, wo in Wirklichkeit keine ist. Teile der Häuser und Pflanzen präsentieren sich unverhüllt. Schein und Sein disharmonieren. Über der virtuellen Baumreihe auf dem Kaiserdamm liegt kein melodiöses Rauschen. Vielmehr quietscht das Blätterwerk, als wäre es seit Jahren nicht geölt worden. Nach nur wenigen Sekunden spüre ich einen leichten Druck hinter der Schädeldecke und nehme den Kommunikator wieder ab. Dann drehe ich mich um.

„Was ist passiert?"

Lena Wittgenstein richtet sich zu ihrer vollen Größe auf und atmet tief durch. „*Regency* wurde sabotiert!", verlautbart sie im Brustton der Überzeugung.

„Wie – sabotiert?“

Anscheinend gereiche ich ihrer Verkündung nicht zur Ehre. „Na, sabotiert“, wiederholt sie gereizt.

„Warum sollte jemand so etwas tun?“

„Um Verwirrung zu stiften! Wie die Heuschrecken werden sie über uns herfallen und uns ausnehmen.“

„Wer sind *sie*?“

„Die Jungen. Die Missgünstigen. Die Besitzlosen.“

Ich beschließe, das Thema zu wechseln. „Wurde ein Reboot gestartet?“

„Selbstverständlich. Aber es war zwecklos. Und was viel schlimmer ist, das Programm lässt sich nicht ausblenden.“ Dann beginnt sie, hin und her zu tigern. „Für Menschen mit Virtuellem Kommunikator ist das nicht weiter tragisch, doch viele von uns tragen einen Neurokommunikator. Wenn ich aus dem Haus gehe, sehe ich *das da*.“ Sie zeigt nach draußen.

„Wann hat es begonnen?“

„Gestern Abend. Zunächst waren es Kleinigkeiten: eine strauchelnde Nachtigall, eine flackernde Fassade. Dann haben sich die Störungen gehäuft und ich habe das Programm neu gestartet. Am Anfang ging alles gut. Ich stand auf dem Maximilian-Platz, der Rasen kroch wie üblich über den Beton und die Becken füllten sich mit fluoreszierenden Goldfischen, als plötzlich die Welt erstarrte.“ Sie blickt mich ungehalten an. „Ich bekomme das Bild meines Bobbys nicht aus dem Kopf.“ Damit meint sie ihren holografischen City-Guide. „Er hatte keine Augen und nur einen Arm!“

„Und was sagen die VAs dazu?“

„Die Virtuality Architects haben die ganze Nacht an der Behebung gearbeitet. Bis jetzt ergebnislos.“

„Hmm… Und was genau wollen Sie von mir?“

„Bald wird hier das Chaos ausbrechen." Ihre Aufmerksamkeit gilt nicht länger mir, stattdessen scheint sie sich im Bildnis des Mannes mit dem prächtigen Schnurrbart hinter mir zu verlieren. „Die Mehrheit von uns ist außerstande, unsere Welt zu sehen, wie sie wirklich ist oder wie wir sie gern sehen würden. Wir bewegen uns in einer eingefrorenen, zweigeteilten Umgebung. Das gilt natürlich auch für die Securities. Die haben doch alle Neurokommunikatoren." Nervös krallt sie die Hände in ihrer Tunika. „Wir sind dem Gesindel ausgeliefert!" Dann heftet sie ihren Blick erneut auf mich und zum ersten Mal erblicke ich darin einen Anflug von Angst.

„Sie vergessen die Sicherheitskontrollen an den Eingängen, Frau Wittgenstein."

„Schmarrn!", kommt es schnaubend zurück. Der kurze Schwächemoment ist vorüber. „Ich wette, die Scanner wurden ebenfalls sabotiert."

Die Frau leidet definitiv an Verfolgungswahn.

„Wie kann ich da behilflich sein?"

„Behalten Sie das *Leopold* im Auge, solange dieses Problem nicht gelöst ist."

„Ich soll das Gebäude observieren, damit niemand bei Ihnen einsteigt?"

„Ja."

Zugegeben, ich bin etwas enttäuscht. Ich kann mir etwas Spannenderes vorstellen, als den ganzen Tag draußen Wache zu schieben.

„Warum ich?"

„Sie wurden mir empfohlen."

Sicher nicht von meinem guten alten Freund Jimmy. Lena Wittgenstein und er können sich nicht ausstehen.

„In Ordnung, ich mache es."

„Gut." Diesmal ist die Erleichterung unüberhörbar. „Auf der anderen Straßenseite befindet sich ein Tarnzelt, etwa in der Größe eines Pavillons. Ich habe es für Sie herrichten lassen. Nachher bringt Ihnen jemand etwas zu essen und zu trinken."

„Das ist sehr aufmerksam."

„Hier habe ich etwas für Sie." Sie holt ein Head-Up-Display aus dem Sekretär, eine verschlankte Version meines eigenen Sichtgeräts, und überreicht es mir. Im Gegenzug erhält sie ihren hässlichen Kommunikator zurück. „Damit behalten Sie sowohl die Hausfront als auch die angrenzende Mauer im Blick."

„Sie haben doch sicher NanoCams zur Überwachung."

Ihr Blick spricht Bände.

„Ich verstehe, Sabotage." Mein Lächeln ist mitfühlend. „Was ist mit dem Nachbarhaus und der Rückseite des Gebäudes?"

„Das Nachbarhaus behalten Sie bitte auch im Auge. Die Rückseite ist kein Problem. Sie ist mit einem anderen Haus verbunden."

„Und wenn jemand versucht, darüber ins *Leopold* einzudringen?"

Falls das überhaupt möglich ist, wird ihr Mienenspiel noch frostiger. „Unmöglich. Sobald jemand versucht, ein Loch durch die Wand zu bohren, füllt sich die Lücke mit einem speziellen Liquid, das in der Luft aushärtet. Und durch den Betonboden kommen sie auch nicht. Die Erschütterung wäre allerorts spürbar. Nein, wenn jemand versucht, einzubrechen, geht das nur über zwei Seiten."

„Wie Sie meinen."

„Und was Ihr Honorar betrifft …"

„Ja?"

„Ich kenne Ihren Tagessatz. Um Mitternacht überweise ich Ihnen die Gesamtsumme. Sollte das Problem bis dahin nicht gelöst sein, reden wir über eine Auftragsverlängerung. Sofern wir bis dahin nicht alle gemeuchelt wurden, natürlich."

„Natürlich." Mit einer leichten Kopfbewegung zeige ich auf die Tür. „Wer sind eigentlich die Leute da draußen?"

„Freunde. Ich habe ihnen Asyl gewährt."

„Asyl? Wie meinen Sie das?"

„Die meisten Häuser sind innen mit *Regency* ausgestattet. Das *Leopold* nicht."

„Ihre Freunde könnten doch die Gelegenheit nutzen und einen Tagesausflug nach draußen unternehmen."

„Und wohin sollen sie gehen, bitteschön? Vielleicht zu *Sphäre3* oder gar nach München City?" Wie sie das sagt, könnten es genauso gut die Slums von Grand Paris sein. Mit solchen Vorschlägen mache ich bei ihr definitiv keinen Schnitt.

Kurz danach sitze ich auf der anderen Straßenseite im luxuriös eingerichteten Tarnzelt, als mir ein sauertöpfisch blickender Mann wortlos ein Tablett mit Tee und Gebäck hinstellt, um gleich wieder zu verschwinden. Der Sous-Chef? Wer weiß. Ich mache es mir gemütlich, setze das Display auf und vergewissere mich, dass die Beretta Silverfire immer noch sicher im Holster unter der Hose steckt, bevor ich mich in meinem Stuhl zurücklehne.

Für einen winzigen Moment erhasche ich auf der anderen Straßenseite einen hageren Schatten hinter dem Vorhang, dann ist dieser verschwunden. Zurück bleibe nur ich inmitten einer grauen Eintönigkeit. Ich spüre bereits, wie sich eine bleierne Müdigkeit meiner bemächtigt und greife seufzend nach meinem Tee. Vor mir liegt ein langer Tag.

„Hände hoch, Arschloch!"

Vielleicht aber auch nicht.

3. Das Spoilerkinn

Die Empfindungen, die durch den harten Lauf einer Laserwaffe am Hinterkopf ausgelöst werden, sind mit nichts zu vergleichen. Dennoch gelingt es mir, meine Stimme ruhig zu halten, als ich den Unbekannten hinter mir aufkläre. „Laserwaffen sind hier nicht erlaubt. Sie könnten die Hülle der Sphäre beschädigen."

„Mach dir mal keine Sorgen", kommt es kalt zurück. „Ich werde niedrig zielen."

Darauf gibt es nichts zu erwidern, also hebe ich die Hände und warte auf weitere Anweisungen.

„Steh auf und dreh dich um, aber gaaanz langsam."

Ich stehe auf und drehe mich um. Aber gaaanz langsam. Vor mir steht ein hochgewachsener Typ im grauen Overall: eisblaue Augen, Kurzhaarschnitt, Spoilerkinn. Einer von der ganz harten Sorte. Flankiert wird er von zwei Männern und zwei Frauen gleichen Kalibers. Ein weiterer Overall ist gerade dabei, das Tarnzelt herunterzureißen. Ich tippe auf Agenten der Inneren Sicherheit.

„Wer bist du und was hast du hier zu suchen?"

Agenten der Inneren sind die letzten, mit denen ich eine intime Unterhaltung führen möchte. Je schneller ich sie vom Hals habe, desto besser, also gebe ich mich zuvorkommend. „Mein Name ist Lucio Verdict und ich observiere im Auftrag der alten Dame, die drüben wohnt, das Haus, um sicherzustellen, dass sie nicht ausgeraubt wird.“

„Verschwinde hier!“

Agenten halten sich nicht mit langen Reden auf.

„Ich glaube nicht, dass es Frau Wittgenstein gefallen würde, wenn ich meinen Posten verlasse.“ Zwar möchte ich mich nicht weiter mit diesen Vögeln befassen müssen, doch gäbe ich zu schnell nach, könnte das verdächtig wirken.

„Mich interessiert diese Frau Wittgenstein nicht! Du bist uns im Weg und …“

„Wer sind Sie?“ Die Genannte, die anscheinend von ihrem Fenster aus alles beobachtet hat, überquert in diesem Augenblick die Straße und stürmt auf uns zu. „Was wollen Sie hier?“

Der wortführende Agent versteift sich. „Gnädige Frau, bitte. *Sphäre5* ist nicht sicher und dieser Mann hier wirkt äußerst suspekt. Sie müssen verstehen, dass …“

„Unsinn!“ Erwartungsgemäß versteht sie nicht. „Ich will, dass er bleibt. Wie alt sind Sie überhaupt? Haben Sie eine Genehmigung für *Sphäre5*?“

Lena Wittgenstein hat Mumm, das muss man ihr lassen, dennoch zeigt sich das Spoilerkinn wenig beeindruckt. Mit einer zackigen Bewegung weist es zwei seiner Kollegen an, die alte Frau zu ihrem Haus zurück zu geleiten. Kaum ist die Tür hinter ihr ins Schloss gefallen, schwillt ihre Stimme zu einem wütenden Crescendo an, das sicher noch in München City zu hören ist. Ich hätte nicht gedacht, dass Lena Wittgenstein solches Temperament besitzt.

„Und jetzt zu Ihnen“, richtet das Kinn seine Aufmerksamkeit wieder auf mich. Immerhin werde ich jetzt gesiezt. „Wo wohnen Sie?“

„Außerhalb."

„Dorthin können Sie jetzt nicht. Wir haben die Biosphäre abgeriegelt. Sie kommen mit uns mit. Wir bringen Sie an einen sicheren Ort und dort bleiben Sie, bis die Quarantäne wieder aufgehoben ist."

„Welche Quarantäne?"

Doch der Typ hat sich bereits abgewandt.

„Wer sind Sie?", rufe ich ihm hinterher. „Und worin besteht Ihr Auftrag?"

„Wir sind zu Ihrem Schutz hier", antwortet das Spoilerkinn, ohne sich umzudrehen.

Derweil werde ich grob am Arm gepackt und mitgezerrt. Ich weiß nicht, was mich mehr ärgert: dass der Perlmuttknopf an meinem rechten Ärmel abreißt oder dass die Frau, die zu meinem „Schutz" abgestellt wird, einen halben Kopf kleiner ist als ich.

4. Töten ist eine Sünde

Meine kurzbeinige Bewacherin ist von der rabiaten Sorte, also bleibt mir nichts anderes übrig, als mitzugehen. Ich brauche nicht zu erwähnen, dass ich inzwischen meine Beretta Silverfire los bin. Sie im Hosenbein zu verstecken, ist vielleicht nicht besonders originell, aber zumindest verursacht sie dort keine hässlichen Ausbeulungen des Anzugs.

Während ich durch die menschenleeren Straßen stolpere, versuche ich per neuronalem Befehl ein Fenster zur GCS zu öffnen, um mich über die Vorgänge in *Sphäre5* zu informieren. Nach einigen erfolglosen Anläufen muss ich der Realität ins Gesicht blicken: Die Verbindung wurde gekappt. Ich bin auf mich allein gestellt.

„Du bleibst da drin, bis wir die Situation unter Kontrolle haben." Wie schön. Wir sind wieder beim vertraulichen Du angelangt. „Und mach bloß keine Zicken!"

Mit „da drin" ist ein Fitnessraum im Keller eines Privathauses in der Pestalozzistraße gemeint und wie immer ist es das Spoilerkinn, das spricht. Die anderen Schergen haben bis zu diesem Zeitpunkt kein Wort gesagt. Vielleicht sind es Ausländer.

„Lassen Sie mich gehen", appelliere ich an die Vernunft des Agenten. „Ich werde Ihnen nicht in die

Quere kommen. Darauf gebe ich Ihnen mein Wort." Mein Blick ist ernst, meine wohlklingende Stimme wirbt um Vertrauen.

Das Spoilerkinn lächelt freundlich – meine Wirkung auf Menschen ist legendär –, dann macht es Rums, als die Tür hinter mir zufällt, und kurz danach Klick. Ein hässliches Geräusch.

Ich finde mich in einem fensterlosen Spiegelsaal wieder, wo sich Fitnessgerät an Fitnessgerät reiht. Interessiert lasse ich meinen Blick schweifen: ein Hundesitter-Simulator für zwei Personen mit variabler Zugkraft, ein x-förmiger Housekeeper zum Trainieren längst vergessener Bügel- und Fensterputz-Bewegungen, ein Schaffner, ein Agilo-Board mit virtuellem Trainer, ein Power-Climber …

Ein Schaffner?

Ich neige den Kopf zur Seite, um besser sehen zu können. Hinter den Geräten hockt ein dünner Bursche, den Rücken an die Spiegelwand gelehnt. Er hat ein Fohlengesicht mit auffallend langen Wimpern und trägt eine altmodische himmelblaue Uniform, die ihm zwei Nummern zu groß ist. Seine Jacke zieren ein winziger Stehkragen und eine goldene Knopfleiste. Auf dem Kopf trägt er eine Schirmmütze mit einem flügelförmigen Emblem. Entweder ist er vor über hundertfünfzig Jahren eingefroren und jetzt wieder aufgetaut worden, oder aber seine Talente liegen jenseits von Kleingeldspender und Lochzange. Ich mag da lieber nicht spekulieren.

Ich starre ihn an, er starrt zurück.

„Hallo", haucht es mir tonlos entgegen.

„Hallo", gebe ich zur Antwort. „Weißt du, warum wir hier sind?"

Achselzucken.

„Seit wann bist du hier drin?"

„Stunde."

Der Bursche ist nicht gerade gesprächig, also mache ich mich erst einmal daran, die Umgebung auszukundschaften. Klingt hochtrabender als es in Wirklichkeit ist und nach zehn Minuten bin ich damit durch. Die Geräte wurden deaktiviert, der einzige Eingang ist verschlossen, nirgends eine Geheimtür und vor allem nichts zu essen oder zu trinken. Missmutig geselle ich mich zu dem Schaffner auf dem Boden. Beide blitzen vor Sauberkeit.

„Ich heiße Lucio und du?"

„Horatio."

Kurz überlege ich, ihm die Hand zu reichen, doch dann entscheide ich mich dagegen – aus Furcht, er könne scheuen. So bleiben wir eine Weile schweigend nebeneinander sitzen. Im Raum und auch jenseits der Tür ist es sehr still. Als sei die Zeit stehengeblieben.

„Hast du eine Ahnung, was los ist?"

Erneutes Achselzucken.

Nach weiteren erfolglosen Versuchen, Konversation zu machen, inspiziere ich den Raum ein weiteres Mal und stelle fest, dass die Idioten sogar die Notdurftfunktion am Hundesitter-Simulator deaktiviert haben. Meine Gedanken rotieren. Einerseits will ich nicht auf die rote Liste der Inneren landen, andererseits habe ich nicht vor, hier zu versauern.

„Ich weiß nicht, welche Pläne du hast, aber ich gehe jetzt", verkünde ich lässig.

„Wirklich?" Der Bursche hebt den Kopf und zum ersten Mal blitzt in seinen Augen so etwas wie Interesse auf.

Statt einer Antwort laufe ich zur Tür und donnere

mit den Fäusten dagegen. „Hallo, ihr da draußen!“, rufe ich. „Der Junge muss dringend pinkeln!“

Ich mache solange Radau, bis sich hinter der Tür etwas tut. Meine Taktik mag nicht geistreich sein, aber sie zeigt Wirkung.

„Was is?“ Doch keine Ausländer.

„Der Junge muss mal.“

„Er soll den Hundesitter benutzen.“

„Geht nicht, er ist ausgeschaltet.“

„Hm.“

Hinter der Tür höre ich Schritte, die sich entfernen.

„Kommen Sie zurück!“, rufe ich hinterher.

Erneut Stille.

„Hey!“

Nichts.

Gerade will ich mich abwenden, da kommt die ersehnte Reaktion. „Weg von der Tür!“, ertönt es auf der anderen Seite.

Ich befolge die Anweisung, als auch schon aufgesperrt wird. Horatio hockt immer noch auf dem Boden und beobachtet die Szene aus sicherer Entfernung. Hilfe aus der Ecke kann ich wohl vergessen. Die Frau in der Tür könnte eine entfernte Cousine des Spoilerkinns sein, gehört aber nicht zu der Truppe, die mich hierher geführt hat. In der Hand hält sie eine dickbäuchige Plastikflasche.

„Das soll wohl ein Scherz sein?“

Die Agentin schüttelt den Kopf – das Grinsen in ihrem Gesicht macht mich noch saurer als ich es ohnehin bin –, dann wirft sie mir die Flasche zu und wendet sich ab. Das ist meine Chance. Ich fange die Flasche am Hals auf und schleudere sie der Frau in einer einzigen Bewegung zwischen die Füße. Sie strauchelt und wedelt hilflos mit den Armen, während ich ungeachtet meines teuren Anzugs einen Hechtsprung nach vorne mache, um ihre Waden zu packen. Im nächsten Moment reiße ich sie zu Boden. Es scheppert zweimal. Das erste Mal, als ich unsanft auf dem Bauch lande, das zweite Mal, als die Agentin mit der Stirn gegen den Türrahmen kracht. Ein schönes Geräusch.

Es reicht, um sie auszuknocken – und mich in ein japsendes Bündel zu verwandeln.

„Schau nach … ob … die Luft … rein ist", fordere ich Horatio auf, während ich mich mühsam aufrichte, um den imaginären Staub von meiner selbstreinigenden Kleidung abzuklopfen (es muss ein angeborener Reflex sein).

Dann untersuche ich die bewusstlose Frau, die bedauerlicherweise unbewaffnet ist. Weil wir den Zugangscode für den Fitnessraum nicht kennen, können wir sie nicht einsperren. Auch haben wir nichts, womit wir sie knebeln und fesseln können. Es ist also nur eine Frage der Zeit, bis sie aufwacht und Alarm schlägt. Wir müssen uns sputen.

Ich begebe mich zu Horatio in den Korridor. „Am besten gehen wir …", kurz halte ich inne und spähe hastig nach links und rechts, „… hier entlang". Dabei zeige ich in die Richtung, aus der ich hierher gebracht worden bin.

Käme uns jetzt jemand entgegen, wären wir ein leichtes Ziel, denn es gibt nirgendwo eine Tür, durch die wir schlüpfen könnten. Ich habe den Gedanken noch nicht zu Ende gebracht, als ich menschliche Stimmen höre. Blitzartig stoße ich Horatio gegen die Wand und lausche angespannt. Die Stimmen scheinen aus dem Vorraum am Ende des Flurs zu kommen. Was tun? Zurücklaufen und darauf hoffen, dass wir einen anderen Fluchtweg finden oder weitergehen und die Konfrontation suchen?

Horatio und ich tauschen einen kurzen Blick aus. In seinem Fohlengesicht lese ich wilde Entschlossenheit und muss lächeln. Wir sind uns einig.

So leise wie möglich tasten wir uns vorwärts, bis wir das Ende des Flurs erreicht haben, dann bleiben wir stehen. Ich drücke mich gegen die Wand, recke den Hals Zentimeter um Zentimeter und luge vorsichtig um die Ecke.

Ein Mann und eine Frau – ich erkenne meine kurzbeinige „Beschützerin“ wieder – stehen mit dem Rücken zu uns, wobei die Frau in einer beschwichtigenden Geste ihre Hand auf die Schulter des Mannes gelegt hat.

„Da Huawa is a richdigs Gifddhäfä! Gesdan isea voa laudda Wuad ganz narrad woan“, ereifert sich der Mann.

Verflixt! Nie hat man einen Jimmy zur Hand, wenn man einen braucht.

„Bei eam muassd aufbassn wia a Hafdlmacha”, erwidert die Frau.

Hmmm …

„I woas scho“, schallt es zurück. „Bi do need auf da Brennsubbm daheagschwumma!“

Okay, eine Sache ist mir zumindest klar geworden: Diese Leute sind definitiv keine Agenten der Inneren Sicherheit.

Kurz sondiere ich die Lage. Der Raum ist schätzungsweise dreißig Quadratmeter groß, die beiden stehen eng beieinander und wirken unter den Overalls durchtrainiert. Zwischen ihnen und uns befinden sich mehrere gestapelte Container, hinter denen Horatio und ich Deckung suchen können. Von da aus kann ich in zwei Schritten bei der Frau sein, mir den Stuhl greifen, der an der Wand lehnt und sie damit k.o. schlagen, bevor ich mir den Mann vornehme. Mit etwas Geschick erwische ich die Frau so, dass sie gegen den Mann stolpert und ihn aus dem Gleichgewicht bringt. Das verschafft mir wertvolle Sekunden.

Seufzend ziehe ich den Kopf wieder ein. Es wird nicht leicht, aber es ist nicht unmöglich. Horatio steht direkt hinter mir und ich kann seinen Atem in meinem Nacken spüren. Ich gebe ihm ein Zeichen, er nickt und wir schleichen geduckt los. Das Adrenalin strömt durch meine Adern und ich balle vor Anspannung die Fäuste, bis wir hinter den Containern Deckung gefunden haben.

„Hör zu, Horatio", flüstere ich, ohne mich umzudrehen. Unser Glück, dass sich die beiden lautstark unterhalten. „Ich übernehme die Frau. Auf mein Zeichen kommst du dazu und wir machen den Typen fertig. Es kommt jetzt auf das Überraschungsmoment an." Die Plaudertaschen auf der anderen Seite machen eine Pause, also senke ich noch weiter die Stimme und hoffe, dass Horatio mich noch verstehen kann. „Lass mich nicht hängen, Junge. Ich verlasse mich auf dich."

Ich werfe einen kurzen Blick nach hinten … und starre ins Leere! Hektisch suche ich den Gang mit den Augen ab, doch Horatio bleibt verschwunden. Da durchbricht ein Geräusch die Stille, bei dem es mir eiskalt den Rücken herunterläuft. Alarmiert schaue ich zwischen den Containern und bekomme gerade noch mit, wie der Mann mit verdrehten Augen zu Boden sackt und Horatio dessen Kopf auffängt, um zu verhindern, dass er aufknallt. Die Frau liegt bereits darnieder. Regungslos.

Mit einem großen Fragezeichen im Gesicht – ich kann regelrecht spüren, wie meine Haut spannt – richte ich mich auf.

„Es ist alles gut", kommt mir Horatio zuvor. Seine Schirmmütze sitzt wie angetackert und er wirkt kein bisschen aufgeregt.

„Wie hast du das gemacht?"

Stumm reckt er den linken Daumen nach oben. An der Spitze des ausfahrbaren Nagels mache ich ein leichtes Glitzern aus. Gift, nehme ich an. Mein Nicken fällt etwas matt aus. Ich erspare mir eine Erwiderung und hocke mich neben die Frau, um ihren Puls zu fühlen. Zu meiner großen Erleichterung ist sie nur bewusstlos. Dann schnappe ich mir die Beretta Silverfire aus ihrer Gesäßtasche. Als ich sie in den Holster an meiner Wade stecken will, lässt mich ein Grollen innehalten.

„Töten ist eine Sünde." Horatio blickt streng auf mich herab. Wo ist bloß seine Fistelstimme geblieben?

„Stehlen auch", antworte ich. „Die Beretta gehört mir. Mein Vater hat sie mir geschenkt." Was natürlich gelogen ist. Ich bin ein Waisenkind.

Auf Horatios Gesicht erscheint ein mildes Lächeln. „Gut, wenn das so ist." Dann zeigt er zum Ausgang. „Und jetzt kommen Sie."

„Wohin gehen wir?"

„Dorthin, wo sie uns nicht finden können."

„Mhm." Ein unangenehmer Geschmack breitet sich in meinem Mund aus. Ich will etwas Geistreicheres hinzufügen, aber Horatio hat sich bereits abgewandt, um die Holztreppe zu nehmen, die nach oben führt.

„Hey!", rufe ich ihm nach. Vorsorglich bleibe ich außerhalb seiner Reichweite.

„Ja?"

„Ich weiß zwar nicht, was hier vor…"

Lautes Fußgetrampel im Gang hinter uns lässt mich aufhorchen.

„Wir müssen weg!", zischt Horatio und stürzt die Treppe hinauf, zwei Stufen auf einmal nehmend. „Rasch!"

Der Bursche mag gruselig sein. Aber wo er Recht hat, hat er Recht.

5. Ora et Labora

Kurz darauf quetschen wir uns in den schmalen Eingang einer Praxis für Body-Extension mit der Aufschrift *Drehen Sie die Zeit zurück!*, und warten auf eine günstige Gelegenheit, um auf die andere Straßenseite zu laufen. Meinen Vorsatz, außerhalb von Horatios Reichweite zu bleiben, kann ich vergessen.

„Mit deinen … äh … Fähigkeiten hättest du doch jederzeit fliehen können“, nehme ich flüsternd die Unterhaltung wieder auf. „Warum hast du es nicht getan?“

„Ich habe auf den richtigen Moment gewartet.“

„Wie meinst du das?“

„Sie werden es verstehen, wenn es so weit ist.“

Ich weiß, dass es nicht klug ist, ihm jetzt Vorwürfe zu machen, schließlich könnte er die Krallen ausfahren, aber ich kann nicht anders. „Du hättest die Frau im Fitnessraum mit Leichtigkeit außer Gefecht setzen können und zwar *bevor* ich die schmerzhafte Bekanntschaft mit dem Fußboden mache.“

„Sie sind mir zuvorgekommen“, entgegnet er mit einem Achselzucken. Dann drängt er sich an mich. „Mögen Sie Bier?“

„Bier?“, echoe ich verwirrt.

„Ja. Mögen Sie es?“

„Schon.“

„Gut.“ Er wirkt erleichtert und fühlt sich genötigt, es

noch einmal zu wiederholen. „Gut.“ Und dann: „Sind Sie ein Mann des Glaubens?“

Ich beschließe spontan, mich an diesem Morgen über gar nichts mehr zu wundern. „Eher nicht.“

Er lässt seinen Blick über meinen Anzug schweifen. „Sind Sie ein *!NR!* Jünger?“

„Nein!“ Mein Tonfall fällt barsch aus. Ich lasse mir nicht gern nachsagen, ich sei Sklave einer Marke. „Ich glaube an mich und meine Fähigkeiten.“

Horatio schaut mich lange an. „Sie müssen sehr einsam sein.“

Na toll.

Danach sprinten wir auf die andere Straßenseite. Wir drücken uns an Häuserwänden entlang, verstecken uns hinter metallenen Abfalleimern, die dem einzigen Zweck dienen, Hinterhof-Charme zu verbreiten, schlagen mehrere Haken, um den Figuren in den grauen Overalls auszuweichen und gelangen so heil an unser Ziel: eine Bäckerei am Seeshaupter Rondell.

Es ist meine erste Bäckerei und ich bin neugierig. Ich habe etliche Bilder davon gesehen, und als wir den Laden betreten, schaue ich mich erwartungsvoll um. Ich werde enttäuscht. Keine Holzregale mit goldenen Brotlaiben, keine bunte Kuchenauslage hinter Glasvitrinen, keine adrette Verkäuferin mit weißer Schürze, kein Bonbonglas. Stattdessen ein kalter Steinfußboden und leere Regale, wohin man blickt.

„Sie haben wohl etwas anderes erwartet?“

Ich nicke.

„Zu auffällig. Wir wollen keine Aufmerksamkeit erregen.“

„Wir?“

Ich erhalte keine Antwort. Stattdessen bugsiert mich

Horatio in ein Hinterzimmer, in dessen Mitte ein großer lodernder Steinofen steht. Die Luft im Raum flirrt vor Hitze und ich bleibe wie angewurzelt stehen, während Horatio ungerührt weitergeht.

„Kommen Sie“, fordert er mich mit einer Handbewegung auf. „Alles halb so schlimm! In der Hölle brennt es heißer.“

„Du musst es ja wissen“, brummle ich.

Obwohl sich meine Gesichtshaut anfühlt, als würde sie bereits Blasen werfen, komme ich seiner Aufforderung nach. Der Steinbackofen misst ungefähr zwei Meter in der Breite; die halbkreisförmige Öffnung in der Mitte ist knapp dreißig Zentimeter hoch.

„Stellen Sie sich bitte dorthin.“ Horatio zeigt auf die rechte Ofenwand.

Ich befolge seine Anweisung nur widerwillig. Die Situation droht mir aus den Händen zu gleiten. Ein Zustand, den ich verabscheue.

„Was wollen wir hier?“, frage ich bei dem Versuch, etwas Licht ins Dunkel zu bringen. Meine Kehle fühlt sich an, als sei sie mit Sandpapier bearbeitet worden.

„Die Hüterin aufsuchen“, tönt es geheimnisvoll zurück.

Um meine Verwirrung komplett zu machen, stellt sich Horatio mit ausgebreiteten Armen vor die halbkreisförmige Öffnung, wobei ihn eine eigentümliche Aura zu umgeben scheint. Könnten es meine verdampften Körpermoleküle sein, die im sanften Schein des Feuers glitzern? Dann verfällt er in einen gedehnten Singsang – er hat nebenbei gesagt eine fürchterliche Stimme –, der immer wieder von einem lauten „ora et labora“ unterbrochen wird.

Der Spuk dauert nur wenige Augenblicke, doch

dafür ist die Wirkung verblüffend: Kaum ist die letzte Silbe verhallt, gleitet in der Wand vor mir eine der Steinplatten polternd zur Seite und eine Nische wird sichtbar. Auch vor Horatio hat sich die Wand geöffnet.

„Beeindruckend", sage ich. „Aber wozu das Gejaule?"

Horatio wirft mir einen bösen Blick zu. „Stimmerkennung."

Ich verkneife mir einen Kommentar.

„Greifen Sie nach der Flöte", sagt er weiter.

In der Nische vor mir liegt tatsächlich eine Blockflöte. „Was soll ich damit?"

„Darauf spielen. Ich zeige Ihnen, wie's geht", antwortet er und holt aus der Nische vor sich eine identisch aussehende Flöte hervor.

„Und wenn ich mich weigere?"

Als Horatio daraufhin einen gequälten Seufzer ausstößt, stelle ich endlich die Mutter aller Fragen: „Was für eine Art Schaffner bist du eigentlich?"

„Ich bin kein Schaffner."

Ach was.

„Sie können mir vertrauen, Lucio. Wir sind die Guten."

Seine unerschütterliche Art geht mir auf die Nerven, aber ich bin neugierig. Also gebe ich nach. „Okay. Wie geht das genau vor sich?"

„Ich stimme die ersten fünf Töne einer Melodie an, dann machen Sie mit Ihren fünf Tönen weiter und legen die Flöte wieder zurück. Das war's auch schon."

Nachdem er mir gezeigt hat, wie das Instrument zu handhaben ist – zum Glück ist es relativ einfach –, beginnt er zu spielen. Danach bin ich an der Reihe. Zögernd führe ich die Flöte an die Lippen. Das

Mundstück schmeckt komisch und ich verziehe beim Spielen unwillkürlich das Gesicht. Ich möchte nicht wissen, wie lang das Teil in der Nische gelegen hat und wie viele sich vor mir daran versucht haben.

Als ich fertig bin, trete ich vorsorglich einen Schritt zurück (den Drang auszuspucken kann ich gerade noch unterdrücken). Zunächst geschieht nichts, dann aber erlischt das Feuer im Ofen mit einem Wisch. Kurz schließe ich die Augen und genieße die Kühle um mich herum, als ein Knirschen mich dazu veranlasst, sie wieder zu öffnen. Die Ofenwände um die halbkreisförmige Öffnung herum rücken auseinander, während sich zeitgleich die Decke hebt. Im Nu ist die Öffnung dreimal so groß wie vorher.

„Wir müssen da rein“, verkündet der Spaßvogel in der blauen Uniform neben mir.

Ich beuge mich nach vorne, um dem Steinbackofen ins finstere Maul zu blicken.

„Da rein?“

„Ja.“

„Ohne mich.“

„Am Ende ist eine Schüttelrinne, die nach unten führt“, erklärt mir Horatio. „Sie brauchen keine Angst zu haben. Ich gehe vor.“

Eine hoch gezogene Augenbraue ist die einzige Antwort, die mir dazu einfällt.

„Ihnen passiert nichts, das verspreche ich.“

„Es ist offensichtlich, dass du mich nicht kennst“, erwidere ich, zugegeben etwas von oben herab. „Hier geht es nicht um Angst, sondern um meinen Anzug. Er mag selbstreinigende Partikel haben, doch bei Ruß müssen sogar sie kapitulieren. Keine zehn Pferde bringen mich dazu, bäuchlings dadurch zu robben.“

Im Blick, den mir Horatio zuwirft, schwingt ein

Hauch von „hätte ich mir denken können" mit, dennoch sagt er keinen Ton. Stattdessen schrappt er mit seinem rechten Arm über den kohlschwarzen Boden des Ofens, ohne mich auch nur eine Sekunde aus den Augen zu lassen, anschließend zeigt er mir seinen unversehrten Ärmel. Er strahlt vor Stolz und ich komme mir vor wie in einem billigen Werbespot.

„Überzeugt?" Sein Tonfall ist nicht weniger anmaßend, als es meiner vor kurzem gewesen ist.

Ich bin überrascht. „Wie …?"

„Eine Illusion."

„Das Feuer?"

„Ja."

„Und die Hitze?"

„Verdeckte Wärmestrahler."

Wie konnte ich nur so blind sein? Ich schätze, das kommt vom Schlafmangel.

„Grämen Sie sich nicht, Lucio. Die meisten fallen darauf herein."

Nach dieser wenig schmeichelhaften Bemerkung wendet sich Horatio ab und klettert in den Backofen.

„Was war das eigentlich gerade für eine Melodie?", rufe ich ihm nach.

Auf allen Vieren hockend dreht er mir den Kopf zu. „Das war der Anfang von *Ein bisschen Frieden*. Kennen Sie das nicht?"

Ich muss passen.

„Ein wundervolles Lied. Als hätten es Engel komponiert", schallt es dumpf von den Wänden wieder. „Und jetzt beeilen Sie sich!"

Horatios Beine verschwinden bereits aus meinem Blickfeld, also erklimme ich meinerseits die niedrige Steinmauer. Mit einem flauen Gefühl im Magen rutsche ich vorwärts, bis ich fast komplett im

Steinofen stecke. Erstaunlich, wie weit sich die Röhre erstreckt. Sie scheint kein Ende zu nehmen.

„Horatio?"

Um mich herum ist nur Schwärze.

„Junge?"

Ich bekomme keine Antwort. Wäre ich doch nur meiner Wege gegangen und hätte den Burschen sein Ding machen lassen! Und seit wann lasse ich mir von einem Pubertierenden vorschreiben, was ich zu tun habe und was nicht? Die wilden Flüche in meinem Kopf treiben mich vorwärts, bis ich plötzlich mitten in der Bewegung erstarre. An mein Ohr dringen fremde Geräusche. Menschliche Stimmen, um genau zu sein.

„Horatio?", flüstere ich so laut ich kann. „Ich glaube, es ist jemand im Laden."

Stille.

„Horatio!"

Nach einer gefühlten Ewigkeit bekomme ich eine Antwort. Wenn auch nicht die, die ich erwartet habe. „Ich habe die Tarnvorrichtung reaktiviert, Lucio. Machen Sie schneller, sonst werden Sie zerquetscht."

Ich ignoriere den Protest meiner Kniescheiben, werfe meine Bedenken über Bord und robbe um mein Leben. Der verdammte Ofen nimmt einfach kein Ende! Ist es Einbildung oder drücken die Wände bereits von allen Seiten auf mich ein? Die Decke über meinem Kopf lässt es sich jedenfalls nicht nehmen, an meinen Haaren zu zupfen. Freches Ding!

„Wie lang noch, Horati…aaaaaaaa", gebe ich lauthals kund, als sich unter mir eine Falltür auftut.

Unkontrolliert schieße ich einige Meter abwärts, pralle gegen eine Metallwand, als das Rohr einen Knick macht, und werde gleich darauf wieder ausgespuckt. Kurz segle ich durch Luft, bevor ich erstaunlich weich lande.

„Willst du mich umbringen?“, blaffe ich Horatio an, der mich mit einem verlegenen Gesichtsausdruck anstarrt, und rapple mich auf.

Zum zweiten Mal an diesem Morgen klopfe ich den nicht vorhandenen Staub von meinem Anzug ab, dann halte ich verblüfft inne. Die Welt um mich herum ist in Blau getaucht. Auch wenn die Orte nicht unterschiedlicher sein könnten, erinnert sie mich an eine stimmungsvolle Aufnahme, die ich einmal in einer alten Reisezeitschrift gesehen habe. Darauf war eine schneebedeckte Landschaft in der Abenddämmerung zu sehen gewesen; Fußspuren im Schnee hatten zu einer gelb erleuchteten Hütte geführt. Nur dass hier keine Berge das Bild prägen, sondern Holzbänke und große Schiebefenster. Der Gang in der Mitte führt auch nicht zu einem lauschigen Plätzchen, sondern zu einem goldenen Kreuz auf einem Sockel. Als ich die beiden Lederriemen entdecke, die an der Decke entlang nach vorn verlaufen, erkenne ich, dass ich mich in einer alten Münchner Tram befinde. Ich bin aus einem Loch in der Decke direkt auf die Rückbank geplumpst.

„Das war ganz schön knapp“, reißt mich Horatio aus meinen Gedanken. „Beinahe hätten sie uns entdeckt.“

„Wie knapp das war, musst du *mir* nicht sagen“, schimpfe ich. „Hast du nicht vorhin behauptet, wir gehen dorthin, wo sie uns nicht finden können?“

„Das tun wir auch.“ Unvermittelt legt sich ein feierlicher Ausdruck auf Horatios Gesicht. „Ich denke, die Zeit ist gekommen, Ihnen meine wahre Gestalt zu offenbaren.“

Ich mustere Horatio mit zusammengekniffenen Augen. Was ist er? Ein intergalaktischer Söldner? Eine sexbesessene Außerirdische? Ein Hobbit?

„Ich trage eine perimolekulare Hülle“, lautet seine ernüchternde Erklärung. „Die Menschen sehen die Kleidung, die sie sehen sollen.“

„Und wer bist du nun wirklich?“

Mit einer anmutigen Geste berührt Horatio eine Falte seiner Jacke. Das Bild flimmert, die blaue Uniform verschwindet und …

Entgeistert starre ich ihn an. „Das ist doch wohl ein schlechter Scherz.“

„Beileibe nicht.“

„Euch gibt’s noch?“

„Selbstverständlich.“

„Muss ich dich jetzt siezen?“

„Nein.“ Ein rötlicher Schimmer überzieht Horatios Gesicht. „Ich bin noch in der Ausbildung.“

„Ein Novize?“

„Ja.“

„Deine Mütze“, sage ich und zeige auf seinen Kopf.

„Oh, natürlich.“ Mit einem verlegenen Kichern nimmt Horatio selbige ab und steckt sie ein. „Danke sehr.“

„Und was passiert jetzt?“, will ich wissen, nachdem ich die Neuigkeit verdaut habe, dass ich mich mit dem Mitglied eines christlichen Ordens unterhalte. Die Zugehörigkeit ist zwar nicht strafbar, doch ist sie mit strengen Auflagen verbunden. So wird es nicht gern gesehen, wenn Mönche oder Nonnen ihren Glauben offen ausüben oder sich missionarisch kleiden. Das könnte ihre Mitmenschen in Verwirrung stürzen.

„Wir dürfen hier nicht länger verweilen“, unterbricht Horatio erneut meine Gedankengänge.

Mit drei großen Schritten ist er am Kreuz. Ich will ihm folgen, doch er hält mich mit einer Handbewegung davon ab. In seiner braunen Mönchskutte wirkt er ungewohnt gebieterisch. Also mache ich es mir auf einer Holzbank gemütlich und schaue ihm zu, wie er den Sockel berührt und anschließend das Kreuz mit beiden Händen packt und nach vorne drückt.

Ein Ruck, ein Quietschen und die Wände draußen setzen sich in Bewegung. Fasziniert beobachte ich durch die halb geöffneten Fenster, wie der ungleichmäßige Beton nach und nach verwischt.

„Horatio!“, rufe ich. „Wir bewegen uns doch nicht wirklich?“ Die Wischer werden zu Strichen. „Oder doch?“

Horatio blickt flüchtig über die Schulter und lächelt.

Derweil nehmen die Betonwände immer weiter an Fahrt auf. Mit einem Mal kommt es mir vor, als befände ich mich im Auge eines Sturms. Die Welt vor den Fenstern rotiert immer schneller, während im Inneren des Wagens alles regungslos bleibt. Mein Magen rebelliert und ich muss die Augen schließen. Erst als Horatio „Es ist vorbei“ sagt, öffne ich sie wieder.

Die Betonwände sind gerade dabei aufzubrechen und sich in alle Winde zu zerstreuen. Und plötzlich ist da nur noch Wasser. Überall. Instinktiv weiche ich zurück, doch gegen jede physikalische Vernunft dringen die Fluten nicht ins Innere, sondern lecken über die halb offenen Fenster.

Erneut geht ein Ruck durch die Tram und wir werden von einer riesigen Pranke gepackt und aus dem Wasser gezogen. Kurz verharren wir in der Luft, um gleich wieder mit unerwarteter Sanftheit abgesetzt

zu werden. Über uns strahlt der Himmel azurblau.
„Wo sind wir?“
Während wir pfeilschnell übers Wasser fegen, ziehen in der Ferne grüne Wiesen, schmucke Häuser und Zwiebeltürme an uns vorüber.
„Auf dem Starnberger See des Jahres 2016.“
Ich atme tief ein. Die Brise, die durch die Fenster hineinweht, duftet herrlich.
„Wonach riecht es hier?“
„Nach Natur, schätze ich“, antwortet Horatio. „Es handelt sich um eine Kreation von *ViveSenz*. Es heißt *Auf dem See um 14 Uhr* und wurde von Lionel III. erschaffen.“ Er seufzt. „Der Unglückselige wurde kürzlich Opfer eines Gewaltverbrechens. Wussten Sie das?“
Soll ich ihm sagen, dass der „Unglückselige“ ein habgieriger Soziopath gewesen ist, der seine Tante …? Nein, das gehört nicht hierher. Ich ziehe es vor, andächtig zu schweigen.
Während Horatio über die Grausamkeit der menschlichen Natur klagt, beschreibt die Tram einen Bogen und steuert das Ostufer an. Links von uns erhebt sich ein heller Komplex mit roten Ziegeln und einem grünen Turm.
Horatio, der meinen fragenden Blick auffängt, klärt mich auf. „Das ist das Kloster Andechs.“ Dann fügt er leise hinzu: „Mein Zuhause.“
„Ich dachte, der Ort sei zu einem Detoxifikationszentrum umgebaut worden.“
„Nicht in meinem Herzen.“
Kaum sind seine Worte verklungen, taucht am Horizont eine Gruppe uniformierter Schaffner mit hängenden Schultern und eingefrorenem Lächeln auf. Als hätten sie sich vor einer Ewigkeit zu einem

Erinnerungsfoto aufgestellt und wären jetzt in der Zeit gefangen.

„Wer sind die?“

„Brüder meines Ordens.“

„In Schaffner-Uniformen?“

„In der Öffentlichkeit bevorzugen wir diese Kleidung.“

„Und warum schweben die so herum?“

„Sie sind eine virtuelle Manifestation unseres Heilands.“

„Verstehe.“ Eine glatte Lüge. „Erkläre mir bitte, wie ich hierher gelangt bin.“

„Die Flöte.“

„Wie meinst du das?“

„Das Mundstück war präpariert.“ Kurze Pause. „Mit ComBots.“

Ich versuche, nicht aus der Haut zu fahren. Der kleine Mistkerl hat mich doch tatsächlich dazu gebracht, diesen Hightech-Müll zu schlucken. Inzwischen haben sich die ComBots in meinem Gehirn eingenistet und gaukeln mir allerlei Schwachsinn vor!

„Das ist illegal“, presse ich schließlich heraus.

„Ich brauchte einen Gehilfen.“ Horatio besitzt zumindest den Anstand zu erröten. „Das war der einzige Weg. Tut mir leid.“

Ich blicke ihm direkt in die Augen, bis er blinzelt, was keine fünf Sekunden währt. „Wird es unangenehme Nachwirkungen geben?“

„Nein.“

Es ist anzunehmen, dass er das Zeug selbst geschluckt hat, also will ich ihm gern glauben. Nichtsdestotrotz werde ich mich vom Healthcare Security System durchchecken lassen, sobald ich wieder zu Hause bin.

„Und wozu das alles?“, frage ich und zeige auf den See.

„Wir durchlaufen gerade mehrere Sicherheitsprüfungen. Ich muss mit dem Programm interagieren, um uns für den jeweils nächsten Level zu zertifizieren. Die Fahrt mit der Tram ist ein Sinnbild für den gesamten Prozess.“

„Ist unser Ziel virtuell?“

„Nein, es ist real und befindet sich direkt unter der Bäckerei. Im Augenblick sind wir gerade dabei, ein Schutzschild aufzubauen.“ Horatios Mund verzieht sich zu einem kleinen Lächeln. „Sollten unsere Verfolger die geheime Falltür entdecken, werden sie einen halbleeren Keller vorfinden.“

„Und worauf werden sie landen?“

„Auf einem flohzerfressenen, alten Sessel.“

Erblicke ich da einen unchristlichen Anflug von Schadenfreude in Horatios Blick? Ich will etwas erwidern, als plötzlich das Gruppenbild vor uns zu pulsieren beginnt, was den jungen Novizen zu einem fröhlichen „Wir sind gleich da!“ bewegt. Er ergreift eine Eisenstange, die an der Außenseite der Tram hängt, und wendet mir den Kopf zu.

„Auf mein Zeichen ziehen Sie dreimal am rechten Lederriemen.“

„Wozu?“

„Tun Sie’s einfach.“

Bevor ich reagieren kann, ruft Horatio „jetzt!“ und stößt mit der Eisenstange nach unten, dorthin, wo sich in der realen Welt eine Weiche befinden würde. Als braver Gehilfe komme ich seiner Bitte nach. Daraufhin klingelt es dreimal. Die Tram wechselt die Richtung und gleißendes Licht umfängt uns. Ich muss meinen Blick abwenden, so hell leuchtet es. Dann rückt Horatio das Kreuz wieder an seinen ursprünglichen Platz. Die Bremsen kreischen und von einer Sekunde zur anderen bricht wohltuende Dunkelheit über uns herein. Als sich meine Augen an die Schwärze gewöhnt haben, mache ich vor den Fenstern Beton aus. Die reale Welt hat uns wieder.

Kaum hat sich die Wagentür mit einem leisen 'Pfft' geöffnet, stürzt Horatio auch schon die drei Stufen hinunter. In der massiven Kellerwand vor ihm hat sich ein Riss gebildet, der immer größer wird.

„Emily!“, ruft er frenetisch und verschwindet mit wehenden Rockschößen durch den hellen Spalt.

6. Wer ist Emily?

„Mein Name ist Raj."

Das Spoilerkinn ist geistesgegenwärtig, das muss ich ihm lassen. Und zwar in *jeder* Hinsicht. Denn kaum haben wir den Durchgang zu einem riesigen Vogelkäfig mit exotischen Pflanzen und buntem Gestänge passiert – wenn ich mich recht entsinne, nannte man so etwas früher eine Voliere –, werden wir von fünf grauen Overalls umzingelt. Einer von ihnen hat Horatio bereits am Schlafittchen gepackt und hält ihn auf Abstand, während ihm ein anderer Handfesseln verpasst. Horatios kleine Einlage im Keller des Hauses in der Pestalozzistraße ist demnach nicht unbemerkt geblieben.

Als einer der Schergen eine Zange aus der Tasche zieht, sehe ich meine Vermutung bestätigt. Offenbar will man Horatio den ausfahrbaren Nagel entfernen.

Es knirscht und knackt. Unangenehm anzuhören und zweifellos noch unangenehmer zu durchleben, doch Horatio hält sich wacker. Mehr als ein leises Stöhnen kommt nicht über seine Lippen. Sein Blick allerdings spricht Bände und ich kann fürs Spoilerkinn und seine Truppe nur hoffen, dass göttliche Rache nicht wirklich existiert. Zumindest sind sie so barmherzig, ihm eine Druckmanschette zu verpassen. Als sich diese aufbläst, um die Blutung zu stillen und zur Desinfektion UV-Licht abstrahlt – daran zu erkennen, dass sie leicht vibriert –, lassen ihn die Overalls los. Horatios Hände bleiben indes gefesselt.

Was mich betrifft: Ich habe Glück und werde lediglich von zwei Figuren mit finsterer Miene bedroht. Meine Beretta haben sie mir abgenommen. Erneut.

„Alles in Ordnung?“, frage ich Horatio. Der Bursche sieht aus, als würde er jeden Moment umkippen, sein Gesicht ist schmerzverzerrt.

Er nickt schwach.

Fragend blicke ich mich um. „Was ist das für ein Ort?“

„Emilys Horst“, stößt er hervor.

„Wer ist Emily?“

„Die Hüterin des Doppelbocks.“

Das Bild, das sich in meinem Kopf formt, kann unmöglich der Wirklichkeit entsprechen. „Was bitte ist ein Doppelbock?“

„Eine Bierspezialität aus unserer Klosterbrauerei.“

„Hallo?“, wirft sich das Spoilerkinn verbal dazwischen.

Ich beschließe, ihn zu ignorieren. „Klingt erfrischend.“

„Ja.“ Horatios Augen glänzen. Hoffentlich bekommt er kein Fieber. „Das ist der Grund, warum sie *Regency* mit einem Virus infiziert haben. Um Emily zu orten. Sie ist ein Vogel, und Tiere sind in den Biosphären gewöhnlich virtuell.“

„Wer sind *sie*?“

„Die Konkurrenz.“ Horatios Augen werden dunkel vor Zorn. „Hinter der ganzen Aktion steckt bestimmt Paul Huber, der Kampagnenmanager vom Hachinger Bräu. Er ist ein schlechter Mensch.“

„Hallooo?“ Das Spoilerkinn stellt sich zwischen uns.

„Das kann ich kaum glauben“, entgegne ich und mache einen Schritt zur Seite, um Horatio besser sehen zu können. Zeitgleich geht ein kollektiver Ruck durch die Körper unserer Bewacher. „Dieser Huber soll die Typen hier angeheuert haben, bloß um einen Vogel zu finden?“

„Nicht irgendeinen Vogel“, antwortet Horatio. Das Sprechen fällt ihm schwer, dennoch scheint er erpicht darauf zu sein, mir alles zu erklären. „Emily trägt einen Chip, auf dem die Rezeptur des Andechser Doppelbocks gespeichert ist.“

„Ich verstehe.“

„Soll ich euch beiden vielleicht Kaffee und Kuchen bringen lassen?“ Das Spoilerkinn ist angepisst.

Doch Horatio scheint ihn nicht zu hören. „Die Rezeptur ist unbezahlbar“, ereifert er sich. „Sie gehört zu den wenigen Braurezepturen, die nicht in der GCS veröffentlicht wurden. Der Orden hat sie stets unter Verschluss gehalten.“

„Aber dafür hätten sie *Regency* nicht außer Gefecht setzen müssen. Lebendige Objekte lassen sich durch Wärmesensoren orten.“

Ein mildes Lächeln huscht über Horatios Gesicht. „Unterschätzen Sie die Virtual Architects nicht. Sie haben die Signaturen ihrer tierischen Schöpfungen so verändert, dass die sogar Hightech-Ortungsgeräte täuschen. Deshalb war es auch so einfach, Emily hier zu verstecken.“

„Haltet endlich die Klappe!“ Dem Spoilerkinn ist der Kragen endgültig geplatzt. Als ich ein verächtliches Schnauben verlauten lasse, habe ich prompt die Mündung seines Lasers im linken Nasenloch. „Wolltest du etwas sagen?“

Ich schüttele entschieden den Kopf.

Dann ist plötzlich über mir ein Flattern.

„Da!“, ruft einer der Overalls.

Mit den Augen folge ich seinem ausgestreckten Finger und entdecke ein Paar ausgebreitete Schwingen, das durch die Luft gleitet. Ein überwältigendes Schauspiel.

Das Spoilerkinn scheint allerdings wenig beeindruckt zu sein. „Holt das Viech runter!“, knurrt es.

„Der Chip ist mit Emilys Gehirn verbunden“, wirft Horatio mit zitternder Stimme ein. „Wenn ihr sie tötet, zerstört ihr auch den Chip!“

„Für wie dumm hältst du uns, Mönch?“, entgegnet der andere abschätzig und gibt ein Zeichen, worauf sein Nebenmann eine Apparatur aus seinem Einsatzrucksack hervorkramt, die an eine altmodische Fahrradpumpe erinnert.

Ich kenne das Gerät noch aus meiner aktiven Zeit. Es handelt sich um eine Spider-Harpune – eine Art Fangnetz aus ultrastarker Nanofaser, die wie Pech an Emily kleben und sie lebend, aber mit gebrochenen Knochen vom Himmel holen wird. Die Treffsicherheit beträgt 99,9 Prozent. Der Vogel hat keine Chance.

Gerade als einer der Overalls die Harpune klar macht – die Ladezeit der Ausstoßzelle dauert in der Regel mehrere Sekunden –, durchbricht Horatios markerschütternder Schrei die Stille.

„In meiner Gnade erbarme ich mich über dich!“

Wie von der Tarantel gestochen stürzt sich das Spoilerkinn auf den Novizen, um ihn zum Schweigen zu bringen. Doch es ist zu spät. Emily hat den Ruf gehört. Sie antwortet mit einem hellen Pfeifen und beginnt wild mit den Flügeln zu schlagen. Einen Moment lang verharrt sie in der Luft, dann stürzt sie hinab. Als wolle sie eine Beute erlegen, beschleunigt sie zur Höchstgeschwindigkeit. Angespannt halte ich die Luft an. Noch wenige Meter bis zum Boden. Emily wird unten aufschlagen. Ich will meinen Blick schon abwenden, als sie einen eleganten Bogen beschreibt und wieder an Höhe gewinnt. Erleichtert atme ich aus.

„Schieß!“, knurrt das Spoilerkinn erneut. Die Harpune ist inzwischen aufgeladen.

Bedächtig legt der angesprochene Overall auf Emily an, die daraufhin erneut einen Ruf ausstößt und ohne langsamer zu werden, auf das Gitter der Voliere zuhält. Den Schnabel hat sie nach vorne gestreckt, die Flügel sind angelegt und diesmal macht sie keinerlei Anstalt, die Richtung zu wechseln. Der Frontalaufprall ist hart und Emily plumpst wie ein nasser Sack zu Boden.

Ihr kleiner Kopf ist blutiger Matsch und ich kann die Bestürzung um mich herum fast mit den Händen greifen. Zu Salzsäulen erstarrt blicken alle auf den toten Vogel, bis das Spoilerkinn mit wutverzerrtem Gesicht zu Horatio herumwirbelt und ihn an den Haaren packt.

„Warum?“ Sein Gebrüll ist bis in den hintersten Winkel zu hören.

Horatio blickt starr geradeaus. „Richten Sie Ihrem Auftraggeber aus, dass er unsere Rezeptur niemals bekommen wird.“ In seinen Augen glitzern Tränen. „Niemals.“

„Du dummer, kleiner …!“, holt das Spoilerkinn aus, da berührt eine der anwesenden Frauen seinen Arm.

Unwirsch wendet sich der Anführer ab. Der Kopfbewegung nach sieht es aus, als würde die Frau per InterCom eine Nachricht erhalten. Als sie sich vorlehnt und ihm etwas zuflüstert, dringen einige Brocken an mein Ohr. Es klingt wie „Gfāhr“ und „ins Ruadan kemma“ oder so ähnlich. In einer kurzen, aber deftigen Ansprache gibt das Spoilerkinn daraufhin seiner Truppe zu verstehen, dass es Zeit ist, das Feld zu räumen. Zumindest nehme ich an, dass es das tut. Ich verstehe nämlich nur Bahnhof.

„Wir sehen uns wieder!“ Mit diesen Worten wirft das Spoilerkinn Horatio einen letzten wütenden Blick zu, bevor die ganze Truppe im Laufschritt zum hinteren Gitter rennt.

Im Nu sind alle durch einen bis dato unsichtbaren Durchgang verschwunden.

„Es gibt eine Hintertür?“, frage ich Horatio, während ich ihm die Handfesseln abnehme.

„Das war die Vordertür“, antwortet er mit erschöpftem Gesicht. Er reibt sich die Handgelenke und zeigt in Richtung Tram. „Das da ist die Hintertür.“

Ich starre ihn verständnislos an. „Und warum sind wir nicht durch die Vordertür gekommen?“

„Das erschien mir zu riskant.“

„Und doch haben diese Typen hierher gefunden …“

„Ich schätze, jemand aus unserer Mitte hat sich bestechen lassen.“ Horatio schließt die Augen und plötzlich wirkt er viel zu jung für die Bürde, die er trägt. „Geld ist manchmal stärker als der Glaube.“

„Und was passiert jetzt, da Emily tot ist?“

Als Horatio wieder die Augen öffnet, trifft mich sein schelmischer Blick völlig unvorbereitet und ich gehe vorsichtshalber einen Schritt zurück. Hat er vor Trauer den Verstand verloren? Dann schürzt er die Lippen, lässt einen langen Pfiff hören – und die Luft über unseren Köpfen erwacht erneut zum Leben.

Von ganz oben schwebt ein Schatten langsam zu uns herab, sinkt tiefer und tiefer. Ein kurzes Flattern erklingt, dann setzt sich der Schatten auf Horatios ausgestreckten Arm. Der Vogel ist rostfarben, Kopf und Brust sind hell. Ein majestätisches Tier, wenn auch nicht von so gewaltigem Ausmaß wie sein toter Artgenosse auf dem Boden. Kurz schüttelt der Vogel sein Gefieder aus, dann dreht er den Kopf, um mich neugierig zu fixieren.

„Darf ich vorstellen?“, flüstert Horatio, während er sanft übers Federkleid streichelt. „Emily.“

„Und der tote Vogel?“

„Eine Fälschung“, antwortet er. „Größer als das Original. Diejenigen, die von Emilys Existenz wissen, gehen automatisch davon aus, dass sie riesig ist.“ Die Verachtung in seiner Stimme ist deutlich herauszuhören. „Ignoranten!“

Mir fällt ein Stein vom Herzen. Der matschige Kopf auf dem Sandboden hat verdammt echt ausgesehen.

„Wer hätte das gedacht?“ Lachend schlage ich Horatio auf die schmalen Schultern. „Du hättest Schauspieler werden sollen, Junge. Das war vorhin eine eindrucksvolle Vorstellung.“

Wieder überzieht eine Röte sein Gesicht.

„Was ist das eigentlich für ein Vogel?“, beeile ich mich zu sagen, um ihn von seiner Verlegenheit abzulenken.

„Ein Bussard.“

Vorsichtig lehne ich mich vor, um mir Emily genauer anzuschauen. „Es ist das erste Mal, dass ich einen Bussard aus der Nähe sehe.“ Von dem pulsierenden Wesen geht eine einzigartige Energie aus. Etwas, das kein virtuelles Tier vermag. Mich überkommt eine seltsame Melancholie. „Was passiert jetzt mit ihr?“

„Sie ist in *Sphäre5* nicht mehr sicher. Ich werde sie woanders unterbringen müssen.“

„Das ist wohl das Vernünftigste.“ Der Gedanke, dieses wundersame Geschöpf womöglich nie wiederzusehen, ist beinahe zu viel für mich und ich beeile mich, das Thema zu wechseln. „Wie schmeckt eigentlich so ein Andechser Doppelbock?“

Horatios Antwort ist keine wirkliche Überraschung. „Himmlisch! Zum Niederknien.“

„Ich würde gern einmal davon kosten.“

„Unseren Doppelbock muss man sich aber erst verdienen.“

Ich werfe ihm einen ungläubigen Blick zu. „Wie bitte?“

„Nichts für ungut, aber Sie waren keine sehr große Hilfe im Kampf gegen diese Leute.“

„Was hätte ich denn tun können? Die haben mir dauernd die Waffe abgenommen.“ Ich klinge wie ein kleines Kind, und das macht mich erst recht wütend.

„Nun …“ Horatios Miene ist unergründlich. „Ich werde mich mit dem Abt beraten, aber ich kann Ihnen nichts versprechen.“

Wenig später sitzen der undankbare Bengel und ich auf einer Bank und hängen unseren düsteren Gedanken nach, als draußen das Stakkato von automatischen Laserwaffen ertönt. Wir schauen uns an, während Emily weiter friedlich vor sich hin schlummert.

„Was ist das?“, fragt Horatio.

„Ich schätze, das ist die Kavallerie“, antworte ich gelassen.

„Und wenn nicht?“ Horatios Stimme ist angsterfüllt.

„Sehen wir doch nach!“, sage ich und stehe auf, um mich zur Vordertür zu begeben, durch die das Spoilerkinn und seine Schergen verschwunden sind.

„Sie wollen sich freiwillig in die Schusslinie begeben?“

„Das schulde ich meinen Lesern. Ich bin sicher, sie würden wissen wollen, was draußen passiert.“

„Ihren Lesern?“

„Ja. Vielleicht schreibe ich eines Tages meine Erlebnisse nieder und veröffentliche sie in der GCS.“

„Sie sind ja nicht ganz dicht.“ Wie zur Unterstreichung reißt Emily in diesem Moment die Augen auf und schaut mich scheel an. „Ich werde für Sie beten“, fügt Horatio hastig hinzu.

„Danke.“

Beim Hinauseilen winke ich ihm noch einmal geschmeidig zu – und übersehe die schwarze Wand, die sich im selben Moment vor mir aufbaut. Zu spät, um auszuweichen. Ich knalle mit voller Wucht dagegen. Wild mit den Armen rudernd versuche ich das Gleichgewicht zu halten, doch die Erdanziehung ist stärker. Ich werde unweigerlich auf dem Hintern landen. Was für ein beschissener Tag!

7. Eine Nummer zu groß

Bevor ich Bekanntschaft mit dem Boden machen kann, schießt aus der Finsternis vor mir eine schwarze Hand und packt meinen Unterarm. Einige Sekunden verharre ich in der Schräglage, bis ich mit einem Ruck wieder auf die Füße gestellt werde. Ich blinzele. Die Erscheinung vor mir scheint das Licht aus der Luft vollständig aufzusaugen. Ihr gesamter Körper ist mit schwarzen, seilartigen Schnüren überzogen – kraftverstärkende künstliche Fasern, die entfernt an Muskeln erinnern. An den Gelenken sind mattschwarze Protektoren zu erkennen und ich weiß, dass weitere kleinere Platten am Rücken Herz- und Lungenbereich abschirmen. Diese Hightech-Kampfmontur, im Volksmund TacSuit genannt, wird von einem Helm vervollständigt, der den kompletten Kopf abdeckt. Die Erscheinung überragt mich um zwei Haupteslängen – ob ihre Kampfstiefel mit Einlagen bestückt sind? – und als sie sich bewegt, scheint es, als würde der Anzug ein Eigenleben entwickeln.

„Was tun Sie hier?“ Die Stimme im TacSuit ist weiblich und klingt durch das Kommunikationssystem metallisch.

„Ich … wir verstecken uns.“ Ich zeige hinter mir auf Horatio, der geistesgegenwärtig auf Schaffner-Outfit umgestellt hat. Die bandagierte Hand hat er in der

Jackentasche. Von Emily ist weit und breit nichts zu sehen.

„Warum ausgerechnet hier, Herr …äh …?“

Die Frau lässt offenkundig das Gesichtserkennungssystem auf ihrem Head-up-Display laufen. Bevor ich ihr sagen kann, dass es sinnlos ist, kommt sie selbst auf den Trichter und richtet ihr Sturmgewehr auf mich. Zum Schutz der Sphärenhülle ist die Energie des Lasers reduziert. Wenn’s hart auf hart kommt, werde ich also nur leicht gegrillt und nicht durchlöchert. Wie beruhigend.

Inzwischen haben sich zwei weitere TacSuits dazu gesellt und starren mich aus blinden Visieren an.

„Mitkommen!“, sagt die Frau. „Und du auch“, fügt sie mit Blick auf Horatio hinzu.

Im Nu wimmelt es von Schatten. Zwei sichern die Voliere, während die anderen mit vorgehaltener Waffe ausschwärmen, die Ellenbogen eng am Körper, die Knie leicht angewinkelt. Ich kann sehen, wie einer in seinen Rucksack greift und einen faustgroßen Ball herausfischt. Er wirft ihn in die Luft, schon lösen sich daraus kleine Schubdüsen und zischen los. Eine Erkundungsdrohne.

„Die Typen, die Sie suchen, sind nicht hier“, gebe ich hilfsbereit Auskunft. „Und ich kann das mit der fehlenden Personal File erklären.“

Auf der Suche nach einer geeigneten Ausrede mache ich eine kleine Pause. Die TacSuits können anhand bestimmter Parameter wie Tonfall, Sprachmuster, Pupillenweitung und erhöhter Pulsschlag eine Lüge erkennen, und ich bin mir nicht sicher, ob mein Jahre zurück liegendes Training ausreicht, um die Technik zu überlisten.

Da erklingt hinter der weiblichen Kampfmontur eine

mir vertraute Stimme. „Er ist okay."

Die Frau tritt augenblicklich zur Seite, ihre Waffe hält sie allerdings noch auf mich gerichtet, und Inspektor Brügell betritt die Bühne. Sein knittriges Gesicht steckt in einem runden Helm, der im Vergleich zum TacSuit so zeitgemäß wirkt wie eine Pickelhaube. Seinen senffarbenen Trenchcoat hat er gegen eine handelsübliche Schutzweste eingetauscht, was ihn nicht unbedingt schneidiger aussehen lässt. Dennoch bin ich heilfroh ihn zu sehen. Mit einer kurzen Handbewegung gibt die Frau das Zeichen, von mir abzulassen, und zieht sich zurück. Für einen einfachen Inspektor hat Brügell erstaunlich viel zu melden.

Ich komme direkt auf den Punkt. „Was machen die hier?"

Unmut macht sich auf Brügells Gesicht breit. „Die Frage müsste wohl eher lauten: Was machen *Sie* hier?"

„Ich hab' zuerst gefragt."

„Zicken Sie nicht rum, Verdict! Sagen Sie mir sofort, was Sie hier drin zu schaffen haben oder ich übergebe Sie wieder in deren Obhut", entgegnet Brügell und zeigt auf die Schatten um uns herum. Er ist ganz offensichtlich nicht zum Spaßen aufgelegt.

„Wie ich bereits Ihrer Freundin gesagt habe: Der Junge und ich haben uns vor diesen Verrückten in den Overalls versteckt."

„Wissen Sie, was die hier wollten?"

„Ich habe keinen blassen Schimmer." Mein Gesicht spiegelt die pure Unschuld wider. „Und was hat Sie hierher verschlagen?"

„Was glauben Sie denn? Ich will diese Verbrecher festnageln."

„Und dazu ist ein X-Team nötig?"

„X-Team?“ Erwischt. Brügell wird kreidebleich.

„Das Gehabe, die Drohne, der TacSuit …“, zähle ich genussvoll auf. „Da gibt es keinen Zweifel.“

„Unsinn! Es handelt sich bloß um eine Sondereinheit der Polizei.“

Er lügt. Ich erkenne ein X-Team, wenn ich eins sehe. Im Laufe meiner staatlichen Karriere hatte ich mehrmals mit diesen Typen zu tun. Diesmal ist ein Irrtum ausgeschlossen. So spektakulär das Kapern einer Biosphäre auch sein mag, mit solchen Kinkerlitzchen geben sich X-Teams für gewöhnlich nicht ab. Diese Wichtigtuer kommen in der Regel erst dann zum Einsatz, wenn die innere Sicherheit ernsthaft bedroht ist oder internationale Interessen gewahrt werden müssen. Übrigens nennen sie sich deshalb X-Team, weil niemand außer den Polizeipräfekten der Megacitys und dem Minister für Innere Sicherheit ihre wahren Identitäten kennen. Sollte sich eines Tages herausstellen, dass in den Anzügen Maschinen statt Menschen stecken, würde mich das nicht im Geringsten überraschen. Ich vermute eh seit längerem, dass ein Servo-Gelenk im Gehirn der X-Team-Mitglieder fürs Sprechen zuständig ist.

„Lassen Sie es gut sein, Verdict.“ Brügell klingt ernst. „Die ganze Sache ist eine Nummer zu groß für Sie.“ Dann ringt er sich ein Lächeln ab. „Kommen Sie. Ich werde Sie und ihren jungen Freund aus der Biosphäre eskortieren.“

„Kann ich nicht zurück in mein Büro?“

„Zu riskant. Der nächste Ausgang ist nur zehn Gehminuten von hier entfernt. Folgen Sie mir.“

Mit einem TacSuit an unserer Seite machen wir uns auf den Weg. Insgesamt mache ich zehn weitere

TacSuits aus. Ein wenig übertrieben, wenn man bedenkt, dass drei ausreichen würden, um die gesamte Biosphäre zu kontrollieren. Weder treffen wir das Spoilerkinn noch einen seiner Schergen, nur ab und zu erhasche ich ein ängstliches Gesicht hinter einem Fenster.

„Um auf unser Gespräch von heute Morgen zurückzukommen …“, beginnt Inspektor Brügell unvermittelt.

„Ja?“ Ich werfe ihm einen Seitenblick zu, während wir weitergehen.

„Ich möchte Ihnen etwas zeigen.“

Brügell holt aus seiner Schutzweste ein flaches, handflächengroßes Gerät heraus und gibt etwas ein. Schon baut sich das 3-D-Gesicht eines Mannes in den besten Jahren vor uns auf. Mit Hängebacken und Seitenscheitel.

„Wer ist das?“, frage ich.

„Ich habe gehofft, Sie könnten mir das sagen.“

Ich schüttele den Kopf.

„Er wurde heute Nacht in Dr. Farinellis Apartment aufgefunden. Tot.“

Verblüfft bleibe ich stehen. „Es gab zwei Leichen in der Wohnung?“

„Nein, nur diese eine hier.“

„Und was ist mit dem Doktor?“

Brügell zuckt mit den Schultern. „Verschwunden.“

„Aber warum wurde heute Morgen in der GCS vermeldet, der Tote sei Dr. Farinelli?“

Über Inspektor Brügells Gesicht huscht ein humorloses Lächeln. „Das ist eines der vielen Rätsel, die es zu lösen gilt.“

„Eine vorsätzliche Falschmeldung?“, mutmaße ich.

Erneut zuckt Brügell mit den Schultern. „Vielleicht.“

Als wir am Checkpoint eintreffen, verabschiede ich mich von ihm, dann begeben Horatio und ich uns in eine wartende Tube. Auf Nachfrage, wo sich Emily aufhält, zwinkert er mir vielsagend zu. Ich kann wohl davon ausgehen, dass sie in Sicherheit ist.

Während wir darauf warten, dass die Tube losfährt, gehen mir viele Dinge durch den Kopf: Was hatte das X-Team in der Voliere verloren? Ist der Andechser Doppelbock wirklich nur ein Bier? Und natürlich frage ich mich, was Dr. Farinelli zugestoßen ist. Lebt er noch? Und wenn ja, ist er entführt worden oder ist er untergetaucht?

Nach kurzer Zeit brummt mir der Schädel und ich beschließe, das Grübeln auf morgen zu verschieben. Für heute ist erst einmal Feierabend.

8. Himmi Herrgott Sakra!

„Was für eine Geschichte!“ Alex blickt mich mit großen Augen an. „Du Armer, hattest ganz schön viel Trouble.“

„Kann man wohl sagen.“ Ihre Anteilnahme ist pures Labsal.

„Und es ist alles genauso passiert?“

„Ja.“ Mein Lächeln fällt etwas dünn aus. „Zumindest das meiste davon.“

„Wurden die Saboteure verhaftet?“

„Keine Ahnung. Ich gehe mal davon aus.“

Alex fährt sich mit den Fingern durch die Haare. „Arme Emily.“

„Sei nicht traurig.“ Ich habe ihr Emilys wundersame Auferstehung verschwiegen. Je weniger davon wissen, desto besser. „Sie ist jetzt an einem besseren Ort.“

Alex seufzt hörbar. „Wenn du meint.“ Sie will noch etwas erwidern, da hellt sich ihr Gesicht plötzlich auf. „Ich hab’s!“

„Was?“

Jauchzend reckt sie die Faust in die Luft. „Ich hab‘s!“

„Was denn?“ Peinlich berührt starre ich Alex an. Solche Gefühlschwankungen hätte ich bei ihr nicht erwartet.

„Ich weiß, wie ich meine neue Drink-Kreation

nennen werde!“

„Du meinst, die Brühe, die mir vorhin die halbe Kehle zerfetzt hat?“

Auch wenn sie mir einen leicht tadelnden Blick zuwirft, ist ihre gute Laune nicht im Mindesten getrübt. „Ich werde sie *Trouble in the Bubble* nennen.“ Ihr Ton ist so feierlich, dass ich unwillkürlich die Ohren spitze. Doch außer dem Geraune der Gäste und der altmodischen Elektromusik ist nichts zu hören. Keine Trommelschläge. Keine Fanfaren. „Wie findest du den Namen?“

Mit einem breiten Lächeln steht sie hinter ihrer Theke, die Hände in den Hüften gestemmt, und schaut mich erwartungsvoll an. Ich habe seit gestern Abend nichts gegessen und der Alkohol zeigt langsam Wirkung. Auf einmal fühle ich mich beschwingt und muss grinsen.

„Ganz passabel.“

DOKTOR WO

1. Eine pfundige Aussicht

„Wissen Sie eigentlich, warum man den *Schinken Tony* Schinken Tony nennt?“, reißt mich Inspektor Brügell aus meinen düsteren Gedanken.

Ich schaue ihn wortlos an. Die Haare stehen ihm zu Berge und sein Knittergesicht weist eine ungesunde Röte auf. Er schwankt leicht.

„Weil der chinesische Architekt, der ihn erbaut hat, Tow Nee hieß und er beim Richtfest an einem Stück Krustenschinken erstickt ist“, erklärt Brügell. „Die Geschichte ist wahr!“ Er macht eine kleine Pause, doch als ich keine Anstalten mache, in Begeisterungsstürme auszubrechen, fährt er fort. „Dieser Maibaum ist eine architektonische Meisterleistung! Damit er standhält, wurde er zwanzig Meter tief im Boden verankert. An der breitesten Stelle besitzt er einen Durchmesser von rund achtzig Metern und endet in einer gondelförmigen Plattform. Waren Sie schon mal oben?“

Ich starre ihn weiter ausdruckslos an.
„Nein? Von da aus hat man eine pfundige Aussicht."

„Die haben wir von hier aus auch", antworte ich mit schwerer Zunge.

Jetzt ist es an Brügell zu schweigen.

„Ich dachte, der Name kommt daher, dass Leute hin und wieder zum Lufttrocknen aus dem Fenster gehängt werden."

„Das kommt in der Tat häufiger vor." Ein Hauch von Verlegenheit huscht über Brügells Gesicht. „Wir bekommen dieses Problem einfach nicht in den Griff."

„Scheint mir auch so", knurre ich. „Und wie kommen sie in der Regel wieder runter?"

„Also, entweder auf direktem Wege …" Ein Witzbold. „…oder aber sie finden eine Möglichkeit, sich selbst zu befreien, und zwar bevor sie von der Sonne verbrannt werden."

Abgesehen davon, dass es nicht mehr lange dauern kann, bis mir das Blut aus den Ohren tropft, ist die Sonne im Moment tatsächlich meine größte Sorge. Gierig kriecht sie über meine Wangen, um sich mein Augenlicht einzuverleiben. Beim Versuch mein Gesicht zu schützen, hebe ich den rechten Arm, doch er fühlt sich zentnerschwer an. Stöhnend lasse ich ihn wieder hängen.

Über mir schwebt die sichelförmige, in Azurblau eingefasste Aussichtsplattform des *Schinken Tony* – das Postkartenmotiv par excellence. Unter mir gähnt tödliche Leere. Außer dem Wind ist kein Laut zu hören und es herrscht eine gespenstische Stille. Wäre da nicht das Hämmern in meinem Schädel, das mit jedem Herzschlag schmerzhafter wird. Ich weiß nicht, wie lange ich diese Tortur noch ertragen kann. Von

Inspektor Brügell, der kopfüber neben mir baumelt, sind jedenfalls keine konstruktiven Vorschläge zu erwarten.

Dabei hatte der Tag so schön angefangen – mit einem Lächeln, das mir Shou völlig unerwartet schenkte, als er vom Rührei kostete, das ich in einem Anfall von Wahnsinn für teures Geld gezaubert habe. Ich bin schier überwältigt gewesen, bis mich Brügell über InterCom kontaktiert hat.

„Dr. Farinelli hat sich gemeldet. Er will sich mit mir treffen."

„Weshalb?"

„Er sagt, er habe mit dem Tod dieses Kerls in seinem Apartment nichts zu tun und wolle die ganze Sache aufklären."

„Warum kommt er nicht direkt zu Ihnen?"

„Ich schätze, er hat Angst."

„Das ist gut möglich. Er hat sich mit mächtigen Leuten angelegt."

„Verdict?"

„Ja?"

„Ich möchte, dass Sie mich begleiten. Warum, sage ich Ihnen später. Treffpunkt ist ein Maklerbüro im 52. Level des *Schinken Tony*. Kann ich mit Ihnen rechnen?"

Ich hatte zugestimmt, wenn auch nur zögernd. Seit der Tote in Mike Farinellis Apartment gefunden wurde, sind sechs Tage vergangen. In dieser Zeit habe ich zwar Nachforschungen zum Verbleib des Doktors gestellt, doch geschah das eher halbherzig. Ich kann mir den Luxus nicht leisten, Ermittlungen aus Spaß an der Freude durchzuführen, zumal das Institut, in dem Shou unterrichtet wird, mit Beginn des neuen

Quartals die Gebühren erhöht hat.

Wie sich recht schnell herausgestellt hat, ist Farinellis Nachricht ein Fake gewesen. Weit und breit kein Doktor, dafür zwei bewaffnete Schläger und ein unvergleichliches 360 Grad-Panorama.

„Haltet euch aus dem Fall raus", so die dumpfe Botschaft hinter den grob geschnitzten Matroschka-Gesichtern aus Polymer, „sonst recyceln wir den Doktor!"

Danach wurden wir wie zappelnde Würmer über eine der unteren Aussichtsplattformen ausgeworfen. Lediglich ein dünner Faden aus Nanofaser, der an der Unterseite des Vordachs befestigt ist, verhindert, dass wir mehrere hundert Meter tiefer als Kompott enden. Mich haben die beiden Schläger mit ihrer Aktion überzeugt! Abgesehen davon, dass an einem von ihnen ein grässlicher Geruch haftete, der meine Nase zusätzlich malträtiert hat. Blicke ich allerdings in Brügells verkniffenes Gesicht, frage ich mich, ob er sich so leicht umstimmen lässt.

„Geht Ihr Neurokommunikator wieder?", will ich von ihm wissen, obwohl ich die Antwort schon ahne.

„Nein. Und Ihrer?"

Ich wackle schwerfällig mit dem Kopf bei dem Versuch, zu verneinen. Mein Neurokommunikator ist nach wie vor tot. Hängt der Kopf nach unten, drückt das Blut innen gegen die Augäpfel, was die Funktion des Kommunikators stark beeinträchtigt.

„Machen Sie sich keine Sorgen, Verdict. Hilfe ist sicher unterwegs."

„Das erzählen Sie mir seit einer halben Stunde. Passiert ist immer noch nichts."

„Als die beiden Gauner aufgetaucht sind, habe ich einen Notruf an die Zentrale geschickt, allerdings hatte ich keine Zeit mehr, ihnen mitzuteilen, auf welchem Level wir uns befinden. Es dauert eine Weile, bis sie den gesamten Maibaum abgesucht haben."

„Haben Sie kein Erkennungs-Implantat?"

Inspektor Brügell wirft mir einen schrägen Blick zu. „Wie die Bullen in Hanseapolis? Zum Glück, nein!"

„Schade", knurre ich zurück und schließe die Augen.

Während ich darauf warte, dass die Kavallerie anrückt, rufe ich mir Shous Gesichtsausdruck von heute Morgen ins Gedächtnis. Der Gedanke spendet Trost. Seit Kaoris Tod habe ich ihn nicht mehr so lächeln sehen.

Ich öffne die Augen wieder. „Warum haben Sie mich unbedingt dabei haben wollen, verflucht?"

„Es ist so, dass …"

Doch Brügell kommt nicht weit.

„Wir haben sie gefunden!", ruft plötzlich jemand über uns. „Ihr könnt mit dem Suchen aufhören! Und sagt dem MedAssistant Bescheid."

Schon lehnen sich drei Gestalten mit besorgten Gesichtern über die Brüstung. Sie sind zu weit weg, um uns gefahrlos hochhieven zu können, und während ich mich frage, wie sie uns aus der misslichen Lage befreien wollen, höre ich hinter mir ein leises Heulen, das sich zu einem tiefen Brummen steigert. Warme Zugluft schlägt mir in den Rücken. Zappelnd blicke ich über die Schulter. Ein schwarzer Riesenbumerang türmt sich hinter mir auf. Ein MEC – ein gepanzerter Polizeigleiter, wie er in Hanseapolis hundertfach herumschwirrt. In den Isar Auen sind solche Flugobjekte eher selten anzutreffen, dort spielt sich das Leben und damit auch das Verbrechen eher auf dem Boden ab. Etwa einen Meter unter unseren

Köpfen fährt eine Rampe waagerecht aus, schwarze Stiefel rücken in mein Blickfeld und ich werde an den Schultern gepackt. Keine zehn Sekunden später bin ich frei. Ein Laserstrahl hat ausgereicht, um die klebrige Nanofaser zu durchtrennen, an der ich gehangen habe.

Bevor ich auf dem Boden aufschlagen kann, greifen zwei Hände nach mir und verfrachten mich ins Innere des Gleiters, genau gesagt in ein Gerät, das eine entfernte Ähnlichkeit mit einem offenen Sarkophag hat, nur dass es in der Vertikalen steht. Ich spüre, wie das Blut aus meinem Kopf langsam nach unten fließt. Mir ist speiübel, trotzdem trinke ich das Wasser, das mir verabreicht wird, bis auf den letzten Tropfen aus.

„Der Tag kann nur noch besser werden", krächzt Brügell neben mir.

Unsere Blicke kreuzen sich – sein Anzug sieht so aus, wie ich mich fühle – und wir grinsen uns erleichtert an. Indessen wird die Rampe mit einem leisen Surren eingezogen und der Gleiter setzt sich langsam in Bewegung.

„Ich finde, Sie schulden mir eine Antwort", sage ich.

Brügell deutet ein Achselzucken an. Für ausschweifende Bewegungen fehlt ihm offensichtlich die Energie. „Was betreffend?"

„Was hatte das X-Team in der Voliere verloren?"

„*Das* ist Ihre Frage?" Er wirkt überrascht.

„Correctamundo", antworte ich. (Ein Wort, das ich bisher noch nie benutzt habe.)

„Nächste Frage."

Es ist einen Versuch wert gewesen.

„Warum wollten Sie mich heute dabei haben?"

Er senkt die Stimme. „Nicht hier."

Interessant.

„Wie kommt es eigentlich, dass Sie als Provinzbulle bei einem X-Team so viel zu melden haben?“, frage ich nach einer Weile weiter.

Brügell seufzt. „Sie geben wohl nicht so leicht auf, was?“

„Hab gerade nichts Besseres vor.“

„Also gut. Ich kenne die Truppe, war selbst einer von ihnen.“

„Wirklich?“ Das erklärt seinen schlechten Geschmack für Zivilkleidung. „Und warum jetzt nicht mehr?“

Ein wehmütiger Ausdruck tritt in seine Augen. „Zu viele Dienstreisen. Jetset liegt mir nicht besonders.“

„Aber der Ruhestandstyp sind Sie auch nicht gerade, oder?“

Er lacht. „Nein.“

Langsam wird mir die Rosine sympathisch.

Gerade will ich etwas erwidern, als die hintere Schotttür zur Seite gleitet und der MedAssistant den Raum betritt. Nicht die Greifarme, bunten Knöpfe und Schaltkreise, die ich erwartet habe, sondern eine attraktive Brünette mit Rehaugen und leichtem Überbiss, die alles um mich herum vergessen lässt. Ihr Name: Coco Dobernig.

2. Die Methode Coco

„Hallo Coco."

„Hallo Major. Alles gut bei euch?"

„Könnte nicht besser sein." Brügell bringt es tatsächlich fertig, seine Worte glaubwürdig klingen zu lassen. „Coco, darf ich dir Lucio Verdict vorstellen? Lucio, das hier ist Coco Dobernig. Eine Kennerin der menschlichen Physis. Es gibt nichts, was sie nicht wieder zusammenflickt."

Wir nicken uns kurz zu, dann wendet sie sich erneut an Brügell. „Lass dich mal anschauen, alter Mann."

Während der darauffolgenden Untersuchung kann ich den Blick nicht von der Frau abwenden. Wie anmutig sie sich nach vorne beugt, um Brügells Blutdruck zu messen, wie andächtig sie seinen verhärteten Nacken massiert ... Sie ist eine Augenweide und während sie sich mir zuwendet, atme ich ihren süßen Duft ein. Ihr Blick glüht wie dunkler Bernstein, ihr Mund ist wie ein süßes Versprechen und als sie mich zum ersten Mal berührt, schneidet es mir kurzzeitig die Luft ab. Ihre Finger sind wie fleischgewordene Eiszapfen!

„Alles in Ordnung?" Sie schaut besorgt.

Ich nicke und versuche das Zähneklappern zu unterdrücken. „Ich bin nur etwas schlapp."

„Das ist verständlich." Ihr Lächeln ist bezaubernd. „Sie sind kein Polizist?"

„Nein, nein. Ich bin freischaffender Ermittler."

„Ah, ich verstehe." Ihr Atem streift meinen Hals. „Stammen Sie aus der Gegend?"

„Ich bin erst vor wenigen Monaten hierher gezogen." Erstaunlich, wie bereitwillig ich ihr antworte.

Bei ihrer nächsten Frage beschleunigt sich mein Puls. „Leben Sie allein?" Sie versenkt ihre Augen in meine und ich bin verloren.

„Ja. Nein! Ich habe einen vierjährigen Ziehsohn. Sein Name ist …" Doch dann halte ich inne. So zauberhaft sie auch sein mag, einer Fünf-Minuten-Bekanntschaft sollte ich nicht zu viel Einblick in mein Privatleben gewähren.

„Ja?"

Mein Gott, hat die Frau schöne Lippen.

„Nicht so wichtig", antworte ich mit einer wegwerfenden Bewegung, dann neige ich den Kopf und setze ein verführerisches Lächeln auf. Obwohl mir immer noch übel ist, bekomme ich das im Schlaf hin. „Erzählen Sie mir etwas von sich. Das ist viel interessanter."

Während sie meine Vitalfunktionen checkt, dazu benutzt sie ein medizinisches Gerät, das entfernt an einen Füllfederhalter mit grün leuchtender Spitze erinnert, beginnt sie zu erzählen, doch ich höre nicht richtig zu. Ich bin von ihrem Oberschenkel abgelenkt, der sich an meinem reibt. Doch als ihre eiskalten Fingerspitzen meinen Unterarm berühren, zucke ich unwillkürlich zusammen – ihre Worte dringen wieder zu mir durch.

„Davor habe ich lange Zeit in London gelebt", sagt sie gerade.

„Wirklich? Eine schöne Stadt", lüge ich.

London ist ein Moloch.

Sie lacht, widerspricht aber nicht. „Mein Apartment befand sich in der Nähe der *History Lane*.“

Die *History Lane* ist ein erstaunlicher Ort: ein achthundert Meter hohes Fabergé-Ei, das über und über mit winzigen weißen Blüten bedeckt ist. Im Inneren lagern auf mehreren Leveln berühmte Sehenswürdigkeiten wie *Big Ben*, *Old Bailey* oder die *National Gallery*. Vor beinahe zwanzig Jahren wurden diese Baudenkmäler Stein für Stein abgetragen und dort wieder aufgebaut, um sie vor dem aufrührerischen Mob in Sicherheit zu bringen.

„Beneidenswert“, erwidere ich.

Coco Dobernig seufzt. „Ja. Sind Sie schon einmal drin gewesen?“

„Nein“, lüge ich erneut. Die *History Lane* ist militärische Sperrzone. „Und Sie?“

„Ich auch nicht.“ Sie seufzt erneut. „Dabei würde ich diese Stätte gern einmal mit eigenen Augen sehen.“

Ich ziehe es vor, das Gespräch auf etwas Unverfänglicheres zu lenken. „Sind Sie mit jemandem zusammen?“

Statt einer Antwort fährt sie mit der Hand über meinen Nacken und ich kann mir einen Schreckenslaut nicht verkneifen.

„Entschuldigen Sie, habe ich Ihnen wehgetan?“

„Nei… nein.“

Wie kann eine glutäugige Göttin nur solch‘ frostige Finger haben? Jede Zelle in meinem Körper ist in Aufruhr.

„Fein.“ Sie streckt sich und prompt beschleunigt sich mein Pulsschlag. „Wir sind hier fertig. Ihre Neuros funktionieren auch wieder einwandfrei.“ Damit meint sie, unsere Neurokommunikatoren.

Ein kurzes Nicken für den Inspektor, ein Lächeln für mich, dann verschwindet die Erscheinung wieder hinter der Schotttür.

Während ich versonnen Löcher in die Luft starre, wendet sich Brügell an einen seiner Kollegen. „Setzen Sie mich im Revier ab und bringen Sie danach Herrn Verdict nach Hause."

Ich winke dankend ab. Lieber nehme ich ein Lufttaxi. Was werden die Nachbarn denken, wenn ich von der Polizei nach Hause gebracht werde?

„Und? Wie fühlen Sie sich?", fragt mich Brügell am späten Nachmittag.

Er hat darauf bestanden, dass wir uns in meinem Büro treffen.

„Erstaunlich gut."

Brügell lacht auf. „Auf Coco ist eben Verlass."

„Wie meinen Sie das?"

„Die Frau besitzt die Gabe, jeden wieder munter zu machen. Ein heißes Lächeln, ein kalter Griff, schon hat die Welt Sie wieder."

„Ach, wirklich?" Ich komme mir vor wie ein dummer Junge.

„Ja, ich nenne das die Methode Coco."

„Aha." Plötzlich empfinde ich das dringende Bedürfnis, das Thema zu wechseln. „Also, was wollen Sie von mir?"

Brügells Gesicht nimmt einen geschäftigen Ausdruck an. „Ich möchte, dass Sie für mich im Fall Farinelli ermitteln. Wenn möglich, diskret."

„Warum?"

„Ich glaube, dass es bei der Citypolizei einen Maulwurf gibt. Deshalb will ich die Untersuchungen outsourcen. Inoffiziell natürlich.“

Ich nicke.

„Ich lege die Summe vor“, erklärt er weiter. „Sehen Sie zu, dass Sie Ergebnisse liefern. Nur dann bekomme ich das Geld von meiner Dienststelle erstattet.“

„So, so.“

„Werden Sie mich unterstützen oder nicht?“

„Solange der Preis stimmt, unterstütze ich jeden.“

Nicht einer meiner ruhmreichsten Momente. Das sehe ich Brügells Gesichtsausdruck an, dennoch presst er ein „Danke“ heraus.

Alles zurück auf Anfang, also.

„Haben Sie wenigstens ein paar neue Infos?“, will ich wissen.

Er hat.

3. Buchstabensalat

Inzwischen hat die Citypolizei den Toten, der in Farinellis Apartment gefunden worden ist, als Andi Wegener identifiziert. Offenbar wurde er zunächst gewürgt und danach mit einem schweren Gegenstand erschlagen. Auf meiner Hornhaut poppt das Gesicht eines Mannes mit Hängebacken und Seitenscheitel auf. Ich erinnere mich an ihn. Brügell hat mir vor einer Woche sein 3-D-Abbild gezeigt. Der Mann ist nur 43 Jahre alt geworden, ein Einzelgänger. Bis vor drei Monaten hat er als Wachmann bei den Hacker-Kliniken gearbeitet und abgesehen von einer Verhaftung wegen des Verkaufs von Coca Cola an Kinder hat er seitdem wenig auf den Weg gebracht.

Sein Apartment befindet sich in Moosach, einem der nördlichen Bezirke von München City, in einem der Brückenpfeiler, die die Tubes stützen. Das Innere bietet keine großen Überraschungen. Das Fenster ist winzig, die Recyclingtoilette defekt und jedes Mal, wenn eine Expressbahn vorbeirauscht, wackeln die Wände. Das Gebäude wurde offenbar mit billigsten Materialien hochgezogen. Eine typische Stadtwohnung eben. Auch die Einrichtung ist recht überschaubar. Ein Schrank, eine Kommode, ein Tisch, zwei Metallstühle und eine Plastikliege, die Wegener mit großer Wahrscheinlichkeit aus den Hacker Kliniken hat mitgehen lassen. Einzig der Wert des GCS-Screens übersteigt den meines Anzugs.

Nachdem ich die Aufnahmefunktion meines Neurokommunikators aktiviert habe, mache ich mich mit Handschuhen und Mundschutz bewaffnet an die Arbeit, doch außer fadenscheiniger Unterwäsche in einer Schublade und schmutzigen Tellern in der Spüle gibt es wenig Aufschlussreiches zu vermelden. Ein einziges Klischee. Fehlen nur noch die Pornos unter der Matratze. Gerade als ich nachschauen will, bleibt draußen vor dem Fenster eine Expressbahn stehen. Offenbar ein außerplanmäßiger Halt und für einen kurzen Moment herrscht angenehme Stille, bevor das Apartment erneut durchgeschüttelt wird. Wie jemand hier leben kann, ist mir schleierhaft. Ich blicke mich weiter um, doch offenbar hat die Polizei bereits alles Interessante mitgenommen. Einzig eine Kohlezeichnung an der Wand weckt meine Neugier – zu sehen ist eine Art Salzstreuer mit Noppen und seitlichen Auswüchsen – und ich zoome sie per Kommunikator heran. Es ist nichts Besonderes an dieser Zeichnung, dennoch irritiert sie mich.

Wie zu erwarten ist, stellt sich Mike Farinellis Apartment als das genaue Gegenteil heraus. Es ist zwar nicht sehr groß (welche Stadtwohnung ist das schon?), steht dafür aber in einer piekfeinen Gegend unweit der Alten Schrannenhalle. Die Tür ist mit einer elektronischen Kralle gesichert, doch Brügell hat mir den Code gegeben, um sie zu entriegeln. Die Einrichtung besteht zu neunzig Prozent aus Zellkulturen; eine grün-blaue Möbelkomposition aus winzigen Blättern, die dank ihres langsamen Wuchses nur alle sechs Monate geschnitten werden muss. Offenbar hat der Doktor eine Schwäche für Salvadore Dali. Tische, Sessel und Schränke sehen aus, als hätten sie wie geschmolzener Camembert zu lange in der Sonne gelegen. Ich bezweifle, dass Farinelli den Schnitt seiner Möbel selbst durchführt – hier ist ein wahrer Künstler zu Werke gegangen. Möbelzüchter sind hoch angesehen und werden gut bezahlt. Vielleicht sollte ich den Job wechseln, andererseits gehört Handwerkeln nicht unbedingt zu meinen Stärken und einen grünen Daumen habe ich auch nicht.

Im Flur, wo Wegeners Leiche gefunden wurde, könnte ich vom Fußboden essen, so sauber ist er. Langsam beginnt das Ganze, mich anzuöden. Auch wenn die Experten der Tatortsicherung schon alles gründlich untersucht haben, habe ich auf einen neuen Hinweis gehofft. Zum Trost erwartet mich im Schlafzimmer ein Kleinod erlesener Schlafkultur: Das Bett besteht aus Moos und Tabakblättern, der Baldachin aus Schilf, und auf dem integrierten Nachttisch steht eine blaue Keksdose mit der Aufschrift *Police Box*. Ich kann nicht umhin, Probe zu liegen und einen Keks zu stibitzen. Diese organischen Betten kosten ein Vermögen und stehen definitiv auf meiner Wunschliste der überflüssigen Haben-Will-Dinge, sollte ich einmal zu sehr viel Geld kommen.

Persönliches wie 3-D-Fotos, MiniCubes oder Konsole suche ich vergebens. Wahrscheinlich wurden auch sie von der Polizei beschlagnahmt. Zwar hat mir Brügell einen Einblick in die Akte gewährt, doch auf den ersten Blick ist mir nichts Ungewöhnliches aufgefallen. Farinelli wurde vor 57 Jahren in Düsseldorf geboren, zu der Zeit eine Hochburg der Werbebranche. Nach dem Abitur zog es ihn für einige Zeit nach Panamerika, damals hieß das Land noch USA, bevor er in seiner Heimatstadt als Creative

Entertainment Director bei DBBO anfing. Irgendwann überkam ihn eine für die Menschen Anfang des 21. Jahrhunderts typische Sinnkrise und er beschloss, seine Fähigkeiten in den Dienst der Allgemeinheit zu stellen. Er studierte Medizin mit Schwerpunkt Urologie an der Berliner Humboldt-Universität. Seit 2058 arbeitet er in den Hacker-Kliniken und hatte bisher vier Interim-Partnerschaften.

Gerade will ich das Apartment verlassen, da entdecke ich einen hellen Punkt im grünen Gewirr der Wohnzimmercouch. Ich nehme dort Platz und prompt schmiegen sich die lebendigen Zellkulturen an mein Hinterteil – ein angenehmes, wenn auch etwas verstörendes Gefühl. Währenddessen taste ich mit der rechten Hand die Couch ab, als meine Finger plötzlich etwas berühren. Bevor der Gegenstand vom Mobiliar verschluckt wird, greife ich schnell zu und ziehe ihn heraus. Zwischen den Fingern halte ich eine alte Streichholzschachtel: bordeauxgold und noch fast voll. Eine Rarität!

Ich beschließe alle Möbel gründlich abzutasten und ärgere mich, nicht früher auf die Idee gekommen zu sein, doch bis auf die Schachtel ist die grüne Schatzhöhle leer. Als ich mir meinen Fund in Ruhe ansehe, entdecke ich auf der Rückseite drei geschnörkelte Buchstaben: BDR. Auf Anhieb sagt mir das nichts. Ein Gedanke genügt, um die GCS eine Datenflut ausspucken zu lassen.

BDR steht für:

Bajuwarische Dreiheiligkeitsriege (Brieftaubenzuchtverein)
Bande dreier Reiher (Neopunk-Gruppe)
Block der Roten (Winzergenossenschaft)
Barfüßer der Reinheit (Bierbraugenossenschaft)

Das erinnert mich daran, dass mir Horatio noch einen Andechser Doppelbock schuldet.
Bund dänischer Recken (Bowlingverein)
Bastion draller Rettiche (Faschingsverein)
…

Ich gebe auf und kontaktiere Brügell per GCS.

„Es gibt da so eine Bar", klärt er mich auf. „Die *Bar des Regiments*. Dort treffen sich jede Woche Mitglieder der subversiven Gruppe *Bund Deutscher Regenschirme*."

„Was bitte ist an Regenschirmen subversiv?"

„Intern nennt sich die Gruppe *Bande Deutscher Raucher*."

Jetzt verstehe ich. Rauchen ist seit einigen Jahrzehnten verboten und wird ähnlich strafrechtlich verfolgt wie Pädophilie. Niemand würde sich offen dazu bekennen.

„Bar des Regiments, Bund Deutscher Regenschirme, Bande Deutscher Raucher." Ich kann mir ein Lachen nur mühsam verkneifen. „Die Buchstabenfolge BDR scheint es denen richtig angetan zu haben."

„Es sind verdammte Nostalgiker! Vielleicht erinnert es sie an die BRD, wie unser Land früher einmal geheißen hat."

Deshalb kam mir die Buchstabenkombination gleich so bekannt vor.

„Warum eigentlich Regenschirme?"

„Können Sie sich das nicht denken?"

„Nein."

„Sie hätten in Geschichte besser aufpassen sollen." Brügells Tonfall ist der eines enttäuschten und dennoch nachsichtigen Lehrers. „Anfang des 21. Jahrhunderts wurden die Süchtigen aus öffentlichen Räumen verbannt und mussten zum Rauchen nach draußen gehen. Damals, als es noch häufig regnete, war der Regenschirm genauso unentbehrlich wie eine warme Jacke oder Handschuhe."

„Ich habe tatsächlich schon mal etwas darüber gelesen."

„Sehen Sie. Wir schätzen, dass die Gruppe landesweit rund 80.000 Mitglieder hat."

„Und was genau wollen die?"

„Sie plädieren dafür, den Verkauf von Zigaretten als Kavaliersdelikt zu behandeln und Dealern Straffreiheit zu gewähren. Stellen Sie sich das vor! Außerdem setzen sie sich für subventionierte Fahrten nach Island ein, dem einzigen Land der Europäischen Föderation, in dem das Rauchen wieder legalisiert worden ist."

„Aha."

„In ihrer Satzung heißt es unter anderem: Wir sind es leid, auf kalten Zigarren herumkauen zu müssen."

„Süß. Wahrscheinlich sind es nur ein paar harmlose Irre."

„Vielleicht, vielleicht aber auch nicht", erwidert Brügell leise. Er wirkt auf einmal nachdenklich. „Ist Ihnen heute Morgen der seltsame Geruch an einer der Matroschkas aufgefallen?"

„Ja." Ich muss mich schütteln. „Äußerst unangenehm."

„Das war der Geruch von kaltem Zigarettenrauch."

Innerlich schlage ich mit der Hand gegen meine faltenlose Stirn. Natürlich! Brügell hat Recht. Ein ähnlicher Geruch haftete auch an Farinelli, als wir in den Hacker- Kliniken miteinander gesprochen haben.

„Ich habe es gleich erkannt", fügt Brügell wehmütig hinzu.

„Ach ja? Ich rauche höchstens hier und da mal einen Tabacco-Stick." Kein Tabak, kein Teer, dafür aber geruchlos.

„In meiner Jugend habe ich mit richtigem Tabak herumexperimentiert. Ist schon lange her …"

„Und? Wie war das so?"

„Es wird überschätzt." Offensichtlich will Brügell nicht in die Details gehen.

„Glauben Sie, dass die beiden Matroschkas etwas mit dem BDR zu tun haben?", greife ich den Faden wieder auf.

„Könnte sein. Es schadet gewiss nicht, der *Bar des Regiments* einen Besuch abzustatten und sich umzuhören."

„Wo befindet sich dieses Etablissement?"

„In *Sphäre7*."

Im Reich des Polizeichefs von Herrenchiemsee. Ausgerechnet!

„Sie können mir doch sicher einen Passierschein besorgen?", versuche ich zu scherzen.

„Tut mir leid. Ich kann Ihnen nicht helfen", antwortet Brügell mit ernster Miene. „In der Vergangenheit ist es zwischen Wilford von Hirschberg und uns wiederholt zu Kompetenzstreitigkeiten gekommen. Als Privatperson haben Sie eine bessere Chance, etwas zu erfahren. Geben Sie sich einfach als Tourist aus."

„In Ordnung."

„Verdict?"

„Ja?"

„Von Hirschberg ist unberechenbar und er hat das Gesetz und sicher jede Menge unfeine Helfer auf seiner Seite."

Fragend starre ich ihn an.

„Seien Sie vorsichtig."

4. Mann über Bord

Am nächsten Tag begebe ich mich zu *Sphäre7*. Auf dem Weg dorthin rufe ich das Profil des Mannes auf, der sich selbst zum Herrscher über den Chiemsee ernannt hat. Sein Gesicht ist das eines schmächtig aussehenden Mannes mittleren Alters, der eine verblüffende Ähnlichkeit mit einem zerrupften Geier hat. Das soll der große, furchterregende Despot sein, vor dem alle erzittern? Irgendwie habe ich ihn mir anders vorgestellt. Die Informationen zu seiner Person sind mehr als dürftig. Laut Personal File hat er sich seit Jahren nicht mehr in der Öffentlichkeit gezeigt, zieht aber vom Schloss aus weiterhin die Fäden.

Weil die Verbrechensquote in seinem Einflussgebiet auffällig niedrig ist, lassen ihn die Behörden gewähren.

Danach statte ich der *Bar des Regiments* einen virtuellen Besuch ab. Ich betrete das Etablissement durch eine bunte Glastür und finde mich inmitten rotgepolsterter Sitzbänke und massiver Mahagonitische wieder. An den Wänden hängen Reproduktionen von Malern aus dem 18. und 19. Jahrhundert, die Jagdgesellschaften und heroische Schlachten feiern. Hinter der Bar aus schwarzem Klavierlack türmen sich Flaschen in allen denkbaren Formen und Größen, der Inhalt reicht von anregender Transparenz bis hin zu heimeligem

Nussbraun. Das gülden prickelnde Bier in den kunstvoll geschliffenen Gläsern wirkt wie die Gottheit dessen, was Alex in ihrer Kneipe ausschenkt. Ich schätze, das geheiligte Gebräu hat seinen Preis.

Sphäre7 unterscheidet sich von den anderen Sphären darin, dass der See immer noch größtenteils existiert und die rund fünfzigtausend Alten auf rund zwanzig Inseln leben, von denen die meisten künstlich angelegt sind. Die *Bar des Regiments* befindet sich laut GCS auf der Roseninsel zwischen Krautinsel und Fraueninsel, also werde ich mich zunächst dorthin begeben.

Als ich an der Station *Feldwies* aussteige, blicke ich mich neugierig um. Es wimmelt von Securities in roten Paradeuniformen, die mit finsterer Miene jeden Neuankömmling einer Musterung unterziehen. Diskretion ist in *Sphäre7* offenbar ein Fremdwort. Wie kurz vor einem Gewitter ist die Kuppel der Biosphäre dunkelgrau, was einen reizvollen Kontrast zum milchig weißen Wasser bildet, das streng genommen kein Wasser ist, sondern Hydropurit – eine gallertartige Masse, deren Dichte einen ähnlichen Auftrieb aufweist wie Wasser, aber um ein Vielfaches günstiger ist. Ein großes Schild mit der Aufschrift „Ob traurig oder heiter, das Leben geht weiter“ fällt mir ins Auge. Ich kann mir ein Schnauben nicht verkneifen. Diese fatalistische Philosophie ist definitiv nicht meine. Belanglose Musik aus unsichtbaren Lautsprechern rieselt auf die Menschenströme nieder, die gekommen sind, um den Schlossgarten von Herrenchiemsee zu besichtigen. Das Schloss selbst wird ihnen wie auch mir verschlossen bleiben. Wilford von Hirschberg hält nichts vom Tag der Offenen Tür.

Wie alle anderen ordne ich mich in die lange Schlange vor dem Kassenhäuschen ein, um auf herrlich altmodische Weise ein Ticket für die Überfahrt zu erwerben. Als ich endlich an die Reihe komme, fahre ich mit dem rechten Unterarm über die dafür vorgesehene Fläche, die in die Theke eingelassen ist, und der Kaufpreis wird über die TransApp in meiner Haut direkt von meinem Konto abgebucht. Anschließend dränge ich auf die weiße Fähre am Ende des Holzstegs und stürze mich in die Schlacht um die heißbegehrten Plätze an der Reling, die bereits im vollen Gange ist. Die Passagiere kämpfen mit harten Bandagen und noch härteren Ellenbogen, Gefangene werden keine gemacht.

Am Ende gelingt es mir, ein Stück der Heiligen Brüstung zu ergattern. Den giftigen Blick einer glücklosen Frau ignorierend genieße ich die grandiose Aussicht. Eine weitere Besonderheit von *Sphäre7* besteht in ihrer Natürlichkeit. Die Biosphäre hat ihren ursprünglichen Charakter weitgehend bewahrt und kommt daher gänzlich ohne Virtual-Environment-Programm aus.

Gemächlich tuckert das Schiff dahin. Eine leichte Brise, die sich in meinen Haaren verfängt, entlockt mir ein Lächeln. Schon bald passieren wir die Fraueninsel und ich bewundere die weißgraue Fassade des Klosters vor dem baumgrünen Hintergrund, als ein scharfer Geruch unerwartet meine Nase kitzelt. Bevor mein Gehirn ihn deuten kann, werde ich beim Schlafittchen gepackt und über die Reling geworfen. Es geschieht so schnell, dass ich nicht einmal mehr zu einem Schrei fähig bin.

Verzweifelt paddele ich mit Händen und Füßen, versuche eine Schwimmhaltung einzunehmen, doch das Hydropurit zieht mich unbarmherzig in die Tiefe, was ungewöhnlich ist, denn in der Regel kann man problemlos darin schwimmen. Bevor ich gänzlich untergehe, wundere ich mich noch, dass niemand „Mann über Bord“ ruft. Ich schätze, die Freude über den frei gewordenen Platz an der Reling ist einfach zu groß.

Während ich langsam sinke, explodieren hinter meinen geschlossenen Augenlidern die Farben. Fasziniert beobachte ich, wie aus dem Nichts bunte Flecken sprießen, durch mein Sichtfeld tanzen, um sich wieder im Nichts zu verlieren. Als Kind ist es mein Lieblingsspiel vor dem Einschlafen gewesen.

Dann habe ich plötzlich Boden unter den Füßen. Als ich herumfuchtele, um das Gleichgewicht zu halten, spüre ich nur Luft. Verblüfft reiße ich die Augen auf. Finsternis.

Kurz schließe ich die Augen, um sie gleich wieder zu öffnen.

Immer noch herrscht Finsternis – auf eine *vollkommene* Weise. Keine Konturen. Keine Schattierungen. Als würde ich in einem Behälter mit pechschwarzer Tinte stehen. Ich zwinge mich, ruhig zu bleiben. In der Regel gewöhnen sich die Augen nach kurzer Zeit an die Dunkelheit und man vermag dann doch Einzelheiten zu erkennen. Unbewusst streiche ich mir eine Strähne aus dem Gesicht – und mein Herzschlag setzt kurz aus. Meine Haare sind staubtrocken! Mit zitternden Händen taste ich meinen übrigen Körper ab. Alles trocken, keine Spur von Hydropurit, als wäre ich durch eine Senso-Dusche gelaufen. Mein Herz schlägt einen neuen Takt an. Hart und rasant. Habe ich vielleicht unwissentlich wieder einen dieser verfickten ComBots geschluckt? Mit gestreckten Armen suche ich die Finsternis ab.

„Hallo?“, rufe ich mit viel zu dünner Stimme.

Schwarze Stille.
„Hallo?“, rufe ich erneut, doch meine Frage trägt nicht weit.
Ich horche angestrengt. Nichts. Dann fällt mir etwas auf: Ich spüre nichts. Als wäre mein Körper mit der Umgebung verschmolzen, falls man die undurchdringliche Schwärze als solche bezeichnen kann. Ich versuche die aufkommende Panik zu unterdrücken und fahre mit meinen Nägeln über meinen linken Oberarm. Autsch! Der Schmerz fühlte sich erschreckend real an.
Mein Verstand nimmt sich eine Auszeit, unfähig zu begreifen, was geschieht, dann gehe ich in die Hocke, um den Boden zu befühlen. Er ist weich und nachgiebig, zieht sich bei der leisesten Berührung zurück. Wie ein lebendiges Wesen. Angeekelt richte ich mich wieder auf, die Arme nach vorne gestreckt, und setze zögernd einen Fuß vor den anderen. Einen ersten Schritt, dann noch einen und noch einen … Ich bleibe stehen, um erneut meine Umgebung abzutasten. Leere. Keine Wände, keine Decke. Nur dieser seltsame Boden. Die Unruhe wächst mit jedem Schritt, doch ich zwinge mich weiterzugehen. Vier, fünf, sechs … Noch immer nichts. In meinen Ohren summt es und ich schwanke. Danach drei weitere Schritte im Nirgendwo.
„Das ist nur ein Traum“, flüstere ich und berausche mich am Klang meiner Stimme. „Wahrscheinlich bin ich in der Tube eingeschlafen.“ Während mein bohrender Blick verzweifelt die Schwärze absucht, wate ich weiter. „Das hier kann nicht real sein, bestimmt wache ich gleich auf. Ich muss, sonst werde ich …“
„Du redest zu viel“, flüstert eine Stimme plötzlich

hinter mir.

5. Tristan und Isolde

„Du redest zu viel“, ertönt es erneut aus der Dunkelheit. „Es hindert dich daran zu hören.“

Zugegeben, ich brauche einen Moment, um mein Frühstück davon abzuhalten, sich draußen umzusehen. Die Hände auf die Knie gestützt, atme ich tief durch. Ein, aus, ein, aus. Dann richte ich mich auf. Um mich herum herrscht Stille. Nichts hatte sich verändert, doch der Gedanke, dass sich mir ein Kind – zumindest klingt es so – unbemerkt genähert hat, erfüllt mich mit Grauen.

„Bist du noch da?“

„Natürlich bin ich noch da.“ Diesmal kommt die Stimme von rechts.

„Wer bist du?“

„Ich heiße Isolde.“

„Schöner Name. Ich bin Lucio.“

„Luc“, entgegnet das Kind. „Ich weiß alles über dich.“

Okay, das hier ist definitiv ein Traum.

„Wie alt bist du, Isolde?“

„Ich bin ein Kind.“

„Dann sage mir, *Kind*, wo bin ich?“

„Das weißt du nicht?“

„Nein.“

„Wirklich nicht?“

„Nein! Sonst würde ich ja wohl nicht fragen.“ Ein

beschränktes Kind. „Habt ihr mir einen ComBot verabreicht? Oder bin ich etwa in einer Realityshow?“

„Nein.“

„Weißt du überhaupt, was eine Reality-Show ist?“

„Natürlich. Das haben wir in Geschichte durchgenommen.“

„Ich frage dich noch einmal, Isolde: Wo bin ich hier und warum?“

„Alles zu seiner Zeit.“

Plötzlich spüre ich einen kaum wahrnehmbaren Luftzug, der von vorne zu kommen scheint. Ein Schauer läuft mir über den Rücken.

„Ja-aa! Ich weiß“, mault Isolde.

Erneut ein Luftzug.

„Nerv mich nicht!“, fügt sie hinzu.

„Mit wem redest du da, Isolde?“

„Mit Tristan.“

Tristan und Isolde? Das ist doch wohl ein schlechter Scherz!

„Wer ist Tristan?“

„Dein Wachhund.“

„Mein … was?“

„Wachhund. Er passt auf dich auf, seit du hier angekommen bist.“

Das Bild eines gigantischen Dobermanns formt sich in meinem Kopf. Kein sehr beruhigender Gedanke.

„Er beißt doch nicht, oder?“

Isolde lacht laut auf. Sie scheint sich regelrecht zu kringeln.

„Ich mag Hunde“, stammele ich zugegebenermaßen etwas hilflos.

„Ich auch.“ Plötzlich ergreifen kleine Finger meine rechte Hand. „Komm mit und sei still. Nur dann wirst du den Pfad erkennen.“

„Welchen Pfad?“

„Ruhe jetzt.“

Wir durchschreiten weiter die Finsternis und ich entspanne mich etwas. Auch wenn ich es ungern gestehe, so gibt mir Isoldes Hand ein Gefühl der Sicherheit. Ich taste weiter mit den Augen meine Umgebung ab, durchbohre das Schwarz, suche nach einem Orientierungspunkt, einer Gestalt, einem Licht. Ohne Erfolg. Schon will ich etwas sagen, als ich ein züngelndes Geräusch vernehme, wie von einer Schlange. Schlange? Instinktiv versuche ich mich loszureißen, doch Isolde streichelt beruhigend meine Hand, wie sie es wahrscheinlich tut, wenn sie Tristan daran hindern will, jemanden in Stücke zu reißen. Ich zwinge mich zur Ruhe, lausche angestrengt, bis ich merke, dass das Geräusch nur entfernt dem Züngeln einer Schlange ähnelt. Dafür ist es zu gedehnt und gleichmäßig.

Da bleibt Isolde stehen, packt mich am Arm und bringt mich dazu, mich um die eigene Achse zu drehen. Unbewusst schließe ich die Augen, um nicht seekrank zu werden, was natürlich Unfug ist. Beim Kreiseln fällt mir auf, dass das Züngeln zwar leiser wird, jedoch nicht verstummt. Als ich wieder am Ausgangspunkt angelangt bin, ist das Züngeln wieder in vollem Ausmaße hörbar. Isolde, die erneut meine Hand ergriffen hat, drückt meine Finger zum Zeichen weiterzugehen. Wir folgen dem züngelnden Klang und wechseln dabei mehrmals die Richtung. Das Geräusch verändert sich mit. Mal klingt es tiefer, mal höher. Mal lauter, wenn wir vermeintlich geradeaus gehen; mal leiser, wenn wir vermeintlich eine Kurve zeichnen.

Ich beginne zu begreifen. Wir befinden uns offenbar

auf einem akustischen Pfad. Die unterschiedlichen Klänge dienen der Orientierung. Kurz bleibe ich stehen, um mich auszuruhen. Es ist mühsam sich ausschließlich auf sein Gehör zu konzentrieren, auch wenn alle anderen Sinne ausgeschaltet sind. Doch Isolde gönnt mir keine Pause, stattdessen zieht sie mich unbarmherzig weiter. In diesem Moment höre ich ein neues Geräusch: ein langgezogenes Surren, das von einem dumpfen Knacken unterbrochen wird. Mal erklingt das Geräusch links von uns, mal rechts. So vergehen einige Sekunden – oder sind es gar Minuten? –, bis ich es nicht mehr aushalte.

„Was ist das für ein Geräusch?"

Isolde seufzt. „Welches Geräusch meinst du? Hier gibt es so viele."

„Wirklich?"

„Ja. Du musst nur hinhören."

„Ich spreche von diesem seltsamen Summen und Knacken links und rechts von uns."

„Ach das. Das Summen kommt von den Häuserwänden, das Knacken von den Türen und Fenstern."

„Hier sind Häuser?"

„Ja."

„Willst du damit sagen, dass ich mich in einer Stadt befinde?"

„So was ähnliches."

„Wo sind die Menschen?"

„Sie sind schon lange fort."

Dann fällt mir etwas ein. „Isolde?"

„Ja?"

Ich muss hart schlucken. „Bin ich blind?"

Isolde drückt meine Hand. „Nein. Vor ein paar Jahren ist die Finsternis über uns gekommen, weißt du? Am Anfang sind die Farben verschwunden, stattdessen gab es den grauen Schleier." Ein weinerlicher Ton schleicht sich in Isoldes kindliche Stimme. „Der wurde immer dunkler, bis nur noch die Schwärze da war."

Meine Gedanken schlagen mittlerweile Saltos. Ich weiß nicht, ob ich wach bin oder träume. Ich weiß nur, dass ich mich sehr verloren fühle.

„Hast du Hunger, Lucio?"

„Hunger?" Verdattert blicke ich dorthin, wo ich Isolde vermute.

„Ja. Möchtest du etwas essen oder trinken?"

„Ich weiß nicht …"

„Du könntest etwas Stärkung brauchen, finde ich."

„Äh ..."

„Gut. Auf zu Madeleine!"

Schon werde ich von Isolde in eine neue Richtung gezogen, diesmal schneller als bisher. Die Geräusche nehmen immer mehr zu und bald vermag ich nicht mehr, die einzelnen Klänge voneinander zu unterscheiden. Ich werde von einem dissonanten Kanon überschwemmt, der sich rücksichtslos durch meine Gehörgänge bohrt. Kreischend, surrend, flötend, sägend. Als würde ich mit geschlossenen Augen durch ein gigantisches Symphonieorchester hetzen, dessen Musiker gerade dabei sind, ihre Instrumente einzustimmen.

„Was ist das für ein Krach?", wimmere ich und reiße mich los, um mir die Ohren zuzuhalten.

„Wir sind jetzt in der großen Halle. Gib mir deine Hand", sagt Isolde, doch ich ignoriere sie und laufe stattdessen in die entgegengesetzte Richtung, weg von den Geräuschen.

Meine Knie zittern und ich muss zu meiner Schande

gestehen, dass ich kurz davor bin, die Beherrschung zu verlieren.

„Lucio, nein!“, ruft mir Isolde hinterher. „Bleib stehen!“

Doch ich renne blindlings durch die Dunkelheit, renne und renne, bis ich mit den Beinen gegen ein Hindernis pralle und das Gleichgewicht verliere. Hilflos rudere ich mit den Armen, als plötzlich eine Hand durch die Finsternis schießt und meinen Oberarm packt.

Die Hand fühlt sich ganz und gar nicht kindlich an.

„Isolde!“ Wütend schlage ich um mich, doch der Griff bleibt eisern. „Hilf mir!“

Das Kind kommt schnaufend angelaufen. „Alles okay, Lucio. Beruhige dich, es ist nur Tristan.“

Ich erstarre. „Tristan?“

„Ja. Er hat dich gerade davor bewahrt, dich von einer Brücke zu stürzen.“

Ich beiße die Zähne zusammen. Also ist Tristan kein Hund, sondern ein Mann aus Fleisch und Blut. Was die Lage nicht unbedingt besser macht. Das ist der Moment, in dem meine Sicherungen durchbrennen.

„Ihr verarscht mich doch, oder? Eine Brücke? Wo soll denn hier eine Brücke sein? Ich dachte, das hier wäre eine Halle!“

Der Griff um meinen Oberarm lockert sich und plötzlich bin ich frei.

„Lass uns weitergehen“, sagt Isolde erstaunlich sanft. „Bald wirst du verstehen und alles wird gut.“

„Was soll ich verstehen?“ Meine Stimme klingt viel zu schrill.

Doch ich erhalte keine Antwort.

Als wir kurz danach Madeleines Haus betreten, ertönt ein leises Klingeln wie von einer Türglocke. Ein tröstliches Geräusch. Wie auch die weibliche Stimme, die aus dem Dunkel auf uns zusteuert.

„Willkommen in unserem Haus! Ich bin Madeleine, die Köchin." Die Stimme klingt etwas angegraut.

„Hallo", antworte ich zögernd.

Irgendwie fühlt sich dieser Raum anders an.

„Schön, dass du hierher gefunden hast." Madeleines Stimme klingt eine Spur zu fröhlich. „Setz dich bitte."

Ich spüre Isoldes kleine Hand in meinem Rücken, die mich zu einem schwarzen Punkt auf schwarzem Fond bugsiert, der sich als Stuhl herausstellt. Tastend ergreife ich die Lehne – sie ist gerade geformt mit einer dicken Polsterung – und schiebe den Stuhl zurück, um mich zu setzen. Vor mir steht ein glatt polierter Tisch. Ich höre, wie um mich herum drei Stühle gerückt werden, dann nehmen entsprechend viele Körper Platz. Zwei schwere und ein leichter.

„Das Übliche, Tristan?", fragt Madeleine.

Ein Was-auch-immer ist die Antwort.

„Kann er nicht sprechen?", will ich wissen.

„Doch natürlich", antwortet Madeleine sanft. „Aber er tut es nur, wenn es notwendig ist."

„Aha." Ich kann übermäßig schweigsamen Menschen nichts abgewinnen, vermitteln sie mir stets das unangenehme Gefühl geschwätzig zu sein.

„Hier", sagt Madeleine, dann folgt ein leises Klappern, als ob mir jemand Teller, Besteck und Glas hinstellt. „Iss!"

Der Tonfall erlaubt wenig Spielraum, also taste ich nach der Gabel und klopfe vorsichtig meinen Teller ab.

„Was ist das?"

„Ein Stück Schichttorte mit Jelly Babies."

Was zum Geier sind Jelly Babies?

„Klingt gut“, sage ich.

Mit der Gabel steche ich in das Stück und führe einen Bissen zum Mund. Die Glasur knackt verführerisch unter meinen Zähnen, die Süße breitet sich in meinem Mund aus. Weich. Betörend. Ein Gedicht. Ich werde den Teufel tun, das Zeug hinunterzuschlucken!

„Mmmm ... lecker!“, sage ich und lasse den Bissen auf meine Gabel zurückfallen.

„Kann ich noch ein Stück haben?“, meldet sich Isolde zu Wort.

„Aber natürlich, Kind“, antwortet Madeleine.

Wieder klappert es, dann essen alle in einträchtigem Schweigen weiter. Das Knacken der Glasur, das Schmatzen, das Hinunterschlucken. All das klingt in der Dunkelheit überlaut und ich muss mir ein irrationales Kichern verkneifen. Als ich nach meinem Glas greifen will, stoße ich dagegen und höre, wie etwas überschwappt.

„Ach herrje. Ich bin so ungeschickt.“

„Machen Sie sich nichts daraus“, erwidert Madeleine. „Am Anfang geht es allen so.“

Wieder folgt ein langes Schweigen und plötzlich fällt mir ein, was hier anders ist. Unsere Stimmen tragen weit, das Gefühl Teil der Umgebung zu sein, ist verschwunden. Stattdessen befinde ich mich *in* einer Umgebung.

„Zeit, das Mahl zu beenden“, sagt Madeleine plötzlich. „Er wartet schon.“

Einer der Stühle wird verrückt.

„Wer wartet?“, frage ich im höchsten Maße beunruhigt.

Eine schwere Hand legt sich von hinten auf meine Schulter und ich zucke erschrocken zusammen. Bevor

ich etwas sagen kann, werde ich hochgezerrt.
Dann höre ich, wie auch die anderen Stühle bewegt werden. Schritte erschallen von links nach rechts, werden immer leiser, bis sie gänzlich verstummen.

„Was …“

Dann ist nur noch gleißender Schmerz.

6. Seine Durchgeknalltheit

Licht.

Gnadenlos bohrt es sich seinen Weg durch meine Augenlider, wo es mir unsägliche Qualen bereitet. So habe ich mir den Verlauf meiner Ermittlungen nicht vorgestellt! Meine Augen füllen sich mit Tränen und ich muss blinzeln. Spiegel, überall Spiegel. Ich wende den Kopf ab, doch natürlich siegt am Ende die Neugier. Millimeter für Millimeter öffne ich die Lider. Die Tränen rauben mir die Sicht, also blinzele ich so lange, bis ich etwas erkennen kann. Ich befinde mich in einem langgezogenen Saal, der kein Ende zu nehmen scheint und mit unzähligen Spiegeln behängt ist. Das tausendfach reflektierte Licht bricht sich in den Deckenlüstern und Kandelabern, in den überbordenden goldenen Elementen und weißen Marmorbüsten. Der Anblick ist unerträglich. Im hinteren Teil bemerke ich einige große Bogenfenster, die zugehängt sind und über meinem Kopf winden sich bunte Deckengemälde. So manche Figur scheint daraus hervortreten zu wollen, um nach mir zu greifen.

„Setze Er sich doch, bevor Er niederfällt."

Ich wirble herum. Vor mir steht ein Mann mit gestutztem Backenbart, der mit einem einladenden Lächeln auf eine kleine Sitzgruppe zeigt. Er trägt eine königsblaue Generalsuniform mit rotem, quer verlaufendem Band, schwarze Stiefel und einen weißen Krönungsmantel.

In einem der Spiegel kann ich deutlich sehen, wie mir die Gesichtszüge entgleisen (ich komme nicht umhin, auch mein ramponiertes Aussehen zu bemerken). Ludwig II. von Bayern?

„Du musst ihn mit Eurer Gnaden ansprechen", flüstert plötzlich eine Kinderstimme neben mir.

Als ich nach unten schaue, mache ich einen kleinen Roboter mit brauner künstlicher Haut aus. Er trägt einen bunten Turban auf dem Kopf, eine goldene Weste und eine dazu passende Pluderhose. Die Gesichtszüge sind grob zusammengezimmert und ungleichmäßig, die Augen befinden sich nicht auf gleicher Höhe, der Mund ist schief. Keine sehr gute Arbeit.

„Isolde?", frage ich ungläubig.

Das künstliche Gesicht verzieht sich zu einem Lächeln. Ein furchterregender Anblick. Erst da werde ich mir der Gestalt bewusst, die neben Isolde steht. Sie ist von abnormer Körpergröße und gleicht dem kleinen Roboter aufs Haar, nur dass vom linken Ohr des Hünen ein Ring baumelt, der einem Rindvieh gut zu Gesicht gestanden hätte. Tristan, nehme ich an, der mich, ungeachtet meiner Proteste, am Kragen packt und zur Sitzgruppe schleift. Wie mich dieses Herumgeschubstwerden nervt!

Ich darf mich erst setzen, nachdem der Clown im König-Ludwig-Outfit Platz genommen hat. Die Frage geht mir durch den Kopf, ob auch er ein Roboter ist, bis ich unter dem königlichen Gehabe die Züge eines zerrupften Geiers schimmern sehe. Vor mir sitzt Wilford von Hirschberg, der leibhaftige Polizeichef von Herrenchiemsee. Na, Mahlzeit! Offenbar ist er inzwischen komplett durchgedreht.

„Wie es einem Fürsten des Reichs geziemt, gedenken Wir Beistand zu tun, soviel Wir können mit Gott und Ehre."

„Äh … wie meinen … meint Ihr … Euer Gnaden?"

„Wie hat Er den Durchgang gefunden?"

„Durchgang? Welchen Durchgang?"

Isolde springt mir bei. „Er meint die Schleuse zum unterirdischen Labyrinth."

„Ich weiß nichts von einem Durchgang, Euer Gnaden. Ich bin in den See gefallen und hier gelandet."

„Das sollen Wir Ihm glauben?"

„Ja."

Seine Durchgeknalltheit Wilford der Erste fasst sich ans Kinn und scheint scharf nachzudenken.

„Was sucht Er hier?"

„Ich möchte zur Roseninsel."

„Was erwartet Er dort zu finden?"

„Ein alter Freund hält sich dort auf, den ich gern besuchen würde, Euer Gnaden", improvisiere ich.

„Wie lautet der Name Seines Freundes?"

„Dr. Farinelli."

„Doktor Wer?"

„Farinelli. Mike Farinelli."

Der Polizeichef wechselt einen Blick mit Isolde. Ihre Augenlider flattern hektisch, während sie angestrengt das Gesicht verzieht. Offenbar checkt sie gerade ihre Datenbank.

„Er ist seit Wochen nicht mehr hier gewesen", vermeldet sie schließlich.

„Wirklich?"

„Ja, Lucio. Üblicherweise hält er sich beim Regiment auf."

Ich bedenke den Polizeichef mit einem aalglatten Lächeln. „Würdet Ihr mir erlauben, diese Bar zu inspizieren, Euer Gnaden?"

Kurz überlegt er, dann schüttelt er würdevoll den Kopf.

„Wir wissen, dass Er Uns zum Narren hält. Lucio Verdict ist privater Ermittler, früher jedoch war Er jemand anderes. Unsere innere Stimme gebietet Uns, Ihn unverzüglich ziehen zu lassen."

„Aber es geht um Leben und Tod, Euer Gnaden!"

„Wie meint Er das?"

„Dr. Farinelli wurde entführt und befindet sich möglicherweise in tödlicher Gefahr!"

Ein dumpfes Lachen in meinem Rücken erregt meine Aufmerksamkeit. Als ich mich umdrehe, sehe ich, wie Tristans buckeliger Körper bebt, während sein grotesker Mund weit aufgesperrt ist. Der Kerl lacht mich aus und ich kann mit Fug und Recht behaupten, dass es das Gruseligste ist, was ich jemals gesehen habe. Zum Glück bricht Isolde den Bann, indem sie an meinem Ärmel zupft.

„Der Doktor ist nicht das, was er behauptet zu sein", erklärt sie mit ernstem Blick.

„Wie meinst du das?"

Leider bleibt sie mir die Antwort schuldig, denn in diesem Moment erhebt sich Wilford von Hirschberg von seinem Stuhl und ich springe sofort mit auf, bevor Tristan mich erneut am Kragen packen kann.

„Begleitet ihn nach draußen!", befiehlt er und dreht mir mit einer anmutigen Bewegung den Rücken zu.

Ich will mich schon abwenden, als mich seine Stimme innehalten lässt. „Es gehört zu den herrlichsten Genüssen, sich in Gottes freier Natur zu bewegen."

Ein letztes joviales Nicken, dann verlässt der Polizeichef von Herrenchiemsee den Spiegelsaal durch eine Tür in der Wand.

Wir sind allein.

Wortlos greift Isolde meine Hand und führt mich zum Ende des Saals. Wie eine gigantische Götzenfigur starrt uns Tristan hinterher.

„Was meintest du damit, als du sagtest, dass Dr. Farinelli nicht das ist, was er behauptet zu sein?“

Isoldes ungleichmäßige Augen rollen wild hin und her, offenbar überlegt sie, wie viel sie mir anvertrauen kann, dann sagt sie nur: „Er ist kein Opfer.“

Bevor ich nachhaken kann, dreht sie die Kerze auf dem goldenen Standkandelaber vor uns nach rechts und wenige Schritte entfernt rumpelt die Marmorbüste eines römischen Kaisers zur Seite. Ein schwach beleuchteter Durchgang wird sichtbar.

„Geh den Korridor bis zum Ende durch. Er wird dich zum Schlossgarten führen. Ich rate dir, nicht mehr hierherzukommen und nichts darüber verlauten zu lassen, was du gesehen hast. Unser Herr hat einen sehr langen Arm und er kann recht …“ Sie sucht nach dem richtigen Wort. „…ungemütlich werden.“ Dann lässt sie meine Hand los. Ihre verschobenen Gesichtszüge lassen keine Deutung zu. „Auf Wiedersehen, Lucio.“

Sie schließt den Durchgang hinter mir und lässt mich mit einem seltsamen Gefühl zurück. Ist es Mitleid? Ich schelte mich einen Narren. Höchste Zeit, hier wegzukommen!

Die Wände des Korridors sind mit einer rotgoldenen Lilientapete beklebt und der Teppich unter meinen Füßen schluckt jedes Geräusch. Nach einer knappen Minute erreiche ich unbehelligt eine schlichte Holztür, die sich problemlos öffnen lässt. Schon finde ich mich in einem indischen Gartenpavillon wieder und kurz danach mittendrin im Touristenstrom, der schnatternd und gackernd die Hauptallee hinunter schreitet. Wir passieren singende Wasserbassins und Marmorbrunnen, fluoreszierende Zierbeete und Blumenrabatten, doch ich habe für die Schönheit um mich herum keinen Blick übrig. Ich fühle mich verkatert, als wäre ich gerade aus einem Albtraum erwacht.

Obwohl hier draußen nichts auf die Präsenz eines größenwahnsinnigen Polizeichefs und seiner unheimlichen Gehilfen hinweist, sehe ich zu, dass ich auf schnellstem Wege die Anlegestelle erreiche. Für heute habe ich genug von *Sphäre7*.

7. Keine Unschuld vom Lande

In der Tube bringe ich Brügell auf den neuesten Stand.

„Was meinen Sie damit, Dr. Farinelli ist kein Opfer? Hat er uns etwa an der Nase herumgeführt?"

„Sieht so aus."

„Haben Sie dafür Beweise?"

„Leider nein."

„Von wem haben Sie das?"

„Das kann ich Ihnen nicht sagen. Ich habe meiner Quelle zugesichert, dass sie anonym bleibt", entgegne ich etwas steif. „Aber ich halte sie für glaubwürdig."

„Ich will, dass Sie diese Spur weiter verfolgen, Verdict. Liefern Sie mir einen Beweis! Sobald ich den habe, setze ich Farinelli zur Fahndung aus."

„Mache ich, aber vorher muss ich duschen."

„Was müssen Sie?"

„Vergessen Sie's. Ich melde mich, sobald ich etwas Neues habe."

Zu Hause angekommen aktiviere ich die GCS, weil ich die Stille im Apartment nicht ertrage. Auf dem Riesenscreen kündigt Kyle, der Cyber-Megastar von YIN, die aktuellen Global News an. Währenddessen steuere ich die Nasszelle an. Es ist mitten am Nachmittag und Shou ist noch mit Yuuto im Institut. Ich verschwende recht viel Wasser, die Ration von drei Tagen. Dabei gehen mir viele Dinge durch den

Kopf und es gilt, einiges zu verdauen. Sobald ich angezogen bin, werde ich ins *Himmi Herrgott Sakra!* gehen. Ein netter Plausch mit Alex gepaart mit Hochprozentigem ist genau das, was ich jetzt brauche.

Als ich nur mit einer Hose bekleidet den Wohnraum durchquere, erregt eine Nachricht meine Aufmerksamkeit.

„Laut einer aktuellen Untersuchung sind in den letzten Monaten die Anzahl der Nothaltvorfälle auf dem Streckennetz der Münchner Tube um dreihundert Prozent angestiegen. Die Einwohner der nördlichen Bezirke von München City sowie der Betriebsrat des MTV, des Münchner Tube Verbands, klagen an, dass gerade in ärmeren Vierteln zu wenig Wartungspersonal eingesetzt wird. Allein im letzten Quartal verbuchte die MTV 376 Stunden Verspätung. Der Schaden wird auf 75.000 Eurodollar geschätzt …“

Als die Aufnahme wartender Menschen in einer Expressbahn eingeblendet wird, draußen vor den Fenstern sind einzelne Gebäude zu erkennen, habe ich eine Eingebung. Ich setze mich an den Küchentisch und rufe über den Neurokommunikator die gestrige Aufnahme auf, die ich in Wegeners Apartment gemacht habe. Da! Die stehengebliebene Expressbahn. Kurz überlege ich, dann entscheide ich mich, meinen Neurokommunikator wieder auszuschalten und über den Riesenscreen weiterzuforschen. Per Sprachbefehl aktiviere ich das Info-Icon, das sich auf Kyles Kragen befindet und schon poppen Zahlen und Diagramme mitten im Raum auf. Schnell finde ich heraus, dass die Expressbahn, die an Wegeners Apartment vorbeiführt, die 55 ist und dass sie in den letzten Wochen zweiunddreißig Mal auf offener Strecke angehalten hat.

Ich kontaktiere Brügell, nicht ohne vorher in den Knigge-Modus zu gehen. So viel Zeit muss sein.

„Brügell, ich bin's nochmal."

„Was haben Sie für mich?"

„Es ist nur eine Idee, aber ich habe herausgefunden, dass die Bahn, die direkt an Wegeners Apartment vorbeifährt, in letzter Zeit häufig vor seinem Fenster gestoppt hat. Die Tube ist komplett mit Kameras ausgestattet. Mit etwas Glück bekommen wir eine interessante Aufnahme zu sehen. Ich weiß, es ist nur ein Strohhalm, aber …"

„Ich halte das für einen guten Gedanken." Brügell blickt sich um und senkt die Stimme. „Wir könnten Glück haben. Ich checke das und sage Ihnen Bescheid!"

Ich komme nicht mehr dazu, zu reagieren, denn schon ist sein Gesicht wieder verschwunden. Offensichtlich ist er für jeden Hinweis dankbar.

Mich packt der Ehrgeiz und ich beschließe, meinen Besuch im *Himmi Herrgott Sakra!* etwas aufzuschieben und in der GCS nach Hinweisen zu suchen, die mir Auskunft über die Kohlezeichnung in Wegeners Apartment geben könnten. Doch ganz gleich, was ich anstelle – die Farbe verändern, den Strich variieren, nach einem logischen Muster suchen –, ich finde keinen Anhaltspunkt und schon gar keine Übereinstimmung. Auch als ich ein 3-D-Modell der Zeichnung erstelle, ergibt sich nicht der kleinste Hinweis. Vielleicht ist dieses Gekritzel auch nur das Werk eines Geisteskranken, das Wegener aus persönlichen Gründen aufgehängt hat.

Nach einer Weile lehne ich mich seufzend zurück. Ich bin enttäuscht. Irgendwie habe ich mir mehr davon erhofft. Dann klopfe ich mir auf die

Oberschenkel. Zeit, fürs wohlverdiente Feierabendbierchen!

Doch Brügell macht mir einen Strich durch die Rechnung.

„Verdict!“ Sein Rosinengesicht strahlt vor Aufregung. „Ihre Idee mit der Videoüberwachung der Expressbahn war ein Volltreffer! Eine Stunde, bevor Wegener ermordet wurde, bekam er Besuch. Schauen Sie sich die Aufnahme an. Wir haben sie noch nicht bearbeitet, deshalb ist sie noch etwas pixelig, aber es reicht, um die Personen darauf zu erkennen.“

Brügells Gesicht schrumpft auf Briefmarkengröße zusammen, während die Außenansicht eines Fensters mein Blickfeld ausfüllt. Das Fenster aus Wegeners Apartment. Per neuronalem Impuls gebe ich den Befehl „vergrößern“. Teile des Fensters werden herangezoomt, so dass ich einen Blick ins Innere werfen kann. Zwar hat die Kamera aus der Expressbahn nur einen Teil des Innenraums erfasst, dennoch kann ich an der Eingangstür zwei Männer sehen, die offenkundig in Streit geraten sind. Schon bald beginnt der ältere von beiden den anderen zu würgen, bis dieser zu Boden sinkt. Als die Bahn wieder losfährt, kann man gerade noch sehen, wie er dem Liegenden einen Tritt verpasst. Der Angreifer ist Doktor Mike Farinelli.

„Das beweist natürlich nicht, dass er für Wegeners Tod verantwortlich ist“, gebe ich zu bedenken.

„Nein, aber es beweist, dass der Doktor keine Unschuld vom Lande ist. Mein Instinkt sagt mir, dass mehr dahintersteckt. Es würde mich nicht wundern, wenn er derjenige ist, der Wegener endgültig aus dem Weg geräumt hat.“

„Vielleicht hat er ihn danach in seine Wohnung

gelockt, unter dem Vorwand sich zu entschuldigen und ihn dann erledigt“, spinne ich den Gedanken weiter. „Die Frage ist nur warum?“

„Ich denke, Farinelli wollte uns in die Irre führen. Es ist gut vorstellbar, dass er es war, der uns gestern die beiden Companions auf den Hals gehetzt hat.“

Und dafür gesorgt hat, dass ich über Bord falle, füge ich gedanklich hinzu. „Und was jetzt?“

„Ich setze ihn zur Fahndung aus. Gute Arbeit, Verdict!“

Kurz denke ich an den alten knochigen Mann mit der großen Nase und dem besorgniserregenden Husten, den ich für einen Gutmenschen gehalten habe. Dann zucke ich mit den Achseln. Mich kann an der menschlichen Natur nichts mehr überraschen.

Zehn Minuten später starte ich einen erneuten Versuch, meiner Lieblingskneipe einen Besuch abzustatten, doch gerade als ich mir die Schuhe anziehen will, summt es an der Apartmenttür. Alarmiert starre ich auf die schmutzig braune Oberfläche. Es erinnert mich daran, dass ich mir unbedingt eine neue Waffe besorgen muss. Auf leisen Sohlen begebe ich mich zur Wand und drücke auf einen Button, der dort eingelassen ist. Die Tür, die unter Spannung gesetzt wird, flimmert und die braune Holzoptik reißt auf. Draußen steht eine Person, die ich am Allerletzten erwartet hätte. Ein kurzer Blick in den Spiegel, ein hastiges Nesteln am Kragen, dann öffne ich die Tür.

Coco Dobernig sieht in ihrem gerade geschnittenen dunkelgrünen Kleid atemberaubend aus, und als sie sich lächelnd eine widerspenstige Haarsträhne aus dem Gesicht streicht, sehe ich, dass sie lange schwarze Satinhandschuhe trägt.

Ich denke, heute werde ich eine Ausnahme machen und das *Himmi Herrgott Sakra!* sausen lassen.

RATTE IM SCHLAFROCK

1. Eine alte Freundin

Die selbstreinigenden Partikel meines Belluci-Anzugs sind defekt, deshalb muss ich ihn zur Reparatur bringen. Erst letzten Monat habe ich mir diesen teuren Zwirn gekauft und ärgere mich schwarz, zumal es heute bereits die zweite Heimsuchung ist, nachdem ich mir kurz nach dem Aufstehen den Kopf an der Schranktür blutig gestoßen habe. Dabei ist es noch nicht einmal neun Uhr morgens. Es verheißt, ein interessanter Tag zu werden.

Seit die betörende Coco Dobernig an meiner Tür geklingelt hatte, sind zwei Wochen vergangen. Danach haben wir uns noch einige Male getroffen, um unseren Appetit aufeinander zu stillen. Coco hat sich dabei als sehr phantasievoll erwiesen …

Auch die Polizei ist in dieser Zeit nicht ganz untätig

gewesen. Inzwischen hat sie Farinellis Vergangenheit durchleuchtet und ist auf einige Ungereimtheiten gestoßen. Die vielleicht größte Überraschung ist, dass der Doktor vor rund dreißig Jahren einen Identitätsdiebstahl begangen hat. Sein richtiger Name lautet Marcel Franck: ein erfolgloser Autor und Ex-Knacki, der seinen Agenten mit einer alten Brockhaus-Enzyklopädie erschlagen hat (Band A-ANAT).

Zwar weist einiges darauf hin, dass er Andi Wegener ermordet hat, doch Inspektor Brügell sucht immer noch nach einem Beweis. Nichtsdestotrotz habe ich auf einen Teil meines Honorars bestanden. Auf Nachfrage, was mit Farinellis Möbeln passieren wird, jetzt da er offensichtlich untergetaucht ist, bekam ich als Antwort lediglich einen scheelen Blick zugeworfen. Später sollte ich erfahren, dass in solchen Fällen die Sachen verkauft werden und das Geld in die Pensionskasse der Polizei fließt.

Die gekritzelte Zeichnung aus Wegeners Wohnung lässt mir keine Ruhe und ich habe Brügell überreden können, sie mir auszuhändigen. Jetzt hängt sie über meinem Küchentisch und nicht selten ertappe ich mich dabei, wie ich sie anstarre und darüber alles um mich herum vergesse.

Gerade will ich mir einen Kaffee aus dem Replikator ziehen, da summt es an der Tür und ich aktiviere den Spion. Draußen steht Jimmy. Er wirkt etwas nervös. Ich bin überrascht, denn bisher hat er mich noch nie zu Hause aufgesucht. Vielleicht hat er einen neuen Auftrag für mich, also werde ich ihm Einlass gewähren.

„Hallo, Jimmy! Schon lange nicht mehr gesehen“, begrüße ich ihn herzlich.

Wie sich schnell herausstellt, hätte ich die Tür lieber geschlossen halten sollen. Denn Jimmy ist nicht allein gekommen. Neben ihm steht Mari Kirsipuu, die ehemalige Vorsitzende des Europäischen Verwaltungsrats und meine Ex-Chefin. Sie trägt eine Tunika mit Trompetenärmeln und geblümter Bordüre, die eine verblüffende Ähnlichkeit mit einem Morgenrock aufweist.

Mir bricht der kalte Schweiß aus und ich ertappe mich dabei, wie ich hektisch auf meiner Unterlippe herumkaue – eine dumme Angewohnheit, von der ich gedacht hatte, sie abgelegt zu haben. Die Schlampe besitzt immer noch das Talent, mich zu verunsichern. Ihre kalten Augen in dem kantigen Antlitz fahren prüfend über mein Gesicht. Augen, Wangen, Nase, Mund … Sie lassen keine Details aus. Wie ich diese Frau hasse!

Währenddessen haben sich zwei Bodyguards aus dem Schatten geschält: quadratisch, plattnasig, weiß. Und ich finde endlich die Sprache wieder.

„Was wollen Sie hier?“, blaffe ich Mari an.

Die dünnen Lippen verziehen sich kaum merklich. „Nana, Luc. So begrüßen Sie eine alte Freundin?“

Ich verkneife mir eine Antwort.

„Dürfen wir hereinkommen?“

Meine Gedanken rasen. Zwar musste Mari im Verwaltungsrat den Vorsitz räumen, allerdings reicht ihre Macht immer noch aus, um mir das Leben zur Hölle zu machen, also trete ich zur Seite.

„Aber Ihre Schoßhunde bleiben draußen!“

Mit Jimmy an ihrer Seite tritt sie ein, und ich schließe rasch die Tür, bevor ihre beiden Bewacher es sich anders überlegen. Maris Blick spricht Bände, als sie sich im kleinen Apartment umschaut.

„Nett haben Sie es hier, Luc", sagt sie nach einer Weile.

Der abschätzige Ton in ihrer Stimme ist unüberhörbar und ich balle innerlich die Fäuste, dennoch versuche ich den Schein zu wahren, indem ich mich möglichst lässig gegen die Wand lehne. Der Mops sagt keinen Ton und ich beschließe, ihn erst einmal zu ignorieren. Mari Kirsipuu ist das Raubtier, das ich keine Sekunde aus den Augen lassen darf.

„Also, was wollen Sie?", wiederhole ich.

„Wollen Sie mir nichts zu trinken anbieten?"

„Nein."

Sie stößt einen Seufzer aus. „Meine Güte, sind Sie nachtragend, Luc. Ich habe immer gewusst, dass Sie eine Diva sind. Allein schon Ihre Vorliebe für teure Anzüge und Parfums! Verstörend."

Auch wenn mein Gesicht eine gefrorene Maske ist, fällt es mir schwer, mich von ihr nicht provozieren zu lassen. Sie besitzt wie sonst niemand die Gabe, mich wie ein dummes Kind erscheinen zu lassen. Als ich die Arme vor der Brust verschränke, vertieft sich ihr Lächeln und mir läuft es eiskalt den Rücken hinunter. Dann zieht sie einen Stuhl heran, um sich zu setzen.

„Nun gut. Kommen wir direkt zum Geschäft. Ich …"

„Zum Geschäft?", falle ich ihr barsch ins Wort. „Soweit ich weiß, unterhalten wir diese Art von Beziehung nicht mehr. Sie haben mich gefeuert, schon vergessen?"

„Zicken Sie nicht rum, Luc! Ich will etwas von Ihnen und Sie werden es erledigen, so einfach ist das."

Ich ziehe es vor zu schweigen.

„Ich will den Bussard."

Mein Kopf ruckt nach oben. „Welchen Bussard?"

Im ersten Moment weiß ich nicht, was sie meint. Der Schock über ihr Erscheinen hat offenbar mein Erinnerungsvermögen beeinträchtigt und mein fragender Blick streift unwillkürlich Jimmy, der sofort wegschaut. Verfluchter Bastard!

„Den Bussard, der in *Sphäre5* diesen ganzen Wirbel verursacht hat."

Jetzt fällt bei mir der Groschen. „Emily?", frage ich ungläubig und könnte mir gleich danach in den Hintern beißen.

Ein selbstzufriedener Ausdruck huscht über Maris Gesicht. „Genau den."

„Er ist tot."

„Halten Sie mich nicht für eine Idiotin, Luc!"

Würde ich nie tun.

„Wozu brauchen Sie Emily?"

„Ich mag Vögel."

Ich glaube ihr natürlich kein Wort. „Seit wann interessiert sich der Verwaltungsrat für Bierrezepte?"

Sie bricht in lautes Lachen aus – genauso gut hätte sie mir einen brutalen Fausthieb in den Magen versetzen können. Es ist das erste Mal, dass sie sich in meiner Anwesenheit zu einem echten Gefühlsausbruch hinreißen lässt. Kein gutes Zeichen.

„Das hat Ihnen der kleine Hosenscheißer erzählt?"

Ich presse die Lippen fest zusammen.

„Sie glauben aber auch jeden Mist, Luc!", sagt sie mit sarkastisch herabgezogenen Mundwinkeln. „Und ich habe Sie einmal für meinen besten Mann gehalten."

Ich beschließe, die Spitze zu ignorieren. „Wie soll ich an den Vogel herankommen?"

„Mir egal. Vielleicht beseitigen Sie erst einmal seinen

Wächter …“

Mein Blick wandert kurz zu Jimmy und von dort aus wieder zu ihr. „Horatio?“

„Ja.“

„Und wenn ich mich weigere?“

„Weigern?“ Eine hochgezogene Augenbraue, eine abrupte Bewegung, schon steht sie vor mir. Wir sind etwa gleich groß und ihr scharfer Blick bohrt sich in mein Gesicht. „Tun Sie’s oder ich schwöre Ihnen, ich reiße Ihr kleines, erbärmliches Leben in Stücke! In *Sphäre5* hat mein Team versagt. Sehen Sie zu, dass Sie erfolgreicher sind.“

„Sie waren also für den Ausfall von *Regency* verantwortlich?“

Ihre blutroten Lippen verziehen sich zu einem selbstgefälligen Grinsen, bevor sie sich an Jimmy wendet.

„Geben Sie ihm die Waffe.“

Etwas umständlich zieht der Mops einen flachen Laser aus der Tasche, um ihn mir zu reichen.

Ich rühre mich keinen Millimeter.

„Nehmen Sie sie!“, fährt mich Mari an.

Zögernd strecke ich die Hand aus und ergreife die Waffe.

„Gut.“ Sie nickt sichtlich zufrieden. „Wir wissen, dass der Vogel wieder im Kloster Andechs ist. Morgen sage ich Ihnen, wie Sie unbemerkt dorthin einsteigen können. Einer meiner Mitarbeiter holt Sie in der Früh ab. Bis dahin können Sie sich überlegen, wie hoch Ihr Preis ist.“

Kurz bevor sie Tür erreicht, halte ich sie zurück.

„Mari?“

Mit einem gelangweilten Gesichtsausdruck dreht sie sich um.

„Wie haben Sie mich gefunden?"

Ich hoffe inbrünstig, dass mich Zuby nicht verpfiffen hat.

„Gefunden?" Ihr kalter Blick streicht über Jimmy. „Sie kennen mich doch, Luc. Ich verliere nie etwas."

Dann stolziert sie hinaus, den verräterischen Mops im Schlepptau. Als sich die Tür wieder schließt, stoße ich mich von der Wand ab und wanke zum nächstbesten Stuhl. Der Sitz ist noch warm. Wie von der Tarantel gestochen springe ich auf und setze mich um. Jeder Nerv in meinem Körper vibriert. Wie schnell doch der Weinfleck auf einem teuren Anzug zur Nebensache werden kann!

2. Remington 43S

Mein erster Impuls besteht darin, Jimmy aufzusuchen und meine Wut an seinem Mopsgesicht auszulassen. Aber natürlich werde ich davon absehen. Zum einen ist es nicht mein Stil, zum anderen will ich Mari nicht unnötig reizen. Mein Gehirn beginnt langsam wieder zu arbeiten. Ich muss davon ausgehen, dass die Waffe, die mir zugeschoben wurde, vorbelastet ist. Sollte ich Maris Befehle nicht befolgen, wird die Polizei bald auf der Matte stehen, um mir ein besonders heimtückisches Verbrechen anzuhängen. Ich bin sicher, selbst in den Videologs der Haus-Security würde sich keine Spur von Mari und ihren Schergen finden. So ist sie schon immer gewesen, meine Ex-Chefin. Immer kreativ und sehr detailstark, wenn es darum geht, Leute in Schwierigkeiten zu bringen.

Ob ich Zuby um Hilfe bitten soll? Zu riskant. Vielleicht steht sie inzwischen unter Beobachtung. Ich könnte packen, Shou aus dem Institut holen und schnell verschwinden, in der Hoffnung, dass mich Mari nicht noch einmal aufspürt. Ein alberner Gedanke. Das Dreckstück wird nicht eher ruhen, bis ich mit dem Rücken zur Wand stehe! Ich könnte den Bussard stehlen, aber dafür Horatio töten? Ich verdränge den Gedanken. Als erstes muss ich mehr über die Waffe in Erfahrung bringen.

Schützenvereine gibt es in den Isar Auen wie Sand am Meer, und es ist kein Geheimnis, dass die Gilde „Königlich Befugte Spießgesellen“ am Sendlinger Tor gern mit ihren Medaillen und goldenen Gewinnerhumpen prahlt. Das ist aber nicht der Grund, warum ich die traditionsreiche Gesellschaft mit dem überdimensionalen Zepter an der Tür aufsuche. Einer ihrer ehrenamtlichen Mitarbeiter ist ein alter Kampfgefährte. Sein Name: Schorsch Stieler. Eine echte Frohnatur und ein Meister seines Fachs. Und er schuldet mir etwas.

Die Gassen um das Sendlinger Tor sind mit bunt bemalten Rosenkugeln gesäumt, der Boden ist mit gelbem Rasen bedeckt. Keine virtuelle Realität, sondern Wirklichkeit. Die Gilde selbst ist in einer würfelförmigen Gitterkonstruktion untergebracht, mit gläsernem Dach und Aluminiumwänden, wobei die blickdichte Fassade für die nötige Intimsphäre sorgt. Mein Weg führt mich ins Herz des Kubus‘, vorbei an milchig weißen Kammern, wo Sportschützen in Lederhose auf virtuelle Hirsche, Hottentotten und 48er Aktivisten, die „für den ganzen Schlamassel verantwortlich sind“ ballern. Als ich an der letzten Kammer vorbeigehe, erhasche ich einen Blick auf einen distinguierten Mann im Anzug, der mit einem selbstgefälligen Lächeln in der Menge badet und Hände schüttelt. Im nächsten Moment zerplatzt sein Kopf wie ein Kürbis und verteilt seine blutigen Überreste auf die umstehenden Menschen. Guter Schuss.

„Stehen Politiker nicht auf dem Index?“, begrüße ich den Mann hinter dem Empfangstresen am Ende des Gangs.

„Luc! Mei, wos für a pfundige Überraschung!" Schorschs gebräuntes Gesicht leuchtet auf, als er meiner ansichtig wird. Er ist in den Dreißigern, trägt eine blondierte Löwenmähne und hat, seit ich ihn kenne, immer einen gesunden Teint. „Mia ham uns ja a Ewigkeit nimma gsehgn! Wos machst denn Du do?"

Sobald er emotional wird, verfällt er in seinen Bad Tölzer Dialekt.

„Ich wohne hier in der Gegend."

„Ja, Heaschafdszeiddn! Und do bsuachst Du mi ned?"

„Zu viel zu tun", lautet meine knappe Antwort.

Eine Weile reden wir über alte Zeiten und zum wiederholten Male wundere ich mich, wie er sich nach allem, was er gesehen und getan hat, seine Begeisterungsfähigkeit hat bewahren können.

„Du hast eine Waffe dabei", bemerkt er irgendwann nebenbei und grinst mich an. Sein Tonfall ist nicht vorwurfsvoll, aus ihm spricht vielmehr die Neugier.

„Scanner am Eingang, hm?"

„Das auch!" Er beugt sich vor. „Zeig her."

Weil ich genau aus diesem Grund hier bin, ziehe ich die Laserwaffe aus dem Holster unter meiner Anzugjacke und lege sie auf den Tresen.

Mit großen Augen nimmt er sie in die Hand, während er mit der anderen zärtlich darüber streicht. „Mei, a echts Schmuckstückl!" Dann in geschäftigem Ton: „Eine Remington 43S, 5-Stufen-Signaturwaffe aus Leichtaluminium, 80 Meter Reichweite, Aufladezeit vier Sekunden, betäuben, grillen, alles drin. Baujahr 2065." Seine letzten Worte sind nur noch gehaucht. „Des neuste Modell."

„Ich will wissen, ob die Waffe heiß ist", unterbreche

ich seine Laudatio.

Das Funkeln in seinen Augen wird noch intensiver. „Luc, das ist doch nicht die Frage. Klar ist die heiß!“ Er zwinkert mir zu. „Okay, hab schon verstanden. Ich schau mal, wie heiß sie wirklich ist.“ Darauf habe ich spekuliert. „Wir checken regelmäßig die Waffen unserer Mitglieder. Warte hier.“

Mit dem Laser in der Hand verschwindet er durch eine Tür hinter dem Tresen. Keine Minute später taucht er wieder auf. Sein Gesicht ist ungewohnt ernst, sein Tonfall hektisch.

„Wo host denn den Dregg her? Den muast los werdn! Aber ganz schnell!“

„Das kann ich nicht.“

„Luki.“ Seine nächsten Worte sind eindringlich und in perfektem Hochdeutsch. „Mit dieser Waffe wurde letzten Monat in Frankfurt eine fünfköpfige Familie ermordet. Die Polizei fahndet europaweit nach dem Schützen. Wenn sie die Tatwaffe bei dir finden ...“

„Ich habe mir schon so was gedacht“, antworte ich und seufze.

„Vielleicht kann ich dir helfen, sie loszuwerden.“

„Leider geht das nicht. Trotzdem danke.“

Schorsch starrt kurz ins Leere. „In zehn Minuten habe ich Pause. Wollen wir ein paar Politiker platt machen? Das wird dich aufmuntern.“

„Ein andermal gern.“

„Eine Mission?“

„Vielleicht.“ Ich klopfe ihm freundlich auf die Schulter und wende mich zum Gehen ab.

„Wenn ich dir irgendwie helfen kann, sag Bescheid“, flüstert er mir zu, dann brüllt er quer durch den Raum: „Kindermadl für de Möchtegerncowboys do am Stand zum spieln, is auf

Dauer ganz schee fad!“

Als ich die Gilde verlasse, habe ich sein Lachen immer noch im Ohr.

Während der Rückfahrt zum Apartment sind meine Gedanken in Aufruhr und die Waffe unter meiner Jacke fühlt sich an, als würde sie ein Loch in meine Rippen brennen. Ich muss mir bis morgen früh einen guten Plan überlegen.

Während ich darüber sinniere, wie ich Mari austricksen kann, biege ich in den Gang zu meinem Apartment ein, um gleich darauf abrupt stehen zu bleiben. Die beiden plattnasigen Bodyguards versperren mir den Weg.

„Planänderung“, knurrt einer von ihnen.

Sein Haifischlächeln verheißt nichts Gutes.

3. Blaue Stunde

Im Privatgleiter begeben wir uns zum historischen Promenadenplatz und landen vor dem Hotel „Bayerischer Hof“, einem der sichersten Komplexe in München City. Meine Laserwaffe bleibt wohlweislich im Gleiter. Wir passieren den Scanner am Eingang und durchqueren das lichtdurchflutete Atrium. Das Abendlicht, das sich in der Kuppel bricht, überzieht die Lobby mit einem eigentümlichen Licht, das mich an die blaue Stunde erinnert: der magische Moment, kurz bevor die Sonne untergeht. Nur schade, dass mir gerade nicht der Sinn nach Poesie steht. Wir gehen nach oben auf die Empore und sofort entdecke ich Mari, die an einem Tisch sitzt und uns mit einer Handbewegung heranwinkt. Sie ist der einzige Gast.

Als ich an ihren Tisch komme, der dicke Teppich verschluckt die Schritte der beiden Bodyguards hinter mir, sehe ich, dass sie sich einen Cocktail namens *Cosmic Red* genehmigt, der dank seiner roten Z-Substanz den Alkoholgehalt im Blut sofort neutralisiert. Wie bezeichnend.

Ich gehe sofort in die Offensive. „Was wird das hier? Ich dachte, wir treffen uns morgen früh.“

Mari streicht sich durchs Haar, der klägliche Versuch einer koketten Geste, und schaut zu mir hoch. Noch immer trägt sie ihre hässliche Tunika.

„Ich habe es mir anders überlegt."

„Ach ja?" Obwohl sich in mir Besorgnis breit macht, setze ich ein ironisches Lächeln auf. „Ich bin schockiert."

„Setzen Sie sich doch."

„Ich stehe lieber."

Sie lacht nur. „Wir haben ein Problem, mein lieber Luc, und egal, wie ich es drehe und wende, es bleibt bestehen. Das Problem ist Ihre grundlabile Natur, die Sie manchmal zu unbedachten Handlungen verlockt."

Mein Puls beschleunigt sich.

„Ich möchte Ihnen die Entscheidung erleichtern und Sie von unnötiger Ablenkung befreien", setzt sie ihren Monolog fort. „Deshalb wird Ihr Ziehsohn ein paar Tage lang mein Gast sein. Ich war so frei, ihn persönlich vom Institut abzuholen."

Ich ringe nach Luft.

„Er ist natürlich nicht hier", fügt sie lächelnd hinzu. „Dieses Hotel ist kein Ort für Kinder. Sie haben 48 Stunden Zeit, den Auftrag zu erledigen. Sobald Sie mir den Vogel gebracht haben, kehrt der Junge wohlauf zu Ihnen zurück."

Das so überaus klischeehafte „wenn nicht" lässt Mari demonstrativ weg, dennoch besteht kein Zweifel darüber, was sie meint. Schreckensbilder steigen in mir auf: Shou bitterlich weinend; Shou in ein dunkles Loch gesperrt; Shou tot, durch einen Kopfschuss niedergestreckt.

„Haben wir uns verstanden?"

Unfähig zu antworten, nicke ich.

„Was den Zugang zum Kloster Andechs betrifft: Es gibt zwei Geheimwege, einer führt unter die Erde, der andere durch die Luft." Mühelos hat sie zu ihrem kalten Gehen-wir-zum-Tagesgeschäft-über-Tonfall wiedergefunden, doch ich höre nur halb zu. „Hier ist ein MiniCube mit den Plänen. Ob Sie kriechen oder lieber den König der Lüfte geben wollen, ist mir gleich. Hauptsache, Sie bringen mir den Bussard und neutralisieren den Wächter."

Ich wende mich wortlos ab.

„Haben Sie nicht etwas vergessen, Luc?"

„Was?" Meine Stimme klingt dumpf.

„Ihr Preis."

„Leck mich!" Kein Grund mehr, sich zurückzuhalten.

Ihr scharfes Lachen schneidet meinen dünnen Panzer in Stücke, doch meine Miene gibt nichts preis, danach werde ich nach draußen eskortiert, wo ich meine Waffe zurückbekomme.

Auf dem Weg zur Tube sehe ich Gesichter vorbeihuschen, deren Münder sich zu Flüchen verzerren, weil ich ihre kostbaren Leiber angerempelt habe, doch all das perlt an mir ab. Ich bin nur von einem einzigen Gedanken erfüllt: Shou.

Während der endlos langen Fahrt halte ich die Augen geschlossen und obwohl es absurd ist, bete ich, dass der Kleine zu Hause wartet, mit Yuuto an seiner Seite. Die letzten Meter zum Apartment lege ich rennend zurück.

„Shou?", rufe ich, sobald ich eingetreten bin. „Yuuto?"

Doch niemand antwortet. Schnell habe ich die Räume abgesucht. Ich bin heiser und muss mich räuspern, als ich das Institut kontaktiere, in dem Shou tagsüber betreut wird. Dort erhalte ich die Bestätigung, dass er vor einer Stunde von seiner Tante abgeholt worden ist. Weil sie sich ausgewiesen hat und darüber hinaus ein gemeinsames Familienfoto vorlegen konnte, wurde ihr Shou anstandslos übergeben. Yuuto sei noch im Institut, so erklärt man mir, und könne abgeholt werden, doch ich fürchte, dass der gute alte Roboter erst einmal eine Weile dort ausharren muss.

Ich schließe den MiniCube an die GCS und werfe einen ersten Blick auf die Pläne des Klosters Andechs, dann schalte ich das System wieder aus. In meinem Innern rumort es, als ich auf den Balkon trete. Mein Blick schweift in die Ferne, bis zu den Alpen und noch weit darüber hinaus. Lange stehe ich da, bis die Berge in der Abenddämmerung zu rosten beginnen, dann richte ich mich auf und straffe meine Schultern.

Zeit, Jimmy aufzusuchen.

4. Eskimo mit Harpune

UV-Strahlen sind für den Stoffwechsel und die Vitaminversorgung im Körper notwendig, deshalb besucht Jimmy montags und freitags die künstliche B-Polar-Erlebniswelt von *Sphäre1* im ehemaligen Ammersee. Überall da, wo es vonnöten ist, beglückt der gleichnamige internationale Konzern die Weltbevölkerung mit aufwändig inszenierten Sonnenstrahltherapien. So auch in den Isar Auen, denn obgleich hier Durchschnittstemperaturen von 30 Grad herrschen, ist niemand dumm genug, sich länger als nötig draußen aufzuhalten. Die Sonne ist gefährlich, die Luft toxisch.

Auch heute lässt sich Jimmy dieses kostspielige Vergnügen nicht entgehen, also mache ich mich auf den Weg. Vorausgesetzt er hält sich an seinen üblichen Zeitplan, müsste er während der ganzen nächsten Stunde im Sonnentank liegen. Nackt und so wunderbar hilflos.

Mit der Tube und dem B-Polar eigenen Shuttleservice erreiche ich die Erlebniswelt in einer halben Stunde. Die Laserwaffe habe ich zu Hause gelassen. Sie würde mir nichts nutzen, außerdem käme ich damit nicht durch den Sphärenscanner. Der Eingang zur B-Polar Erlebniswelt ist Teil eines gigantischen Iglus aus Kunsteis und als ich davor stehe, schlägt mir angenehme Kühle entgegen. Je weiter ich gehe, desto kälter wird es und als ich schließlich am Ende des Wegs angelangt bin, habe ich Gänsehaut am ganzen Körper. Aus dem Nichts erscheint eine dunkelhaarige, asiatisch anmutende Schönheit im weißen Kunstpelz-Bikini, die reichlich mit Schmuck behängt ist. Lächelnd reicht sie mir eine Thermojacke, die ich dankbar überziehe. Kurz muss ich überlegen, ob die Frau aus Fleisch und Blut ist, doch als sie zu sprechen beginnt, entweichen kleine Dampfwolken aus ihrem Mund. Eindeutig ein Mensch.

„Herzlich Willkommen bei B-Polar! Was kann ich für Sie tun?“

„Ich muss zu Jimmy Marquard.“ Mein Ton lässt hoffentlich keinen Widerspruch zu.

Ihr Lächeln ebbt etwas ab. „Es tut mir leid, aber Herr Marquard ist mitten in einer Sitzung. Er möchte unter gar keinen Umständen gestört werden. Muße und Erholung haben bei uns höchste Priorität. Deshalb gibt es auch kein InterCom in den Hütten. Sie müssen sich noch …“ Mit einem Finger berührt sie einen ihrer silbernen Armreife und ein bis dato unsichtbarer Lageplan mit Namen und Ziffern legt sich über die gesamte Rückwand. „… 25 Minuten gedulden.“

„Solange kann das nicht warten.“ Leichte Panik hat sich in meine Stimme eingeschlichen. „Ein Notfall mit seinem Laden. Er muss sofort kommen!“

Ihre Augen werden rund. „Oh.“

„Ja.“ Ich knete nervös meine Hände.

„Wissen Sie was? Sagen Sie mir, worum es geht und ich werde jemanden beauftragen, der Ihre Nachricht übermittelt.“

Ihr rechter Zeigefinger schwebt abwartend über

dem Armreif.

Ich schüttele den Kopf. „Tut mir leid, aber das ist eine vertrauliche Information und Herr Marquard ist mir gegenüber diesbezüglich immer sehr eindeutig".

Ich fixiere sie mit dem Blick eines devoten Mitarbeiters, der seinem Chef Schlimmes zu beichten hat.

Schließlich gibt sie nach. „Also gut. Er ist in der 18 im östlichen Bereich. Ich werde einen Schlitten für Sie rufen, der Sie direkt dort absetzen wird." Sie kramt aus dem Bund ihrer Bikinihose eine schmale, ausklappbare Sonnenbrille hervor. „Hier nehmen Sie das. Es ist im Innern sehr hell."

Ich bedanke mich, während sie erneut ihren Armreif bemüht. Schon verschwindet der Lageplan auf der Rückwand, um einer Tür Platz zu machen, über der in großen Lettern „Quo Vadis" steht.

„Das bedeutet *Wohin gehst du*", erklärt mir die Frau. Ich nicke.

Dann mischen sich die Buchstaben neu und werden zu *Ad Astra.*

„Zu den Sternen" flüstert mir die hilfsbereite Mitarbeiterin von B-Polar zu und wieder nicke ich.

Die Tür gleitet lautlos zur Seite, weißes gleißendes Licht füllt die Öffnung aus und ich trete hindurch. Vor mir erstreckt sich eine scheinbar endlose Eiswüste, über mir leuchtet der Himmel tiefblau. Ein unbemannter Schlitten, der von drei holografischen Huskys „gezogen" wird, steht in Warteposition. Kaum habe ich mich hineingesetzt, fährt der Schlitten los. Fasziniert beobachte ich die Hunde, ihr Hecheln und Japsen klingt lebensecht. Wir durchqueren das stille Weiß eines ewigen Winters, passieren vereiste Seen und Bäume, jeder Halm, jedes

Blatt strahlt in blendendem Weiß.

Schließlich bleiben wir vor einem Iglu stehen, der mit einer 18 gekennzeichnet ist, und ich steige aus. Rechts vom Eingang befindet sich eine Sprechanlage. Ich fahre über den Sensor. Es dauert eine kleine Weile, dann höre ich Jimmys Stimme.

„Ja?"

„Herr Marquard?", sage ich mit dunklem Bass und positioniere mich so, dass Jimmy durch den Türspion nur meine rechte Schulter und einige Haarsträhnen erkennen kann. „Ein Notfall. Könnten wir Sie bitte sprechen?"

„Was? Wie? Verdammt!"

Nach etwa einer halben Minute öffnet sich die Tür und der Mops steht vor mir, gehüllt in einen weißen Bademantel. Als er meiner ansichtig wird, nimmt sein Gesicht die Farbe der Umgebung an. Rasch tritt er einen Schritt zurück und will die Tür schließen, doch ich habe ihn bereits am Kragen gepackt und schubse ihn in den Iglu.

„Du mieses Schwein!", zische ich ihm ins Ohr. „Seit wann arbeitest du für sie?"

„Lassen Sie mich los, Verdict!" Jimmy ist gedrungen und die Panik verleiht ihm Kraft. Lange werde ich ihn nicht festhalten können. „Hilfe! Hilfe!"

Ehe ich mich versehe, kristallisiert sich rechts von mir ein holografischer, grimmig wirkender Eskimo mit Harpune. Eine wulstige Narbe läuft quer über sein Gesicht. Alle Achtung! Das nenne ich Liebe zum Detail.

„Hilf mir!", ruft Jimmy. „Er will mich ausrauben."

Als sich der Eskimo zu seiner doppelten Größe aufbläht, trete ich vorsorglich einen Schritt zurück, dennoch lasse ich den Mops nicht aus den Augen.

„Neununddreißig“, sage ich mit drohender, unmissverständlicher Stimme.

Dieser zuckt heftig zusammen. „Was?“

„Neununddreißig“, wiederhole ich und diesmal kann ich mir ein bösartiges Lächeln nicht verkneifen. „Soll ich genauer werden?“

Jimmy blinzelt, dann wendet er sich ans Hologramm. „Es ist okay. Ich habe den Mann nicht sofort erkannt. Er ist ein … Freund.“

Der Eskimo bleibt noch einen Moment unschlüssig stehen und löst sich erst auf, als der Stammgast beruhigend lächelt. Dann wirbelt Jimmy herum.

„Woher wissen Sie das?“, fragte er mich mit blutunterlaufenden Augen.

„Lionels Virtueller Kommunikator.“

„Aber Sie hatten versprochen, nicht reinzugucken“, stammelt er.

Ich lächele ihn so besänftigend an, dass er blinzelt. „Ich habe gelogen.“

„Aber …“

„Also gut, hör zu: Diese Ratte im Schlafrock hat meinen Sohn entführt. Ich will wissen, wo sie ihn versteckt hält. Und zwar bis morgen, 15 Uhr. Wenn nicht, erfährt um eine Minute nach drei die gesamte *Sphäre5* von deinem kleinen schmutzigen Geheimnis.“

„Aber dann wäre ich ruiniert!“ Jimmys Blick huscht panisch hin und her. „Schlimmstenfalls müsste ich ins Gefängnis.“

„Wirklich? Das täte mir unendlich leid.“

„Wie soll ich das denn anstellen?“

„Mir egal. Sprich mit deiner Freundin oder mach sonst was.“

„Sie ist nicht meine Freundin! Sie hat mich

angeheuert, kurz nachdem Sie hierhergezogen sind."
„Du hättest dich lieber nicht darauf einlassen sollen."
„Aber sie hat mich dazu gezwungen!"
Ich lache, obwohl mir nicht danach zumute ist. „Dein Pech! Sie hat dich an der Gurgel und ich dich an den Eiern. Welcher Körperteil ist dir wichtiger?"
„Bitte, Lucio …"
„Morgen, 15 Uhr", falle ich ihm ins Wort. „Oder es gibt für dich kein Übermorgen."
Ich lasse ihn stehen und steige in den Schlitten, während er mir verzweifelt hinterher ruft: „Sie hat mich doch gezwungen! Was sollte ich denn machen?"
Fick dich, Jimmy.

„Herr Marquard hat mir Instruktionen gegeben", erkläre ich kurz danach der dunkelhaarigen Schönheit im Kunstpelz-Bikini. „Vielen Dank nochmal für Ihre Hilfsbereitschaft. Sie haben mich gerettet!"
Von B-Polar aus fahre ich direkt in meine Lieblingskneipe. Nicht wegen der Getränke, vielmehr verspüre ich den Drang, mit Alex zu sprechen.

5. Himmi Herrgott Sakra!

„Do-mi-ni-kus! Do-mi-ni-kus!"

Für einen kurzen Moment habe ich meine Sorgen vergessen. Die Tische im *Himmi Herrgott Sakra!* sind fast alle besetzt und es geht ungewohnt laut zu. Ben, der Rausschmeißer mit dem Stiernacken, sitzt in der Ecke und winkt freundlich rüber. Ich winke zurück. Die Aufmerksamkeit der anderen ist auf einen Mann und eine Frau gerichtet, die ihre Kräfte an … ja, was eigentlich? … messen.

„Was ist das?", frage ich Alex statt einer Begrüßung und zeige auf das runde Teil, das an der Wand hängt.

„Eine Dartscheibe", antwortet sie mit einem Lächeln. „Habe ich erst kürzlich angeschafft."

„Los, Dominikus! Zeig ihr, wo der Hammer hängt!", ruft jemand, als sich der Mann zum Wurf aufstellt.

Dieser hebt die Arme, als hätte er bereits den Sieg davongetragen, dann nimmt er seinen Platz vor der Scheibe ein und schleudert den Wurfpfeil, der unter dem grölenden Gelächter der Zuschauer sein Ziel um einen halben Meter verfehlt.

Ich setze mich auf den Hocker an der Theke und wende mich wieder Alex zu. „Das Teil muss ein Vermögen gekostet haben."

„Eigentlich nicht."

„Das höre ich gern. Wie laufen die Geschäfte?" Ich

mache Smalltalk, um nicht an Shou denken zu müssen, auch wenn ich damit das Unausweichliche nur aufschiebe.

Alex zwinkert mir zu. „Ich komme über die Runden."

„Ist es nicht anstrengend, den ganzen Tag hier stehen zu müssen?"

„Nein. Außerdem habe ich ja nur an sechs Tagen in der Woche geöffnet. Hauptsache, ich bin meine eigene Chefin und mir redet niemand rein. Ohne meine netten Stammkunden wäre es natürlich nur halb so schön." Wieder zwinkert sie. „Apropos, was möchtest du trinken?"

„Gib mir einen *Trouble in the Bubble.*"

„Was ist los?" Mit einem Schlag wird sie ernst und ich muss zugeben, dass ihre offenkundige Sorge Balsam für meine geschundene Seele ist. Ich bin froh, dass sie heute auf das „Lucille" verzichtet. „Erst den Drink."

„Okay."

Als sie ihn hinstellt, kippe ich ihn hastig hinunter und muss mich schütteln. Er schmeckt kein bisschen besser als am ersten Tag.

„Also was ist?"

Meine Brust zieht sich unwillkürlich zusammen. „Ich stecke in der Scheiße, Alex."

Wortlos stellt sie mir einen zweiten *Trouble in the Bubble* vor die Nase.

„Danke", krächze ich.

„Möchtest du darüber reden?"

In diesem Moment torkelt ein fetter Kerl mit Schlabberhose an die Theke und bestellt eine Ladung Hachinger Bräu für seine ebenso wabbelige Begleitung.

„Es ist kompliziert“, antworte ich, nachdem dieser wieder gegangen ist, und starre auf meine Finger.

Als Alex spricht, höre ich ihrer Stimme an, dass sie lächelt. „Ich habe Zeit.“

Ich hebe den Kopf und betrachte sie. Die graublauen Augen, die in so starkem Gegensatz zu ihren roten Haaren stehen, die Sommersprossen, die heißgeliebte Lammfelljacke …

Nachdem die meisten Gäste gegangen sind und das Knarzen von Bens Holzstuhl von einem sanften Schnarchen abgelöst worden ist, erkläre ich ihr die Situation, ohne jedoch zu sehr auf meine Vergangenheit einzugehen. Sie hört mir zu, nickt ab und zu kühl und sachlich, lediglich als ich Shous Entführung erwähne, blitzen ihre Augen wütend auf.

Als alles gesagt ist, schaut sie mich eine Weile schweigend an und dann: „Kann ich dir irgendwie helfen?“

„Vielleicht ja.“ Kurz überlege ich, wie ich mein Anliegen am besten formulieren soll. „Ich brauche jemanden, der sich mit der zentralen Datenbank der Föderation auskennt *und* kreativ ist. Er sollte sich auch von verschlossenen Türen nicht abschrecken lassen. Ich weiß, das Ganze ist ziemlich kurzfristig, aber vielleicht ist unter deinen illustren Gästen jemand, der so etwas kann ...“

Alex starrt mich eine Weile an, dann ziehen sich ihre Mundwinkel nach oben.

„Ich werde mich mal umhören.“

Ich liebe diese Frau.

6. Keine Details, Schorsch

„Menschnskind, mia sehgn uns a paar Jahr lang ned und nacha glei zwoamoi in 24 Stund.“ Schorsch schlägt mir kräftig auf die Schulter und weist auf den grünen Zwiebelturm der Klosterkirche von Andechs, während sich Menschen in weißen Gewändern an uns vorbei drängeln, um sich zur morgendlichen Entgiftung in die ehemalige Sakristei zu begeben. „Aber warum wolltest du mich ausgerechnet hier treffen?“

Ich zucke mit den Achseln. „Dieser Ort ist so gut wie jeder andere.“ Je weniger Schorsch über die Hintergründe weiß, desto besser für ihn. „Hast du nicht gestern gesagt, dir wäre langweilig?“

In seine Augen schleicht sich ein wehmütiger Ausdruck. „Ja, ich vermisse die alten Zeiten, als wir noch was bewegt haben.“

Da kann er sich freuen. Bewegen wird er einiges.

„Lust auf ein kleines Abenteuer? Wie in den guten alten Zeiten?“

Obwohl die Lage ernst ist, gilt es bei Schorsch mit dem spielerischen Element aufzutrumpfen.

Seine Augen leuchten.

„Schön. Allerdings brauchen wir einen weiteren Helfer. Hast du jemanden an der Hand? Jemand absolut Vertrauenswürdigen?“ Während ich rede, spiele ich den Touristen und zeige immer wieder auf die Klosterkirche und Umgebung, für den Fall, dass mir Mari einen Spitzel hinterher geschickt hat.

„Ja, ich kenne da eine …“

Mit einer Handbewegung unterbreche ich ihn. „Du musst mir nichts sagen. Wichtig ist nur, dass wir uns auf diese Person verlassen können.“

Schorsch nickt eifrig.

„Sehr gut. Heute Abend geht's los!“

Seine ohnehin gesunde Gesichtsfarbe verfärbt sich vor Freude um zwei Nuancen. „So bald scho?“

„Ja, muss.“ Ich bedeute ihm, näher zu kommen und senke die Stimme. „Ich brauche Exo-Thermit-Sprengstoff und für uns drei signaturfreie Waffen. Kriegst du das hin?“

Fast hätte er vor Begeisterung in die Hände geklatscht. „I hob do Kontakte zua …“

„Keine Details, Schorsch!“

Er grinst breit. „Okay.“

„Die Zeit ist knapp“, räume ich ein. „Damit alles reibungslos läuft, müssen wir uns also genau an den Plan halten.“

Mit einem konzentrierten Gesichtsausdruck starrt er mich an. „Und wie lautet der Plan?“

Ich erzähle es ihm.

7. Mein ehrlichster Satz

Nachdem sich Schorsch davongemacht hat, begebe ich mich noch einmal ins *Himmi Herrgott Sakra!*, um mich mit einem Typen namens Johnny Cash zu treffen. Ich bezweifle, dass es sein richtiger Name ist, dennoch erkläre ich ihm, was ich will. Er begreift schnell.

Um 14.53 Uhr meldet sich Jimmy. Offenbar liegen ihm seine unteren Körperteile näher am Herzen als die oberen. Keine fünf Minuten später habe ich Brügell kontaktiert.

Ich eröffne direkt mit: „Erinnern Sie sich an den Bussard in *Sphäre5*?"

Brügell zögert kurz, dann nickt er. Er scheint auf der Hut zu sein.

„Jemand ist auf mich zugekommen und will, dass ich ihn stehle."

„Warum sollen ausgerechnet Sie das machen?"

Interessant, dass er nicht wissen will, aus welchem Grund ich Emily stehlen sollte.

„Ich kenne einen der Mönche aus Andechs. Diese Leute glauben, dass ich über ihn an den Vogel herankomme."

„Nett, dass Sie Bescheid sagen, aber das fällt nicht in meinen Zuständigkeitsbereich."

„Sie verstehen nicht, Brügell!" Ich höre die Verzweiflung in meiner Stimme und beglückwünsche mich innerlich. In Wahrheit fühle ich mich wie ein Scharfschütze, wenige Sekunden, bevor er den tödlichen Schuss abfeuert. Ruhig und hochkonzentriert. „Sie haben meinen Sohn entführt und gedroht, ihn umzubringen, falls ich nicht tue, was sie sagen."

Brügells Gesicht verfinstert sich. „Was?"

„Er wird im Bierbraumuseum in Aying festgehalten."

„Woher wissen Sie das?"

„Ich bin ihnen gefolgt, aber allein kann ich Shou nicht befreien." Meine Stimme schwankt gefährlich. „Bitte. Sie müssen mir helfen. Können Sie Ihre alten Tür-Eintreter hinschicken?"

„X-Team? Sind Sie irre?"

„Hören Sie! Ich weiß, dieser Vogel ist wichtig. Mich interessiert es aber einen Dreck, ob er das Wetter vorhersagen, Gedanken lesen oder Anatoli Grischin im Schach schlagen kann." Hat Brügell gerade geblinzelt? „Ich glaube, dass diese Leute für den Zwischenfall in *Sphäre5* verantwortlich sind."

„Wie kommen Sie darauf?"

„Es ist mehr als nur ein Gefühl", antworte ich vage und stelle meine Falle auf. „Was ist eigentlich aus diesen Söldnern geworden, die Sie damals in der Biosphäre erwischt haben?"

Brügell beißt sich auf die Unterlippe.

„Sie haben Sie doch gefasst oder nicht?"

„Ja." Er wirkt unangenehm berührt. „Aber sie sind auf dem Weg zum Hochsicherheitsgefängnis Walchensee spurlos verschwunden."

Ich bin nicht überrascht. „Was haben Sie erwartet? Wer *Regency* ausschalten kann, ist für die Europäische Föderation eine Bedrohung. Das hier ist Ihre zweite

Chance, sich diese Leute zu krallen. Zumindest ein paar von ihnen."

„Hmm. Woher weiß ich, dass Sie die Wahrheit sagen?"

„Es geht um Shous Leben, Brügell. Ich würde Sie nicht anlügen." Kurze Pause. „Also, was sagen Sie?"

Die Rosine wirkt nachdenklich. „Mal sehen. Bis das Team die „Türen eintreten" kann, muss ein wenig Vorarbeit geleistet werden: Aufklärung, Zugriffsplan, Logistik etc. Sie haben ja keine Vorstellung! Außerdem muss ich einen Antrag beim Ministerium für Innere Sicherheit stellen und erst, wenn er genehmigt ist, kann's losgehen."

Das übliche Prozedere.

„Geht es nicht schneller?", frage ich wohlweislich, dass es nicht schneller gehen kann. „Mein Sohn hängt da schließlich mit drin!"

Brügell stößt einen Laut des Protests aus. „Sie verlangen nicht gerade wenig."

„Ich weiß. Aber ich weiß auch, dass ich ALLES für meinen Sohn tun werde."

Mein ehrlichster Satz an diesem Tag.

„Also gut. Bringen wir's zum Laufen", erwidert Brügell etwas widerwillig. „Sie werden lange, sehr lange in meiner Schuld stehen, Verdict."

Das sehe ich auch so.

8. Jan Dietrich

Bernadette, Schorschs Partnerin, ist das genaue Gegenteil von ihm. Klein, dunkel und nicht den Hauch eines Lächelns, dennoch sind die beiden ein gut eingespieltes Team. Das merke ich schon nach wenigen Minuten. Während sie für Tarnung und Fluchtweg zuständig ist, kümmert er sich um Waffen und Sprengstoff. Inzwischen habe ich mir einige Baupläne besorgt, in der Hoffnung, dass sie einigermaßen aktuell sind. Unser Ziel ist ein zwanzigstöckiges Eckhaus in der City, das auf zwei Seiten von einer hell erleuchteten Straße umgeben ist.

„Um dreiundzwanzig hundert geht's los. Mit meinem Modular Mobile Chip wirst du problemlos rein und raus spazieren können, Schorsch. Es wird Zeit, dass Security-Nr. 493k die Zeche zahlt."

„Wer?", fragen meine beiden Mitstreiter wie aus einem Mund.

„Nicht so wichtig. Du gehst durch die Halle, nimmst die hintere Treppe nach oben. Nicht den Lift!"

„Für wia blöd halts denn du mi?"

„Entschuldige."

Schorsch hebt die Hand und signalisiert „schon in Ordnung", also rede ich weiter. „Du begibst dich zur 3. Etage. Die Ultraschall- und Infrarot-Scans haben angezeigt, dass sich auf dem Stockwerk nur drei

Personen befinden, die auf zwei Räume verteilt sind.“ Ich zeige auf die 3-D-Map, die zwischen uns schwebt. „Ich habe herausgefunden, dass sie die gesamte Etage für sich beanspruchen, das macht es für uns einfacher. Unbeteiligte dürfen nicht zu Schaden kommen“, schärfe ich ein, dann räuspere ich mich. „Check nochmal die Signaturen auf der Etage, bevor du die beiden Exo-Thermit-Sprengsätze platzierst und zwar hier und hier. Danach setzt du das Xenon über dem Lüftungsschacht frei … genau hier. Das müsste genügen, um sie auszuknocken. Sobald du das Gebäude verlassen hast und außer Sichtweite bist, zündest du die Sprengsätze. Die Wirkung des explodierenden Aerosols wird erwartungsgemäß immens sein. Das sorgt für die Verwirrung, die wir benötigen, um das Paket unauffällig hinauszuschaffen. Danach lesen wir dich wieder am Stachus auf. Soweit alles klar?“

Schorsch nickt eifrig und ich wende mich Bernadette zu.

„Exakt zwei Minuten nach der Explosion, landest du den Gleiter vor dem Haupteingang.“ Ich mustere ihre weiße Hose und Jacke, die mit meiner Kleidung identisch sind. „Nettes Outfit übrigens.“

Sie schenkt mir etwas, das ein Lächeln sein könnte.

„Und? Woher kennst du Schorsch?“

Die kleine, dunkelhaarige Frau zuckt mit den Achseln. „Lissabon.“

„Aha.“

Mein Versuch, mit ihr ins Gespräch zu kommen, scheitert kläglich. Es ist 23.54 Uhr. Wir sitzen drei Straßen vom Ziel entfernt in unserem Gleiter, darauf wartend, dass der Spaß endlich losgeht. Unser

Aussehen haben wir mithilfe von Polymeranstrich und Nanotönung wohlweislich modifiziert. Größere Nasen, breiteres Kinn, andere Haarfarbe. Nichts Radikales, dennoch ausreichend, um die Menschen auf den ersten Blick zu täuschen.

23.55 Uhr

Ich beschwöre ein letztes Mal Shous Bild herauf, wie er mit Yuuto spielt und dabei in helles Lachen ausbricht.

23.56 Uhr

In Gedanken gehe ich den Plan noch einmal durch und hoffe, dass Johnny Cash wirklich so herausragend ist, wie er behauptet.

23.57 Uhr

Das X-Team müsste inzwischen in Stellung gegangen sein. Vor drei Stunden hat mich Brügell darüber informiert, dass der Einsatz genehmigt worden ist. Allerdings sei es nicht einfach gewesen, schließlich handele es sich nur um eine einfache Entführung, so seine Fußnote. Brügell habe einen Gefallen bei einem Freund einfordern müssen, um den Antrag zu beschleunigen.

23.58 Uhr

Ein Betrunkener pinkelt an die Außenhülle unseres Gleiters.

23.59 Uhr

Die Explosion ist erstaunlich laut. Lauter, als ich erwartet habe.

00.01 Uhr

Bernadette bringt den Gleiter auf eine mittlere Flughöhe, dann jagen wir Richtung Unglücksort.

Wie zu erwarten war, ist Panik ausgebrochen. Menschen im Schlafanzug und Nachthemd rennen aus dem Gebäude, aus einigen Fenstern im dritten

Stock tritt Rauch heraus und ich hoffe inbrünstig, dass niemand getötet wurde. Mit Schwebebahre, Erste-Hilfe-Robot und Bernadette an meiner Seite stürze ich zum Haupteingang.

„Machen Sie Platz!“, schreit meine Begleiterin mit einer überraschend lauten und autoritären Stimme und tatsächlich treten die Menschen anstandslos zur Seite.

Bis auf einen einzelnen Mann im Anzug, dessen silberne Manschettenknöpfe von *!NR!* auffällig funkeln.

„Wer sind Sie?“, fragt er sehr bestimmt.

Bernadette zeigt auf ihre Holomarke am Revers. „Ich bin Dr. Elisabeth Steffen. Das hier ist mein MedAssistent Jan Dietrich. Gibt es Verletzte?“

„Sie sind aber schnell hier.“

Ich presse verärgert die Lippen zusammen. Der Wichtigtuer, offensichtlich der Concierge, könnte uns in ernsthafte Schwierigkeiten bringen.

„Seien Sie froh!“, blafft Bernadette zurück. „Unsere Schicht endet eigentlich um Mitternacht. Wir waren bereits auf dem Nachhauseweg, als wir über MedCom informiert wurden und sind sofort hierher geflogen.“

Ich schalte mich ein. „Wollen Sie uns endlich durchlassen oder was?“

Der Anzug ringt mit sich.

„Da drinnen sterben Menschen, Mann!“, füge ich zischend hinzu.

Das gibt den Ausschlag. „Natürlich“, sagt er und tritt zur Seite.

„Wo müssen wir hin?“ Ich blicke hektisch um mich.

„Dritter Stock. Nehmen Sie am besten die Treppe. Soll ich Sie begleiten?“ Ein ängstlicher Unterton hat sich in seine Stimme geschlichen.

„Nicht nötig.“

Er wirkt erleichtert.

„Es könnte weitere Explosionen geben“, setzt Bernadette noch einen drauf.

Der plötzlichen Blässe in seinem Gesicht nach zu urteilen, sind wir den Wichtigtuer und seine Fragen endgültig los.

Wie auf Kommando stürmen Bernadette und ich durch die Halle in den dritten Stock. Bevor wir die Tür zur Etage öffnen, aktiviere ich den Erste-Hilfe-Robot, der keiner ist. Als er auseinanderklappt, offenbart er in seinem Innern zwei Glock-Pistolen und andere nützliche Dinge wie drei Atemmasken. Eine setze ich auf, eine stecke ich ein und die dritte gebe ich Bernadette. Anschließend greifen wir uns jeweils eine Waffe und treten durch die Tür. Der „Erste-Hilfe-Robot“, mit einer Videoüberwachung ausgestattet, bleibt im Treppenhaus zurück. Sollte sich jemand nähern, wird er Alarm schlagen.

Der Flur ist das reinste Chaos. Zersprengtes Gemäuer, Glas und Holz liegen überall verstreut. Wir rennen mit der Schwebebahre zu den Suiten 312 und 313. Im Lauf bedeute ich Bernadette in 312 nachzuschauen, während ich mich nach nebenan begebe. Ein großes Loch klafft dort, wo sich zuvor der Eingang zur Suite befunden hat. Die Glock in der Hand spähe ich hindurch. Das luxuriös eingerichtete Zimmer selbst ist weniger zerstört, als man annehmen könnte. Durch die Druckwelle sind einige Lampen und Dekorationsgegenstände umgefallen und zerbrochen, auch haben sich feine Risse in der Wand gebildet. Ansonsten ist alles nahezu intakt. Obwohl die Zeit knapp ist, weil die City Polizei jeden

Moment anrücken wird, lasse ich die Schwebebahre draußen stehen und setze vorsichtig einen Schritt vor den anderen. Ich möchte keine böse Überraschung erleben.

Nachdem ich den Vorraum durchquert habe, gehe ich ins Schlafzimmer und ein perverses Gefühl der Euphorie bemächtigt sich meiner, denn das Xenon hat ganze Arbeit geleistet. Mari Kirsipuu liegt betäubt auf ihrem Bett. Gerade als ich die Waffe wegstecke, höre ich hinter mir ein Geräusch. Ich wirble herum, doch es ist nur Bernadette, die die Schwebebahre hereinbringt. Sie gibt mir das Zeichen, dass alles okay ist. Offenbar sind die beiden Plattnasen nebenan ebenfalls außer Gefecht gesetzt.

Nachdem ich Mari die Atemmaske überzogen habe, hieven wir sie auf die Bahre und fixieren sie, dann sehen wir zu, dass wir wegkommen. Keine Minute zu früh. Als wir unten ankommen, sind einige Polizisten gerade dabei, die Lobby zu erstürmen. Sie bewegen sich direkt auf uns zu, also gehe ich in die Offensive.

„Gasleck!“, schreie ich, während sich meine Schritte beschleunigen. „Wir müssen die Frau sofort ins Krankenhaus bringen!“

Bevor einer der Polizisten reagieren kann, sind wir bereits an ihnen vorbeigelaufen. Niemand hält uns auf. Die alten Klischees sind doch immer noch die besten.

9. Hervorragende Arbeit

„High Five!"

Nachdem wir mit Schorsch abgeklatscht haben, fliegen wir vom Stachus aus in Richtung Norden. Für meinen nächsten Auftritt brauche ich ein anderes Kostüm, also tausche ich meine weiße Kluft gegen einen dunkelgrauen Anzug aus. Währenddessen drehen sich meine Gedanken nur um eines: Was ist mit Shou? Kurz vor Nürnberg meldet sich Brügell per InterCom.

„Wir haben ihn!", vermeldet er ohne Umschweife.

Vor Erleichterung bekomme ich weiche Knie und muss mich setzen.

„Sind Sie noch da? Was ist mit der visuellen Funktion?"

„Technische Probleme."

Eine glatte Lüge. Die Funktion ist ausgeschaltet.

„Passiert mir auch immer wieder. Ein echtes Ärgernis!"

„Wie geht es dem Kleinen?", hake ich nach.

„Den Umständen entsprechend gut. Er wurde von uns medizinisch versorgt. Seine Bewacher haben ihn gut behandelt, aber er wirkt natürlich verängstigt."

„Natürlich."

„In einer Stunde könnten wir bei Ihnen sein."

„Ich bin nicht zu Hause."

„Nein?"

„Nein. Leider etwas, was sich nicht aufschieben lässt." Ich seufze etwas theatralisch. „Können Sie mir einen Gefallen tun?"

„Noch einen?"

„Ja. Können Sie bitte zum *Himmi Herrgott Sakra!* gehen und Shou in die Obhut von Alex geben? Sie ist die Wirtin und eine gute Freundin. Ich hole ihn dann so schnell wie möglich dort ab."

„In Ordnung." Brügell klingt überrascht, unterlässt aber jeglichen Kommentar. „Ich stelle ihrer Freundin für alle Fälle jemanden an die Seite, der auf beide aufpasst, bis Sie da sind. Wo finde ich dieses … *Himmi Herrgott Sakra!*?"

Ich nenne ihm die Adresse. „Das werde ich Ihnen niemals vergessen, Brügell!", füge ich hinzu.

Bevor er etwas erwidern kann, unterbreche ich die Verbindung, um Alex zu kontaktieren. Gleichzeitig reaktiviere ich die Videofunktion.

„Lucio! Wie läuft's?" Sie wirkt angespannt.

„Shou ist wieder da."

„Wirklich?" Sie schenkt mir ein breites Lächeln. „Das ist ja wunderbar!"

„Ja. In der nächsten Stunde kommt ein Inspektor Brügell zu dir und gibt ihn bei dir ab. Kannst du dich um ihn kümmern, bis ich ihn abholen kann?"

„Aber natürlich! Armes Häschen ..."

„Danke." Ich lächele. „Und? Wie geht's sonst voran?"

„Alles gut. Du brauchst dir keine Sorgen zu machen. Johnny hat alles in einem Aufwasch erledigt. Die DNA-Logs wurden ausgetauscht, die neue Identität ist im System. Es dürfte nichts schiefgehen."

„Ich danke dir."

„Viel Erfolg weiterhin! Ach und Lucio?"

„Ja?"
Sie blickt mich mit einem verschmitzten Ausdruck an. „Mir gefällt dein großer Zinken."
„Gute Nacht, Alex."
Nachdenklich beende ich das Gespräch. Zurzeit lade ich Unmengen von Schulden auf mein Konto, die ich aber gedenke, mit Zinseszins zurückzuzahlen.

Inzwischen kreisen wir bereits zum zweiten Mal über einem prachtvollen Anwesen inmitten der Ödnis.
„Können wir?", fragt Bernadette.
Ich nicke.
Sanft wie ein fallendes Blatt landet der Gleiter vor einem Gebäude, das einem Londoner Stadthaus aus dem 17. Jahrhundert nachempfunden ist. Zumindest steht das so in der GCS. Trotz der späten Stunde ist das Haus hell erleuchtet und ich erkenne eine Klinkerfassade mit kontrastierenden hellen Ecksteinen. Zu beiden Seiten des Haupteingangs wölben sich zwei große Erkerfenster und aus dem schrägen Schieferdach prangt eine Reihe Mansardenfenster mit Gitterstäben hervor. Wo früher einmal entlang der breiten Auffahrt deutsche Eichen gestanden haben, stehen jetzt mexikanische Kakteen in Reih und Glied.
Kaum sind Bernadette und ich aus dem Gleiter gestiegen, treten zwei weißgekleidete Personen aus dem Haus (warum muss es bloß immer weiß sein?) und eilen auf uns zu. Eine gutaussehende, elegante Frau und ein älterer Herr mit einer ausgeprägten, spitzen Nase. Er würde Alex gefallen.
„Guten Abend", begrüßt uns die Frau. „Wir haben Sie schon erwartet. Ich bin Baronin von Klopp und

das ist Professor Esslinger. Er wird die Operation persönlich durchführen."

Ich grinse innerlich. Gut gemacht, Cash.

„Angenehm, Herr Perkuhn", fährt sie fort und drückt mir die Hand. „Und Sie müssen Doktor Steffens sein, die persönliche Anästhesistin."

Bernadette nickt kühl. Als Ärztin ist sie wirklich gut.

„Wir haben Ihre Unterlagen erhalten. Es ist bereits alles vorbereitet", schaltet sich Professor Esslinger ein. „Ihre Anfrage kam zwar etwas plötzlich, aber mit Herrn Marquard als Leumund machen wir doch gern eine Ausnahme. Er ist ein so feiner Mensch."

„Ja." Ich lächele. „Ein so feiner Mensch."

„Und das ist die Patientin?"

„Ja." Angst lässt meine Stimme erzittern. „Das ist meine Mutter."

„Machen Sie sich keine Sorgen", sagt Frau von Klopp und tätschelt meinen Arm mit einer weichen und überraschend warmen Hand. „Wir haben diesen Eingriff schon oft vorgenommen."

Von Emotionen übermannt bringe ich keinen Ton heraus.

„Gut, dann wollen wir mal!", verkündet plötzlich der Professor und schnappt sich die Schwebebahre. „Es wird Zeit. Wir sollten uns hier draußen nicht zu lange aufhalten, wegen der schlechten Luft."

Ich nicke.

„Wir haben Ihnen ein Zimmer hergerichtet, Herr Perkuhn", verkündet Frau von Klopp, kaum dass wir die Schwelle des Hauses betreten haben. „Sie können sich dort ausruhen, bis der Professor mit Ihrer Mutter fertig ist und Sie sie mit nach Hause nehmen können."

Ich strahle. „Wunderbar. Ich danke Ihnen."

Das Bett in dem großzügig geschnittenen Zimmer wirkt verlockend, doch solange die Mission nicht abgeschlossen ist, werde ich keinen Schlaf finden. Also schalte ich die GCS ein und lasse mich berieseln. Die Stunden ziehen sich dahin, fühlen sich zäh an und mir gehen viele Dinge durch den Kopf. Ich nehme mir vor, in Zukunft mehr Zeit mit Shou zu verbringen, ihm jeden Morgen Rühreier zu machen, an seinem Bett zu sitzen, bis er eingeschlafen ist und ich weiß nicht, was noch alles. Jedenfalls will ich es besser machen.

Im Morgengrauen klopft es diskret an der Tür. Frau von Klopp sieht mich strahlend an, das Gesicht perfekt geschminkt, die Haare tadellos frisiert. Offenbar kann sie gänzlich auf Schlaf verzichten.

„Es ist alles gut gegangen, ganz ohne Komplikationen. Sie können Ihre Mutter jetzt mitnehmen. Sie ist aber noch etwas benommen. Doktor Steffen hält sie noch in Rekonvaleszenz-Narkose."

„Das hat doch keine Auswirkungen?", gebe ich mich erschrocken.

Die elegante Frau winkt ab. „Aber nein, keine Bange."

Gemeinsam begeben wir uns in die Vorhalle. Bernadette, die nicht ganz so frisch aussieht wie die Baronin von Klopp, steht links von einem Hover-Sessel, ein Pfleger hat sich dahinter postiert. Der Sessel funktioniert ähnlich wie eine Schwebebahre, nur dass der Patient sitzt statt zu liegen.

Der Patient heißt in diesem Fall Mari Kirsipuu. Neugierig stelle ich mich vor sie und blicke ihr ins Gesicht. Ihre Augen hängen auf Halbmast, der Sabber glänzt auf ihrem Kinn, sie sieht herrlich erbarmungswürdig aus. Vor allem aber ist ihr einstmals glattes Gesicht runzlig wie ein verdorrter Pfirsich, die Wangen sind eingefallen und die Halsfalten hängen schlaff herunter. Zwar hat der chirurgische Eingriff ein Riesenloch in mein Konto hinterlassen, aber die Investition hat sich gelohnt. Meine Ex-Chefin ist buchstäblich über Nacht vierzig Jahre gealtert.

„Hervorragende Arbeit“, sage ich und meine es auch so.

Frau von Klopp strahlt. „Ich sagte Ihnen doch, dass Professor Esslinger der Beste ist. Er hat auch Herrn Marquard wunderbar hinbekommen. Oder hätten Sie gedacht, dass dieser gerade erst neununddreißig Jahre alt ist?“

„Niemals!“ Ich reibe mir genüsslich die Hände. „Wenn meine Mutter aufwacht, wird sie überglücklich sein. Jetzt bekommt sie garantiert das wunderschöne Haus in *Sphäre3* zugeteilt.“

„Nun, das dürfte kein Problem mehr sein.“ Frau von Klopp lacht. „Aber danach sollte Ihre Mutter unbedingt unter den Defroisseur. So kann sie sich nicht in der Öffentlichkeit sehen lassen.“

„Natürlich nicht. Ich danke Ihnen – für alles.“

Sie reicht mir die Hand. „Nichts zu danken. Ihnen beiden alles Gute. Auf Wiedersehen.“ Dann nickt sie Bernadette kurz zu und wendet sich ab.

Wir sind entlassen.

10. Die rote Tür

„Wo bin iss?“, lallt Mari und versucht sich aufzurichten.
Die Droge, die ich ihr im Gleiter verabreicht habe, zeigt Wirkung.
„In guten Händen, Mutter“, antworte ich und sorge dafür, dass sie mich gut sehen kann.
Ihr Gehirn braucht einige Zeit, um meine Worte zu begreifen.
„Mudder? Aber … aber …was?“
„Es ist alles in Ordnung. Du hast die Operation gut überstanden.“
„Obera… Oberation? Welche Oberation?“
Es ist fast zu leicht.
Kaum hat Schorsch den Gleiter gelandet, kommt jemand mit einem Rollstuhl auf uns zugelaufen. Ich nenne meinen Namen, stelle die Psychiaterin Doktor Elisabeth Steffen vor und der Mann nickt wissend. Johnny Cash ist jeden Eurodollar wert.
„Mutter ist durcheinander“, sage ich. „Sie sollten sie fixieren. Ich glaube, sie könnte sich wehtun.“
Es ist interessant zu beobachten, wie Mari nach und nach das Bewusstsein wiedererlangt und bei dem Versuch freizukommen in ihrem Stuhl zappelt. Dabei wiegt sie den Kopf hin und her, was ihr nicht unbedingt zum Vorteil gereicht. Wir gehen einen endlosen Flur entlang, bis wir eine Glastür erreichen,

die sich bei unserem Nähern automatisch öffnet. Der Empfang. Während wir die Formalitäten erledigen – Überweisung, psychiatrisches Gutachten, gerichtliche Entmündigungsanordnung – zetert Mari ohne Unterlass.

Dann plötzliche Stille. Neugierig drehe ich mich nach Mari um. Die in Falten eingefassten Augen starren mit unendlichem Entsetzen ins polierte Metall des Empfangstresens, hinter den zuckenden Pupillen lauert bereits der Wahnsinn. Die alte Frau im Rollstuhl gibt einen kläglichen Laut von sich und beinahe habe ich Mitleid mit ihr. Dann verdrehen sich ihre Augäpfel nach oben, als ob sie etwas überdenken würde und sie beginnt wie am Spieß zu schreien.

„Meine Güte, was ist denn hier los?"

Ich drehe mich zu der glockenklaren Stimme um. Vor mir steht ein Engel. Weiblich, mit langem blonden Haar und weißem Lächeln.

„Amber", sage ich erfreut.

Die makellose Stirn vor dem hohlen Schädel legt sich zunächst in Falten, doch dann erkennt sie mich wieder. „Sie?"

„Ja, wunderschöne Amber."

„Äh, wie war Ihr Name nochmal?"

Jetzt kommt der schwierige Teil, denn sollte sich in ihrem Kopf mehr befinden als heiße Luft, wäre ich aufgeschmissen.

„Mario Perkuhn."

„Nun, willkommen zurück, Herr Perkuhn." Da lobe ich mir meine guten Menschenkenntnisse. „Wie geht es Ihrem Vater?"

„Er ist inzwischen gestorben."

Ihre Hände fliegen zum vollkommenen Mund. „Oh,

nein!“

„Meine Mutter hat darüber den Verstand verloren.“

„Ach, wie schrecklich. Ist sie das?“

Ich seufze herzerweichend. „Ja.“

Beide blicken wir traurig auf die Furie vor uns.

„Luuuc, du swein! Iss … is mach dis ferdig! Is reiß dir die … die Eier ab, wenn dasssier vorbei is. Dasswöre is dir!“

Erneut seufze ich. „Sie verwechselt mich mit ihrem Bruder.“ Ich schüttele den Kopf. „Es ist schwer zu ertragen, wissen Sie. Bringen wir es schnell hinter uns.“

Der Engel lächelt voller Güte. „Aber natürlich.“

Nachdem ich mich von Bernadette verabschiedet habe – ihr Händedruck ist fest und zum ersten Mal sehe ich in ihren Augen den Hauch eines Lächelns – betreten Amber und ich das Foyer der Hacker-Kliniken, in dem auch heute ein Tohuwabohu herrscht. Ich lasse es mir nicht nehmen, Maris Rollstuhl zu schieben. Während wir die rote Tür zur geschlossenen Abteilung ansteuern, hüpfen Clowns in lustigen Kostümen um uns herum. Nur durch viel Überredungskunst kann der weiße Engel sie davon abhalten, das Gesicht der neuen Patientin bunt anzumalen, deren Geschrei mühelos in die Kakophonie des uns umgebenden Irrsinns einfließt.

„Wollen Sie mit hinein?“, fragt mich Amber und öffnet die Tür.

„Lieber nicht.“ Ich presse mir eine Träne heraus. „Es würde mir das Herz brechen“.

Sie nickt. Was für eine verständnisvolle Frau.

Die Wirkung der Droge beginnt nachzulassen und ich höre Mari schreien. Sie sei einmal Vorsitzende des Europäischen Verwaltungsrats gewesen und würde sich so etwas nicht gefallen lassen. Gerade sehe ich noch, wie sie von Amber und zwei sehr besorgt aussehenden Pflegern umringt wird. Dann schließt sich die rote Tür.

Auf schnellstem Wege begebe ich mich ins *Himmi Herrgott Sakra!*, um Shou nach Hause zu holen. Der Kleine sieht blass aus, doch er scheint in Ordnung zu sein. In der Tube schläft er in meinen Armen ein. Sein kleiner Körper fühlt sich warm an, sein gleichmäßiger Atem streift meinen Hals und es schnürt mir die Kehle zu. Zu Hause ziehe ich ihm seinen Pyjama an und lege ihn ins Bett. Lange schaue ich in sein schlafendes Gesicht, bevor ich leise aufstehe, um in den Wohnraum zu gehen. Inzwischen ist die Sonne aufgegangen und das Apartment lichtdurchflutet. Eigentlich müsste ich todmüde sein, doch das Gegenteil ist der Fall. Vielleicht sollte ich etwas essen. Gerade als ich die Algenlasagne mit Seesternmus vom Vortag aufwärmen will, bemerke ich aus dem Augenwinkel etwas Weißes auf dem Boden. Ein handgeschriebener Zettel, den jemand unter der Wohnungstür geschoben hat. Mein Herzschlag setzt kurz aus. Hatte mein Plan eine Schwachstelle? Habe ich vielleicht etwas übersehen?

Ich bücke mich nach dem Zettel und falte ihn auseinander. Im ersten Moment kann ich nicht glauben, was ich da lese und muss blinzeln. Doch die Worte sind immer noch da:

Ich habe Angst. Bitte hilf mir!
Kaori

Ende der 1. Staffel

Glossar

Analzying Pocket System
Sensorisches Analyse-Verfahren im Taschenformat, bei dem unter anderem Materialproben verglichen und datiert werden

Biosphären
Sieben künstliche Blasen, die mit einem Sauerstoff-Kohlendioxid-Luftgemisch gefüllt sind, das in Europa zuletzt vor dem Industriezeitalter eingeatmet wurde. Das Durchschnittsalter der Einwohner beträgt zweiundneunzig Jahre. Junge Leute dürfen die Biosphären nur mit Sondergenehmigung oder Arbeitserlaubnis betreten

ComBot
Mikroskopisch kleiner Kommunikations-Cube, der ins Gehirn wandert, wo er am visuellen Cortex andockt und dort als Projektion aktiv wird. Es gibt zwei Arten von ComBots: Die einen spielen Nachrichten ab, die anderen agieren interaktiv. ComBots stehen auf dem Index

Defroisseur
Hautstraffende Photon-Kapsel für Leute mit dem nötigen Kleingeld

Dura-Liquid
Semi-permeabler Verbundstoff aus Aluminium und

speziellen Nano-Kunststoffen, dessen Durchlässigkeit durch die Programmierung der Nano-Partikel geregelt wird

Exo-Thermit
Tertiär-Sprengstoff, bei dem zunächst eine kleine Kapsel ein hochexplosives Aerosol freisetzt, das in eine bestimmte Richtung ausgestoßen wird und so fein ist, dass es in den Poren von Mauerwerk dringt. Dann zündet ein zweiter Stoff dieses Aerosol, wodurch das Mauerwerk porös wird. Im dritten Schritt wird die Hauptladung gezündet, die zusammen mit dem restlichen Aerosol explodiert. Der ganze Vorgang ist nanoprozessgesteuert und dauert je nach Einstellung 0,1 bis 5 Sekunden

GCS – Global Communication Sphere
Weltweite Plattform für Kommunikation, Information, Business und Entertainment

Head-Up-Display
Anzeigenfeld im Helm, das Informationen in das Sichtfeld des Trägers projiziert

HCS – Healthcare Security System
Medizinische Überwachungs- und Regelungssystem von menschlichen Vitalfunktionen, das selbstständig einfache Rettungsmaßnahmen einleiten kann

Hydropurit
Gallertartiger Stoff, dessen Dichte einen ähnlichen Auftrieb aufweist wie Wasser, aber um ein Vielfaches günstiger ist. Dient deshalb häufig als Wasserersatz

InterCom

Multifunktionales Kommunikationssystem mit Hörmodul im Ohr

InterimPairing
Partnerschaftsvertrag zwischen zwei Menschen, der alle fünf Jahre verlängert werden kann und den antiquierten Ehevertrag ersetzt

Nanny-Robot
Menschenähnlicher Roboter mit multipler Holo-Oberfläche, der vorzugsweise in Haushalt und Industrie eingesetzt wird

Neurokommunikator, auch Neuroimplantat
Wird direkt in die Hornhaut eingepflanzt und über die Gehirnströme gesteuert, ermöglicht die Video-Audio-Kommunikation mit anderen Menschen und eröffnet einen direkten Kanal zur GCS

MEC – Mobiles Einsatz Center
Hochtechnisierter, gepanzerter Polizeigleiter, der als Streife, Office und Verhörraum dient

MiniCube
Datenspeicher mit hoher Speicherkapazität

Modular Mobile Chip
Nagelgroßer Chip, der in der Lage ist, den ID-Code jedes Transponders zu kopieren. Existiert offiziell nicht

Nanobots
Roboter im Kleinstformat

NanoCam
Hochauflösende Kamera im Miniformat

Regency
Virtuelles Programm, das eine perfekte, idyllische Umgebung vorgaukelt

Sphäre 1-7
Biosphären, die auf dem trockenen Grund von Starnberger-, Ammer- und Chiemsee erbaut wurden.

Spider-Harpune
Längliche Waffe, die entfernt an eine Fahrradpumpe erinnert. Sie wirft ein Fangnetz aus ultrastarker Nanofaser aus, das sich wie Pech um das Opfer legt und lähmt

TacSuit
Multifunktionaler Ganzkörperpanzer mit Tarnvorrichtung, Bewaffnung und Biosensorik zur Überwachung und Steuerung verschiedener Körperfunktionen

TraceChip
Werden in der Regel Vorbestraften sowie Gefangenen im offenen Vollzug in den Hals injiziert, damit diese jederzeit lokalisiert werden können

Tubes
Polymer-Röhren, in deren Innern sich Expressbahnen befinden, die Spitzengeschwindigkeiten von bis zu 600 km/h erreichen können

Virtueller Kommunikator
Schmale Brille mit ausfahrbaren, interaktiven Sichtgläsern aus transparentem Polymer, wird per Sprachmodus gesteuert. Ermöglicht die visuelle

Kommunikation mit anderen Menschen und den Zugang zur GCS. Audio-Informationen sind nur in Kombination mit dem InterCom hörbar. Vorgängermodell des Neurokommunikators

Vocationtest Zweiter Klasse
Der Vocationtest zweiter Klasse (VCT 2) ist ein einmonatiger Check, dem sich jedes Föderationsmitglied im jugendlichen Alter unterziehen muss. Dabei werden dessen Fähigkeiten und soziale Kompatibilität ermittelt

X-Team
Interne Bezeichnung für die Spezialeinsatzkräfte (SEK) der Polizei. Personalakten sind mit einer Geheimhaltungsklausel versehen. Daher „X-Team"

Wall-Flax
Harte bewegliche Luftkissen, die als Möbelstücke, aber auch als Raumteiler dienen können

YIN – Yahoogle Investigation Network
Weltweites Nachrichtennetzwerk

DANKSAGUNG

Ich danke Alexander Becker und Werner Hornstein, die mich zu dieser Reihe inspiriert haben.

Ich danke Andy „Digital“ Artmann – rastloser Geist und Innovationstreiber –, der mich seit Anbeginn eifrig unterstützt.

Ich danke Manni Maier, weil er seine Aufgabe als 1st Ambassador of the Republic of Isar Auen wunderbar erfüllt.

Ich danke Christian Hanreich, der Lucio Verdict eine ausdrucksstarke Stimme verleiht.

Ich danke Gaby Mammitzsch für ihre Luchsaugen und wichtigen Anregungen.

Ich danke Christina Brix, weil ohne ihre großartige künstlerische Ader ISAR 2066 nur halb so schön wäre.

Außerdem danke ich Astrid Ann Jabusch für ihre professionelle Unterstützung und Bayerisch-Expertin Barbara Lexa, die dafür gesorgt hat, dass Schorsch in der Episode „Ratte im Schlafrock“ keinen Stuss redet.

Schließlich danke ich meinem Mann,
ohne den ich niemals bis hierher gekommen
wäre.

Miriam Pharo

Miriam Pharo, 1966 im andalusischen Córdoba geboren, verbringt ihre Kindheit auf der malerischen Atlantikinsel Oléron im Südwesten Frankreichs. Mit 9 Jahren kommt sie nach Deutschland. Bis zu diesem Zeitpunkt hat sie noch nie Häuser bis zum Horizont gesehen und glaubt, dass Schnee rosa ist. Sie studiert Slawistik, Romanistik und Politikwissenschaften in Mainz und Heidelberg. Seit 1993 arbeitet sie als Werbetexterin für diverse Agenturen und Unternehmen.

Miriam Pharo schreibt hauptsächlich Zukunftsthriller. Im Sommer 2009 bringt der Hamburger ACABUS Verlag ihren ersten Roman „Schlangenfutter“ heraus, der in Norddeutschland des Jahres 2066 spielt. 2010 erscheint die Fortsetzung „Schattenspiele“. 2012 kommt ihr dritter Roman „Präludium“ heraus. Außerdem sind bei deutschen und österreichischen Verlagen vier ihrer Kurzgeschichten veröffentlicht worden. Am 8. Februar 2013 erschien im PERRY RHODAN-Roman 2686 ihre STELLARIS-Geschichte „Ein Missetäter der übelsten Sorte“.

2010 wird sie von der Berliner Senatsverwaltung in die Expertenjury des Förderwettbewerbs "Evolving Books - Digitaler Mehrwert für Bücher" berufen

Mehr zur Autorin erfahren Sie auf ihrer Website http://www.miriam-pharo.com

Sektion 3 / Hanseapolis-Romane

Die Europäische Föderation im Jahr 2066: Die einstigen blühenden Hansestädte im Norden existieren nicht mehr. Hamburg ist ein Nobelbezirk von Hanseapolis, einer Megacity mit über 20 Millionen Einwohnern, die Lübecker Region eine riesige Industriezone. Dass die Cops 72 Stunden und mehr am Stück Dienst tun, ist keine Seltenheit. Denn Hanseapolis schläft nie.

Band 1: Schlangenfutter

239 Seiten
EUR 12,90
ISBN 978-3-941404-79-3
ACABUS Verlag, 2010

An einem Februarmorgen wird im Sumpf außerhalb der Stadt eine verstümmelte Leiche gefunden. Louann Marino, neu im Morddezernat von Hanseapolis, und ihr undurchsichtiger Partner Elias Kosloff nehmen die Ermittlungen auf. Die Spuren führen das ungleiche Paar in die stillgelegten U-Bahn-Schächte unterhalb der glitzernden Metropole ....

BAND 2: SCHATTENSPIELE

248 Seiten
EUR 12,90
ISBN 978-3-941404-41-0
ACABUS Verlag, 2010

Der Fall des ermordeten Mädchens im Sumpf wird für Elias Kosloff, Senior Detective beim Morddezernat von Hanseapolis, zum Albtraum: In den Helium-3-Förderminen auf dem Mond kommt er einer Verschwörung ungeahnten Ausmaßes auf die Spur, gleichzeitig holt ihn seine Vergangenheit wieder ein. Ein alter Freund trachtet ihm nach dem Leben ... und er ist nicht der Einzige.

„Miriam Pharo verfügt über ein sehr gutes Gespür für Szenenaufbau, Schnitte und Montage, das zweifellos von einer filmischen Erzählweise beeinflusst ist.“

Phantastik Couch

BAND 3: PRÄLUDIUM

320 Seiten
EUR 13,90
ISBN 978-3-86282-149-5
ACABUS Verlag, 2012

In Venezia a Cupola ist Karneval – wie jeden Tag seit die einstige Lagunenstadt vom Medienkonzern Glob4Kic! zum Freizeitpark umfunktioniert wurde. In den nächtlichen Wirren des Festes erschlägt der talentierte Dieb Aldo Farouche einen Hehler und flüchtet Hals über Kopf nach Hanseapolis. Dort wird wenig später seine kristallisierte Leiche gefunden und die Ermittler Elias Kosloff und Louann Marino stehen vor einem Rätsel.

Der dritte Teil des SF-Erfolgskrimis Sektion 3 Hanseapolis schildert einen ganz neuen Fall des Ermittlerduos Kosloff/Marino. Getreu den 24 Präludien von Frédéric Chopin ist der Roman in 24 Kapitel aufgeteilt; von der Grund-stimmung her orientiert sich Miriam Pharo an Chopins Musik.

Sektion 3 / Hanseapolis

Band 1: Schlangenfutter
(Leseprobe)

1

An diesem denkwürdigen Tag erwachte Louann mit einem heftig pochenden Schädel. „Ihr Götter, mein Kopf!“, stöhnte sie. „Welcher Tag ist heute …? Montag …? Fuck!“ Die Thermotrop-Fenster in ihrer Apartmenteinheit kannten nur zwei Einstellungen, dunkel oder hell, und wie so oft in den letzten Wochen hatte sie am Vorabend vergessen, ihre Fenster zu verdunkeln. Jetzt strömte das grelle Morgenlicht ungefiltert in ihre Schlafkoje und bohrte sich seinen Weg durch ihre Augenlider. Louann blinzelte gequält und schaute hinaus. Der Himmel erstreckte sich azurblau bis zum Horizont; nicht eine Wolke verunzierte das makellose Bild. Sie seufzte. Es würde wieder ein heißer Tag werden. Mühsam richtete sie sich auf. Die Decke rutschte ein Stück herab und entblößte die Umrisse ihres S3-Implantats an der Schulter. Unbewusst kratzte sie sich. Phantomschmerz. Sie hatte das Implantat schon seit vier Wochen, seit sie in die Sektion 3 versetzt worden war, dem Morddezernat von Hanseapolis, doch ihr Körper wehrte sich immer noch dagegen, trotz der „fabelhaften Verträglichkeit“ – laut Herstellerangaben.

Als sie versuchte aufzustehen, kam ihr der Boden entgegen. Fluchend hielt sie sich an der Außenwand ihres Schalenbettes fest und atmete tief durch. Am Abend zuvor war sie beim klassischen Initiationsritual der Sektion 3, Wettsaufen mit den Kameraden, in der HafenCity regelrecht versackt. Zur Überraschung aller hatte sie bis zum Schluss durchgehalten, was ihr Ansehen enorm gesteigert hatte. Jetzt allerdings kassierte sie für ihren kleinen Triumph die bittere Quittung. Mit einem flauen Gefühl im Magen schlurfte sie nackt die wenigen Schritte in Richtung Nasszelle, die hinter der dunkelblauen Wall-Flax, einer harten, aber beweglichen Luftkissenwand, verborgen lag.

Müde betätigte sie den Recycling-Button neben der Wall-Flax, woraufhin die Luftkissen in sich zusammensackten und in einen kleinen Spalt im Boden eingezogen wurden. Eine Duschkabine, ein Waschbecken und ein großer Spiegel kamen zum Vorschein. Gleichzeitig begann es in der hinteren Wand zu röhren und zu knattern. Es dauerte fast eine Minute, bis sich die 30 Jahre alte Pumpe in Bewegung setzte und 20 Liter recyceltes Wasser durch die Duschbrause spuckte. Dankbar streckte Louann das heiße Gesicht darunter und verdrängte wie immer erfolgreich, dass das kostbare Nass, das gerade ihren Nacken herunterlief, vor 24 Stunden mit großer Wahrscheinlichkeit durch irgendeine Kloschüssel gerauscht war.

Eine kurze Dusche und drei Kaffee später schaute Louann missmutig in den Spiegel. Die Ringe unter den Augen waren wenig schmückend. Egal, dachte sie, und streckte ihrem Spiegelbild die Zunge heraus. Ich werde damit leben müssen, und die anderen auch! Ein wenig Nanorouge, die schwarzen Locken kräftig durchgebürstet, das musste reichen. „Sektion 3, ich komme!“, murmelte sie kämpferisch und streifte – ganz nach Dienstvorschrift – ihre silbergefleckte Schutzjacke über den dunkelgrauen Overall. Die Uniform der Sektion 3. Sie brauchte nicht noch einmal in den Spiegel zu schauen, um sich zu vergewissern, dass alles richtig saß. Die Nanobots im Gewebe würden sich ihrer Körperform millimetergenau anpassen.

Mit schnellen Schritten verließ Louann ihre Apartmenteinheit, nicht ohne vorher ihre Thermotrop-Fenster zu aktivieren. Draußen im Gang betrat sie die Metallröhre, die links zum Expresslift, rechts zu den Hangars führte. Sie lenkte ihre Schritte nach rechts und erreichte schon bald eine Stahltür. Mit den Fingerspitzen betätigte sie den Öffnungsmechanismus und die Tür glitt summend in die Wand zurück. Während sie das tat, sendete ihr S3-Implantat ein Signal, das 150 Meter unter ihr aufgefangen wurde. Fast zeitgleich ertönte ein leises Heulen aus den dunklen Tiefen des Hangars, das sich zu einem tiefen Brummen steigerte. Zugluft schlug Louann entgegen, als ein großer Schatten, der an einen Riesenbumerang erinnerte, sich langsam vor ihr auftürmte: ein MEC, ein Mobiles Einsatz Center der Sektion 3 und neueste Errungenschaft in Sachen flexible Einsatztechnik.

Vier Wochen lang war der schwarze Polizeigleiter ihr zweites Zuhause gewesen, denn bis auf das morgendliche Briefing in der Zentrale verbrachte sie hier die meiste Zeit. Ab heute würde sie ihr „trautes Heim“ mit einem neuen Partner teilen müssen: Elias Kosloff, Senior Detective. Ein Urgestein der Sektion 3, mit über 2000 gelösten Fällen eine echte Legende. Louann hatte die widersprüchlichsten Dinge über ihn gehört. Ein Genie, sagten die einen. Ein Arschloch, die anderen. Wahrscheinlich stimmt beides, dachte Louann mit Unbehagen, als sie darauf wartete, dass der Gleiter seine Rampe ausfuhr. Elias hatte die letzten Wochen auf einem Konvent-Satelliten der Karmeliter im All verbracht, in einer fünf Mal fünf Meter großen Zelle, um von dem „Moloch Erde" Abstand zu nehmen, so wurde gemunkelt. Louann seufzte. Wie sollte sie sich mit einem Typen verstehen, der sich erst in 300 Kilometern Höhe entspannen konnte?

„Guten Morgen, Detective Marino", säuselte es Louann entgegen, als sie einstieg und gescannt wurde. „Wie geht es Ihnen heute?"

Ihr MEC war nicht nur mit einem ausgeklügelten Waffen- und Sensorsystem, sondern auch mit einem intelligenten Bordcomputer ausgestattet. Die Polizeipsychologen waren der Ansicht, dass die interaktive Kommunikation einen frühzeitigen Burnout der Einsatzkräfte verhindern konnte, die den Großteil ihrer Zeit im MEC verbrachten.

An diesem Morgen des 22. Februar 2066 jedoch war Louann nicht nach Smalltalk zumute. Mürrisch steuerte sie die Coolbox an, nahm einen Proteinriegel mit Schinkengeschmack heraus und warf sich in einen der gelben, ergonomisch geformten Sessel. Dann betätigte sie die Massage-Sensoren und schloss die Augen.

Ein Räuspern riss sie aus ihren Träumereien. Sie schaute nach oben, dann begriff sie. „MEC-549, Ziel Sektion 3", knurrte sie und biss halbherzig in ihren Proteinriegel. Ein leises Pffft ertönte, als die Rampe eingezogen wurde, dann rastete die schwarze Metalltür ein. Der Helium-3-Reaktor unterhalb der

Kommandozentrale erwachte erneut zum Leben und ein dumpfes Vibrieren erfüllte den schmalen Rumpf. Wenige Sekunden später jagte der Gleiter durch den Ausgangstunnel hinaus ins grelle Sonnenlicht, wo er einen kurzen Augenblick verharrte, bevor er sich im Sinkflug in den fließenden Verkehr einordnete.

Der flache, achteckige Betonklotz der Sektion 3 wirkte wie eine achtlos liegengelassene Schraubenmutter in einem gläsernen Wald und gehörte zu den wenigen öffentlichen Einrichtungen in Hanseapolis, die von der Straße aus zugänglich waren. Die meisten öffentlichen Gebäude, aber auch Apartment- und Office-Tower der Megacity erreichte man nur aus der Luft oder über die stickigen, hoffnungslos überfüllten Tubes. Aus der Mitte des fliederfarbenen Baus ragte ein großer schwarzer Turm, der entfernt an einen Taubenschlag erinnerte. Hier waren die MECs untergebracht. Das Bemerkenswerteste an der Sektion 3 war allerdings das, was unter der Erde verborgen lag. Geheime und weniger geheime Abteilungen auf zwölf Levels verteilt, die nur mit Sondergenehmigung betreten werden durften. Louann selbst war noch nie unten gewesen, befanden sich doch die Briefingräume und das Head Office ihres Bosses im oberen Level des Komplexes.

Sanft landete das MEC auf dem Vorplatz. „Sie haben Ihr Ziel erreicht. Willkommen in der Sektion 3“, hallte es kühl von oben. Louann seufzte und fuhr sich mit beiden Händen übers Gesicht. Widerwillig hievte sie sich aus ihrem bequemen Sessel, legte die Atemmaske an und stieg die Rampe hinunter. Draußen am Boden empfing sie der beißende Dunst wie ein Schlag ins Gesicht und ihre Augen fingen sofort an zu tränen. Im Laufschritt begab sie sich zur Eingangsschleuse der Sektion, die nur einen Steinwurf entfernt war. Währenddessen hob ihr Gleiter ab, beschrieb einen eleganten Bogen und verschwand in den schwarzen Turm.

Als Louann die gigantische Lobby betrat, herrschte dort ein Höllenlärm. Eine Gruppe platinblonder Transen mit künstlichem Haarimplantat – schließlich gab es seit 20 Jahren keine Naturblonden mehr – randalierte lautstark. Louann nahm ihre Atemmaske ab, da sah sie, wie eine der Transen versuchte, sich an eine der schwarzen Säulen festzuketten, die das 50 Meter hohe Flachdach stützten. *Wo zum Teufel hat sie die antiquierten Handschellen her?* Sie musste grinsen. Die Cops hatten augenscheinlich alle Hände voll zu tun, um die zwei Meter großen Busenwunder mit geklonten Karpfenlippen und blauen Barbie-Augen zu bändigen. Grinsend betrat Louann die gewundene Gangway in der Mitte der Halle und fuhr nach oben. Der obere Level war in drei Bereichen unterteilt. Links befand sich das Head Office, in der Mitte eine großzügige Ruhelounge. Rechts davon verteilten sich die Briefingräume, die durch flügelförmige, fest verankerte Paravents voneinander getrennt waren.

Sie sah Elias Kosloff schon von weitem. Er stand vor einem der Windschirme und überragte die kleine Gruppe von Officers, die ihn wie Motten umschwirrte und mit Fragen bombardierte, um gut zwei Haupteslängen. Auch das noch, dachte sie gereizt, die gerade mal 1,70 Meter maß, ein Riese! Das Ziehen in ihren Eingeweiden meldete sich prompt zurück. Sie stockte und machte eine Kehrtwende, bevor jemand sie bemerkte. Ein weiterer Morgenkaffee wäre jetzt genau das Richtige.

Sie verkroch sich in der Ruhelounge, die von den restlichen Räumlichkeiten durch eine mächtige, saftig grüne Zimmerhecke rundum abgeschirmt war. In der Mitte der Lounge dominierte eine todschicke Sitzgruppe, dahinter erhob sich dichtes holografisches Gehölz. Als sich Louann näherte, schaute ein braungesichtiges Kapuzineräffchen neugierig zu ihr herüber, dann flitzte es auf den nächsten Baum. Der Duft von Moos und Blättern lag in der Luft, vermischt mit dem herben Aroma von frischem Kaffee. Das dumpfe Lachen der Kollegen drang von der anderen Seite der Zimmerhecke zu ihr herüber.

Nachdem sich Louann einige Minuten vor dem Getränke-Replikator herumgedrückt hatte, ermahnte sie sich selbst: „Sei nicht feige, geh hin und bring es hinter dich." Mit ihrem Charme würde sie ihren neuen Partner leicht um den kleinen Finger wickeln! Sie atmete tief ein, drückte das Kreuz durch und schlenderte demonstrativ gelassen wieder zurück. Mitten in den Mottenschwarm hinein.

Die Gespräche verstummten jäh und ein halbes Dutzend Augenpaare blickte ihr entgegen. Die einen neugierig. Die anderen amüsiert. Nur einen Herzschlag später drehte sich auch der Riese um. Louann sah ihm ins Gesicht und rang erschrocken nach Luft. Sie war sich sicher, noch nie beängstigendere Augen gesehen zu haben. Die Iris ihres neuen Partners sah aus, als bestünde sie aus flüssigem Quecksilber. Ein Gendefekt? Ein biomolekulares Implantat?

Kurzgeschichten

Der letzte Cowboy / The Last Cowboy
(Las Vegas-Kurzgeschichte aus der Anthologie „Großstädter“, März 2012, Septime Verlag Wien)

Der Vorhang
(Horror-Kurzgeschichte aus der Anthologie „Drachen Drachen!“, Mai 2012, Blitz Verlag)

Der Junge
(SF-Kurzgeschichte aus der Anthologie „Prototypen und andere Unwägbarkeiten“, September 2011, Begedia Verlag)

Schlafende Hunde
(erotische SF-Kurzgeschichte aus der Anthologie „Smaragd Saturn“, März 2010, Wunderwaldverlag)

Ein Missetäter der übelsten Sorte
(Stellaris-Kurzgeschichte im Perry Rhodan Heft 2686)